文春文庫

あれは閃光、ぼくらの心中

竹宮ゆゆこ

文藝春秋

あれは閃光、ぼくらの心中

1

『いつかきっと、めぐりあえる……』

誰かが昔、そう言った。

二度と戻らないはずだったドアを開いた瞬間、なぜか突然思い出した。

最近は色々なことを思い出す。こういう下らないのも、大事なのも。おまえに話したいこともたくさんあって、本当にたくさんありすぎて、どこから話せばいいのかわからない。人の間を縫うように歩きながら、俺はほとんど途方に暮れた。

たとえばこうか。おまえを手放して、俺はすべてを——いや、もっと前だ。

俺が最初にその噂を聞いたのは小学生の時で——違うな。そうじゃないな。

まずは、そうだ。あの部屋のこと。

あの部屋は、姉が買ってくれた。俺の年季が無事に明け、歌舞伎町から町田の店に移ってしばらく経った頃。俺は二十二か三、多分それぐらい。

ある日、姉は言った。「彼氏ができたよ」と。「中年と中年、奇跡のコラボよ」と。

夜は俺のストーカーとしていかれた活動に勤しんでいた姉だが、昼はまともな企業の管理職で、その仕事先で出会ったまともな男と付き合うことになったという。俺が知る限り、姉には生まれて初めての恋愛沙汰だった。よっぽどのことだったんだろう。よっぽど、そいつを好きになってしまったんだろう。

姉は俺のストーカーを演じるのをやめた。そして町田に小さな中古マンションを一部屋買った。それを俺にくれた。なぜ、なんて考えても無駄だ。考えがそこに至った経緯を正しく理解することは、俺にも、誰にも、多分姉自身にもできない。

なぜなら姉は矛盾の塊だから。

姉の言葉を整理すれば、「ここでずっと暮らして」「ホストも続ければいい。でもとにかく」「私の知らないところには絶対に行かないで」「一生」……とのことだった。

親の家でもなく、姉の家でもなく、自分の家。そう呼べる場所で暮らすのは初めてだった。俺の暮らしはやばかった。なにしろ家出をして以来、少年院での二年を除けばまともな生活なぞしたことはなく、一般人のルールなぞ知るわけないし知りたくもなく、ただなにもかもが面倒で、酔って、帰って、眠って、起きて、シャワーして、グダグダして、仕事に出て、の繰り返し。それ以外のことはなにもしなかった。姉は様子を見たがったが、来るなと言って鍵も取り上げた。それは姉の言う通りにそこで大人しく暮らす条件でもあった。

寝る時も、起きた時も、俺は一人だった。俺が手品かなにかのように突然ふっと消えたとしても、誰も気付きもしないだろう。いつか本当にそうなればいいのに。そうやって消えられたら、それが一番いいのに。そんなことばかり考えていた。馬鹿なりに本気だった。いつか、なんて悠長なこともやがて言っていられなくなったのだが。まあとにかく、それがあの部屋だ。二十五歳の俺が一人で暮らしていた、あの。

おまえは十五歳だった。名前はしま。世の中のことなんか、なんにも知らなかった。

＊＊＊

嶋幸紀《しまゆきのり》が家出を決行したのは十五歳の冬。十二月十七日、22時27分のことだった。

終業式の後、母親とともに帰宅したのが昼下がりの十三時。嶋は玄関に上がるなり通学バッグを放り出し、一直線にリビングに向かい、手も洗わず、うがいもせず、制服のままコートすら脱がずにソファの長辺にダイブして寝転がった。

それからかれこれ九時間。

九時間、同じ体勢でいた。

その間、放置されていたわけでもない。母親はずっと「鞄を片付けて」「うがいは」「手を洗ってよ」「着替えなさい」「落ち込むのもわかるけど」「お昼はどうするの」「ラップしておくからね」「夕飯はどうするの」「ラップしておくからね」「あんたまだ食べてないの」「どうするのよ」「ちょっと」「大丈夫なの」「どうなの」「冷蔵庫に入れておくからちゃんと食べなさい」「お母さんもう出るからね」云々《うんぬん》、うるさく言い続けて駅へ出かけた。一つ下の弟はドタバタ騒がしく二階の自室から降りてきて「兄貴どしたん？」普通に昼食を食べ「兄貴どしたん？」普通に学校のプリントを広げ「兄貴どしたん？」普通に嶋が占拠するソファの短辺でスマホをいじり「兄貴どしたん？」夕飯を食べて「行ってきまーす！」云々、いつもの調子で塾に出かけた。

家には今、嶋の他に誰もいない。

二十二時のニュースが始まる。

テレビは音を消しているから、聞こえるのは時計の音のみ。そう、時計の、針の音。こいつがさっきからチッチッチッチッ、九時間休まずチッチッチッ、延々ずっとチッチッチッチッチッチッチッチッチッチッチッチッチッチッ——で、現在二十二時。ということは。

（……35時間と30分経過）

35時間と30分前まで、時計の音が聞こえるなんて知らなかった。頭の中にはいつだって音楽が溢れるように流れていた。音楽が消えた世界のこんなに白けた静けさを、時計の針のこんなに容赦ない進み具合を、知らないままで生きてきた。

嶋は、目を開いてテレビを見ている。見ているというか、眼球がたまたま北東57度、テレビが設置してある壁の方に向いている。その顔の上で眼鏡が盛大にずれている。右の鼻当てが左の目頭に刺さっている。近眼である。乱視である。ほとんどのものはろくに見えない。しかし嶋はずれた眼鏡を直そうとしない。ぴくりとも動かない。顔色は青い。手足は冷たい。死体によく似ていた。

Y音楽大学付属中学校ピアノ科三年嶋幸紀——本人は知らないがピアノ科の他の生徒の間では時に『yknr』あるいは『やきのり』しかし大抵は『嶋』とそのまま呼ばれている——が、最後にピアノに触れてから、これで35時間と30分が過ぎた。

今から35時間と30分前。

Y音楽大学付属中学校では二学期の期末考査の実技試験が行われていた。嶋にとって、それは最後のチャンスだった。が、しくじった。ピアノを三歳で習い始めて以来の最低最悪のクソ演奏をよりによってこの日、この大事な最後のチャンスの場で披露しながら、嶋は失神していたのかもしれない。幽体離脱した。二メートルほどの高さから自分の姿を見下ろすと、脳が内側からブスブスと燃え、焼けた頭蓋骨から黒煙がもくもくと立ち上っていた。そんな白昼夢を見るほどの大惨事は、十二月十六日10時30分、中ピアノ室Dで起きた。

それからピアノには触っていない。触りたくない。触れなくなった。今に至っては近付くのすら嫌で、二階の自室の隣にはピアノを置いた防音室があるからもはや二階にも上がりたくない。他人が弾くピアノの音も聴きたくない。だからテレビの音声を消している。というかそもそもテレビ自体をつけたくなかった。つけたのは弟だ。嶋は死体に似たまま弟がソファ座面に投げ出したリモコンを肘の下に隠匿《いんとく》し、肘関節の出っ張りを用いて最低限の動作で消した。が、テレビにはなんと本体ボタンなる機構がある。弟はスタスタとテレビに接近し、またつけた。嶋は消した。弟がつけた。嶋は消した。弟がつけた。リモコン対本体ボタン、パワーは互角。テレビはいっそ哀れなほど敏感にチュンパチュンパついたり消えたりした。何度か刃をというか電気を回路上で激しく交わし、攻防の末に、消音でつける、で落ち着いた。弟が塾に出かけてからもわざわざ消すのが面倒でそのままにしてある。これなら一応自衛は可能だ。ＢＧＭとして不意に流れるピアノ曲をシャットアウトできるのはもちろんのこと、あのおじさんとの遭遇から己を守ることができる。

あのおじさんとは他でもない。ピアノの売却を懇願してくる、あのおじさんのことだ。猫を吹っ飛ばしながらピアノの蓋が開くと、鍵盤の上に軽快なピアノのメロディーとともにあのおじさんが現れる。精子の妖精みたいなダンサーたちを従えて、ピアノを売却して欲しい、電話をかけて欲しい、そう訴えかけながら歌い踊る。世間では、あのおじさんを見ると赤ん坊が泣き止むなどとも言われているが、今の嶋にとっては恐怖の対象でしかない。なにしろＣＭだから遭遇を予期できない。視覚と聴覚の両方にピアノの存在を突然食らう羽目になる。まともに被弾すればメンタルが壊れる。また幽体離脱してしまう。それでも音さえ消していれば、猫が見えた瞬間に目を閉じることができる。だから、テレビはつけるなら消音。そうすれば聞こえるのはチッチッチッ、そう、これだけ、あとは無、真っ白、チッチッチッチッチッチッチッ——眼球をわずかに東へ。置き時計を見やる。眼鏡が用を為さなくてもギリ読める。

（……35時間と35分経過）

眼球を戻す。

ピアノと離れてから、それだけの時が過ぎた。

両手の指は腹の上に重なったまま動かない。まだそこにあるのかどうかすら、今はもう確信がもてない。とっくになんにもなくなっているのかもしれない。

嶋の中の空洞に、時間だけが降り積もっていく。どんどん増えて、膨れていく。どこまでいったら「終わり」なのだろう。もう取り返しがつかないとわかるのはいつだろう。なにもわからないまま、時は最後の瞬間に向かって容赦なく進み続ける。わかるのは、そのときは近いということ。それはすぐそこまで迫っているということ。

もうすぐ終わる。

『——そうですね』

「ひっ！」

突然テレビの音声がサウンドバーから出力されて、飛び上がるほど驚いた。その衝撃でカチャリ、眼鏡が顔面上の最適位置に戻る。

『では、次のニュースです。かつて一世を風靡《ふうび》したあのゲームが、十年の歴史に幕を下ろすことになりました』

肘かどこかがリモコンに触れたのだろうか。再び音を消そうとするが、慌てたせいか掴んだリモコンを床に取り落としてしまった。九時間にわたって活動を自粛していた身体を軋ませながら拾い上げると、裏の蓋が外れて電池が行方不明になっている。どこかに転がり出たのだろうが、足元には見当たらない。

息をつき、もそもそと床に這いつくばってソファの下を覗き込んだ。よく見えない。テレビからは、『うそ、終わっちゃうんだ！』『つか逆にまだあったんすか？』『高校の時みんなやってた！』『うちは親に禁止されてました』街頭インタビューと思《おぼ》しき男女の声が賑やかに聞こえてきて、女性アナウンサーの澄んだ声が後を引き取る。

『めぐバス、といえば、ご存じの方も多いのではないでしょうか。そうです。今夜の話題は、〝めぐりあいユニバース〟です』

そういえば、そんなゲームもあったっけ。電池の一本や二本は余裕で飲み込めるほど長いラグの毛足の中を手でわさわさと探りながら、耳だけで適当に聞き流す。

『十年前の十二月二十四日、18時00分にサービスが開始された〝めぐりあいユニバース〟、通称めぐバスが、今年十二月二十四日17時59分をもって終了することが本日発表されました』

電池は見つからない。頭に血が上って身を起こす。テレビにはゲームのオープニング画面が映っている。虹色の星雲がきらきらと渦巻くその宇宙には、嶋もかすかに見覚えがあった。退屈な親戚の集まりに連れて行かれた時に、年上のいとこがユーザー登録するのをすぐ隣で眺めていたのだ。もう何年も前のことだ。今このニュースを見るまでは思い出すこともなかった。

『二十代、三十代の方からは寂しい、懐かしい、という声が上がっていますね』

『ちょうど我々もその世代ですよね。それではめぐバスがどんなゲームだったか、ここで改めて十年の歴史を振り返ってみましょう』

めぐりあいユニバースはブラウザで遊べるオンラインゲーム——ということすら、こうしてテレビで解説されるまで嶋は理解していなかった。

ゲームを開始すると、新たな星を発見したという設定で、特定の座標で示される星のアドレスがユーザーに一つ割り振られる。作成したアバターでその星に降下し、歩き回って探索するというのがめぐバスの基本的な遊び方だった。しかしこのゲームが若者の間でブームになった理由はそこではなく、メッセージを飛ばすことで他の星とコミュニケーションが取れる、という部分にある。友人同士で座標を教え合えば連絡ツールになるし、適当に打ち込んだ座標にメッセージを送ってたまたまそれが誰かに届けば、見知らぬ相手と出会うこともできる。めぐバスは探索ゲームでありながら、実際にはコミュニケーションサイトとして爆発的に流行したのだ。アイドル声優が「いつかきっと、めぐりあえる……」と囁《ささや》くCMは、一時期メディアを文字通りジャックした。

しかしサービス開始から二〜三年後にはスマホとSNSの時代になり、自然と流行にかげりが見え始める。その頃を境にフィッシングサイトへ誘導される詐欺メッセージが激増し、売買春や違法薬物取引などの犯罪行為に悪用されるケースも表面化して、めぐバスはにわかに社会問題となった。運営会社は対策として、簡単に見知らぬ相手にメッセージが届かないように座標を複雑化したが、結果として出会いの機能はほぼ失われ、ネット上では「いつまでも全然、めぐりあえない……」と揶揄《やゆ》され、残っていたユーザーも減り続け、今ではすっかり世間からも忘れ去られ――

『十周年を目前についに終幕、ということになったんですね』

『はい。まさしく一つの時代の終焉《しゅうえん》ですよね。私、実は中高生の頃はかなり熱心なユーザーだったので、青春時代を懐かしく思い出してしまいました』

『わかります、私もユーザーでした。最初、真っ暗な宇宙のずっと遠くに、いきなり星の着陸地点がキラッと光って見えるんですよね。そこに向かって、ひゅーっとまっすぐ降りていって』

『そうそう! ものすごい高揚感がありましたよね。これから一体なにが始まるんだろうって、ワクワクした記憶があります』

やっと電池を発見した。ソファの足の陰に転がっていた。拾い上げ、セットし直す。裏の蓋をカチリとはめて、リモコンをテレビに向ける。

『個人的に、最終日は久しぶりにログインして、最後の瞬間をこの目で見届けようと思っています』

消音ボタンを押そうとしていた嶋の動きが止まった。

「……は？」

『さて、次のニュースです。永田町にも木枯らしとなるのでしょうか。また新たに明るみに出た政治とカネの問題を巡って、与党内にも任命責任を問う声が――』

まだ動けない。

リモコンをテレビに向けたポーズのまま、嶋はようよう首だけを右に60度ほど傾ける。ものすごく聞き捨てならないことを聞いた気がする。めぐバス、ではないのだ。めぐバスにはなんの思い入れもない。そもそもユーザーですらない。どうでもいい。問題はそこではなくて、

（『最後の瞬間』なんて、そんなに見たいか？）

そこだ。

なんでだ。

アナウンサーの発言にはまったく頷けない。頷けないどころの騒ぎじゃない。たとえこの首を毟《むし》られたって理解できない。

今の嶋にとって、見たくないもののナンバーワンがまさにそれだった。道端の吐しゃ物よりも轢《ひ》かれたカエルよりもタンチョウヅルの頭頂部よりも見たくない。それほどまで

に見たくない。見ないですむならなんだってする。なんならこの目を自ら指で突いて潰してでも、いや、さすがにそれは無理だけど、しないけど、でも走って逃げるぐらいのことはする。チッチッチッと今この瞬間も音を立てて目の前に迫り来る『最後の瞬間』にくるっと背を向け、全力疾走で駆け出して、どこまでも遠く、見えなくなるまで遠く、誰にも捕まえられないところまで遠く、二度と戻れないぐらい遥か遠くに、このまま逃げてしまいたい。本当はずっとそうしたかった。でも無理だから、逃げられないから、だから仕方なくただこうしてここで一人で終わりを待って、

（……あれ？）

ふと辺りを見回す。一人だ。突然その事実に気が付いた。

今、ここには自分一人。

母親は父親を迎えに駅まで行っているし、弟は塾。自分がどこへ出て行こうと見咎める家族はいない。つまり今なら逃げられるんじゃないか？　逆に、なぜ逃げられないと思っていたんだろう。なぜ聞きたくもないチッチッチッを大人しく聞いているんだろう。なぜ見たくもない『最後の瞬間』を大人しく待っているんだろう。すぐそこまで迫っているのに、そんなの絶対に見たくないのに。なぜ、自分は逃げずにここにいる。

逃げればいいじゃないか。

眼鏡をひねり、時計を見た。22時15分。あとすこしでみんな帰って来る。もう迷っている場合じゃない。どうせならもっと早く気付けばよかったが今さらだ。

身体を起こすやリビングを飛び出した。手まで使って登攀《とうはん》するように二階へ駆け上がり、左回転でバンクしながら自室に突入。紺色無地のナイロンのバックパックを引っ掴み、なにがいるかなんて全然わからないからとりあえず手近にあった洗濯済みのパンツやソックス、あとなんだ、財布、は鞄の中だ、廊下に置きっぱなしだ、そうだ通帳、お年玉、ていうかスマホ、も鞄の中だ、それとあと、いやもうわからない、ペンケースだのメガネケースだのそこらの物を適当に突っ込んでもうこれでいい、力いっぱいジッパーを閉めて着たままだった制服のコートの上に背負い部屋から飛び出しかけて、そうだ、思いついてストップ、引き返してベッドの上掛けをはがしてその中に枕やクッションや毛布を縦長に丸めて突っ込む。上掛けを戻す。部屋を覗くとここで寝ているように見えるはず。こんな姑息的偽装工作はどうせ長くはもたないだろうがただの時間稼ぎだからこれでいい。ここには二度と戻らない。

部屋を後にして階段を二段飛ばしに駆け下りる。リビングを通り過ぎようとして、もう一度その足が止まる。ちらっと時計を見る。35時間と53分経過。時計を片手で引っ掴んだのは衝動を自覚するより早かった。思いっきり床に叩きつけた。しかしラグに衝撃が吸収されて時計はビクともしない。二度同じことを繰り返したが針の音は決して止まない。嶋はテレビ台の下の棚を開け、あらゆるケーブルが絡み合う通称魔窟の奥の奥の奥に時計を無理矢理ねじ込む。足で蹴って棚の戸を閉める。それでも「……っ！」チッチチッ――生まれつき感度が良すぎる耳をついに両手で力いっぱい塞ぎ、今度こそ走って逃げ出した。

行き先はどこだ、とにかく都内か、渋谷とか新宿？　いやもうなんでもいい、逃げられればどこでもいい。ネットカフェみたいなところがあればきっと泊まれる、ああでも駅方面に今向かうのだけはだめだ、帰ってくる親と会ってしまう。目まぐるしく考えながら置きっぱなしにしていた鞄から財布とスマホを取り出してポケットにねじ込む。足をローファーに突っ込む。思いっきり大きく玄関ドアを押し開く。が、外へ出てから自転車の鍵を部屋に置いてきたことに気付き、

「あっ、くそ！」

勢いを削ぐ己の迂闊《うかつ》に頭を抱えるが、そのとき、
軽いブレーキ音が住宅街に尾を引いた。ちょうど帰宅してきた弟の自転車のライトに目を射られる。

「兄貴どしたん？」

「眩しいぞ弟！」

張り倒したくなるが、何も知らない弟はのんきそのもので、

「こんな時間にどっか行くの？　兄貴が夜の外出なんて珍しいじゃん」

なにがおもしろいのかにこにこしながら自転車を押してガレージに向かおうとする。どうでもいいことだがすでに嶋より数センチ身長が高い。その横っ面を張り倒す代わりにダウンジャケットの腕を摑んで引っぺがし、ハンドルを脇から奪い取った。

「ちょっと、なにすんの」

「家出する。おまえはしばらく俺がいるふりをして時間を稼げ」

「……えーっと、さすがに色々と突然すぎるんだけど。つか俺の自転車……」

「俺は具合が悪くて部屋で寝込んでいる。そう伝えろ」

「誰に？　あ、ちゃんママとちゃんパパか」

「食事はすべておまえが部屋に持っていくと言って、隠れて全部食え。あたかも俺がずっと部屋にいるかのように振舞い続けろ」

「ほぼ武田信玄じゃん」

「そんな人は知らない」

「そっかそっか、でもまたなんで？」

「俺は兄でおまえは弟だからだ」

「いやそうだけどさ、でもそうじゃなくてさ、んーと、うん。いつまで？」

「永遠にだよ！」

「どこ行くの？」

　答えなかったのは、自分自身その答えを知らないからだ。弟をそこに置き去りにして、嶋は奪った自転車で真冬の夜道を一人漕ぎ出す。誰にも見えない暗闇で、そのとき時計は22時27分を指している。

　とにかく都内だ。そう決めた。北上して都内を目指す。横浜、川崎、と進めばいいはず。それだけを胸に、もう後ろは振り返りもしない。夢中でペダルを踏む。必死に逃げていく。時間はそれでも止まらない。誰にも見えない暗闇で、それは今も降り積もる。中三男子としては小柄な方の嶋の身体の内側で、不安と恐怖に変質していく。

その、4時間38分後だ。

嶋幸紀がたった一つの小さな光を見つけ、ひゅーっとまっすぐ降りていったのは十五歳の冬。十二月十八日、03時05分のことだった。

一体、なぜ。「うら待てぇ!」ズガガー! 「チャリ寄越せぇ!」ゴゴゴー! ぎゃははは! なんだこれは。どうしてこうなった。なぜこいつらは自転車を欲しがる。そもそもなぜ、午前三時に自分は町田にいる。

なにもわからないまま嶋は無言、「……! ……! ……!」見知らぬ町の暗い路地をひたすら逃げ惑っていた。もちろん本当は気分の赴くままギャー! とか存分に叫びたいが、今は無意味な感情の反応にカロリーを割く余裕などない。残された体力のすべてを絞り、両脚の筋肉に一滴残らず注ぎ、生存本能を燃やし尽くしてペダルを漕いで、ヤンキー二人組の追跡から逃れなくてはならない。とはいえ奴らはキックボードとスケートボード、自転車の方が速いはずだがなにしろ嶋には土地勘がなかった。身を隠せる場所もわからないから、目の前に続く道をただ闇雲に進むことしかできない。追っ手を撒くテクニックなどそもそも嶋にあるわけもない。

横浜に向かっていたのだ。

なかなか着かないな、とは思った。途中のコンビニで休憩もしたが、それにしても街の灯が遠い。寒いし眠いし疲れてもいた。これ以上進むのは難しいかもしれない。心が挫けかけた時、それは忽然と目の前に現れた。

町田駅。

嶋は最初、疲労のあまりに幻覚が見えたのだと思った。しかしその建造物はあまりにもまざまざと現実感を伴っていたし、標識、看板、街並み、目に入るもののすべてがここは町田であると告げていた。認めざるを得なかった。町田だった。つまりどうやらどこかでとんでもなく道を間違えていたらしい。……よし、落ち着け。自分に言い聞かせた。とにかく一旦落ち着いて、ここからどうリカバリーするか考えてみよう。人気も絶えた街角で足をついたまま停車し、バッテリーをケチって極力見ないようにしていたスマホを取り出そうとした。そのとき、そいつらに見つかった。第一声が「チャリィ！」だった。蛮族の挨拶かと思ったが、「チャリがおるぅ！　ひゃあ〜！」「ひゃはぁ〜！　チャリ寄越せぇ！」なんのことはない、ヤンキーの追いはぎだった。めちゃくちゃ追われた。逃げても逃げても振り切れなかった。ゴミゴミした通りを直進し、酔っ払いが点々と転がる飲み屋街を抜け、ゴミ袋があちこちに置かれたシャッター街に出ても、「待てぇチャリ眼鏡ぇ！」「眼鏡も寄越せぇ！」

（眼鏡まで⁉ 度も合わない他人の眼鏡まで欲しがるのか⁉ ばか！ 眼鏡屋いけ！ その前に眼科いけ！ 視力測れ！）

目の前は丁字路、慌ててハンドルを切って狭い裏道に突っ込んでしまう。まずい、暗い、道幅すらよく見えない。ライトが白く照らすのは目の前のわずかな範囲だけ。方向感覚などとっくにないし、転びでもしたら一巻の終わりだ。チャリも眼鏡も奪われて、自分も町田のヤンキーにされてしまう。

（本当に、どうしてこうなったんだよ⁉）

声に出せない代わりに胸の中だけで叫んだ。おまえが道を間違えたからだよ！ 答えも胸の中だけに返ってきた。それはそうだ。そうなんだが、それにしてもこんなはずではなかった。ヤンキーから逃げたくて家を出たわけじゃない。逃げたかったのは、『最後の瞬間』からだ。今ならもっとはっきりわかる。嶋は、帰宅してくる父親から逃げたかった。

終業式の今日、というかもはや昨日か、専科の担任は母を学校に呼び出した。特別に行われた三者面談の場で、嶋に系列の普通科高校を受験するよう勧めるためだった。「このまま付属高校に進んでも先はない」「年明けにはもう決断しなければいけない」「ピアノ以外の人生を選ぶなら本人のためにも早い方がいい」——母は、頷きながらそれを聞いていた。帰りの車の中で、お父さんが帰ってきたらちゃんと話さないとね、そう言った。父親は医師で、今は近県の病院に勤務している。金曜の夜に帰ってきて、週末は葉山の自宅で家族と過ごす。父も頷くだろうと嶋は思った。ピアノ科を辞めて、普通科を受験するように言われるはずだ。

こうなったのはすべて自分のせいだった。一体いつから、どこから、道を間違えていたのだろう。直近の分岐点はあの中ピアノ室Dでの大惨事か。思えばあれは、まるで今の自分の姿を暗示していたかのようだ。ヤンキーの追跡から逃げ惑いながら、あの日のクソ演奏を思い出してしまう。本当に、まさしくこんな感じだった。こんなふうに一メートル先のこともわからない道を闇雲に突き進み、ガタガタの轍《わだち》にはまりまくり、コントロールを失い、バランスを失い、今いる場所もわからなくなって、なにもかもがめちゃくちゃになって、この手の中でバラバラにぶっ壊れていって、結局、全部だめにしてしまって……喉にせりあがる震えを飲み込む。飲み込んで、ひたすらペダルを漕ぎ続ける。漕いで漕いでさらに漕いで、狭くて暗い裏道からやっと抜ける。その先は勾配のきつい下り坂、突然の急加速に背が冷える。と、前輪がなにかを踏んだ。弾んだ。「あっ、」ハンドルを取られる。そのまま自転車はグラグラと左右に踊り「うわ、」タイヤは横滑りして横の植え込みの中に突っ込む、そう思った次の瞬間だった。嶋の視界いっぱいに、黒い夜空が大きく広がった。

突然の浮遊感。

闇の中に投げ出される。

自転車から手が離れてしまう。

植え込みの向こう側は崖になっていて、数メートルの高さからのフリーフォール。真下はアスファルトの道路。あ、これ。死ぬ。そう感じた瞬間、両手を握り、脇の下に隠していた。嶋の反射は指を守った。脳内に一瞬の思考が（馬鹿だな）閃く。（もう意味なんかないのに）無防備な頭から固い地面に落ちていくその真下に、

光が、

『ひゅーっとまっすぐ降りていくんですよね』

——見えた。

真っ暗な、温度のない深い闇の中を一人行くあてもなく漂っていると、突然ずっと遠いところに小さな光が灯った。

思い出した。

それはまるでこの世にたった一つ、誰かのために特別に用意されたもののように思えたのだ。誰かのためにずっと前からそこにあって、誰かをずっと待ち続けていて、そして今、誰かのために光っている。ここだ！　と叫ぶように。ここに落ちてこい、——！

誰かの名前を呼ぶように。そう思ったのだ。その光に座標を定める。億千万の星の海を抜け、渦巻くガスの雲を抜け、一直線の軌跡を描いて、遥か遠い宇宙の果てからたった

一つ、自分のためだけに灯されたその光を目指してまっすぐに降下していく。あの日、いとこのノートパソコンのディスプレイに流れたゲームのムービーを見ながら幼い嶋は息を飲んだ。そしてまさに今、ひゅーっと夜の闇から光を目指してまっすぐ落下しながらそういう光を、いやでもあれは、

（人だ！）

気付いた時には、もうその両腕の中に受け止められていた。

衝撃を支えきれず、そのまま折り重なるようにぐしゃっと体勢が潰れる。二人して路上に転がる。

「……ってぇ……」

苦し気な呻き声。嶋はそんな声すら出ない。胸を打って息ができない。指は――指は動く。生きてる。眼鏡も無事だ。四つん這いでなんとか身を起こした。顔を上げる。その人を見た。

冷たいアスファルトに座り込み、かきあげた長い前髪は銀。真っ白な毛皮の上着の中にスパンコールのシャツを着て、前を大きく腹まで開けて素肌を見せている。

闇夜の中で、男はギラギラと極彩色に輝いていた。

普通ではない。そう思った。現実の人間には見えない。この世の生き物ではないみたいだ。神話に出てくる鳥のような、触れれば指が通り抜けてしまいそうな、地面から数センチ浮かび上がっているみたいな……瞳が、嶋に向く。嶋を見るなり吹き出す。人間か。

そりゃそうか。人間なら笑いもするか。だって「た、」今の自分は多分相当、「たすけて！」

みっともない。まだひくひくと痙攣《けいれん》する肺、気道、横隔膜。ぬるっと熱い鼻の下を拭った手には血がべっとり、「追いかけてくるんだ！」甲高くひっくり返った声で喚きながら無我夢中、目の前のギラギラ男に真正面から飛びつく。命がけの必死さでその胴にしがみつく。触れた生身は汗ばんで熱い。いる。ちゃんとここに存在している。異次元から投影されたホログラムなんかじゃなくて、確かにこの人はここにいる。

「ずっと追いかけてきて、もうどこにも逃げられない！ ここがどこかもわからないし、どこに行けばいいのかもわからない！ 俺にはどこにも逃げ場がない！ お願い、たすけて……！」

男のシャツを摑んだ手に、嶋は渾身の力を込めた。絶対に離すまい。全力で、震えながら、そこにあるものを握りしめた。絶対に絶対に、絶対に離すまい。

なにかがひらりと目の前に近付いてくるのが見える。白い蝶のような掌が、嶋の鼻血をぐいっと拭う。そして、

「いいよ」

男は頷いた。微笑んだ。

その息の半端ない酒臭さに、ここでやっと気が付いた。鼻血の血腥《ちなまぐさ》さ越しにもはっきりとわかる。さらに香水の匂いもすごい。甘ったるいやらむせ返るやら、とにかく尋常

な濃度ではない。この上空のオゾン層にも矢のように突き刺さり、穴を開けているに違いない。環境が壊れる。地球かわいそう。一瞬たじろいだ嶋の手を、男はすごい力で掴んだ。そのまま引っ張って立ち上がらせ、

「連れて行ってやるよ」

ふらつく足で走り出す。「あっはっはっはっ！」高らかに笑っている。その様子はどう見ても普通ではない。明らかにやばいレベルの酔っ払いだ。しかもそのくせ走るのはやたら速く、嶋はとにかく必死に手を掴み返して、もはや為すすべなく引きずられていく。脳裏を拉致《らち》の二文字さえよぎる。

住宅街にまだ朝は来ない。闇の中を駆け抜けていく二人の姿を、見ていた者は誰もいない。

＊＊＊

そのマンションの一室は、男の自宅のようだった。

玄関に入ると照明が勝手につく。男は嶋に「入れ」とも「入るな」とも言わない。振り返りもせず、戸締りもせず、革靴を脱ぎ飛ばして、一人で先に中へと上がる。廊下を進んでいく間も身体はふらふらと大きく揺れ、両肩を左右交互に壁にぶつけまくってい

る。嶋もその後を追い、ローファーを脱いで室内に上がった。スリッパなどはなさそうで、ソックスで冷たい床板をぺたぺたと踏んでついていくしかない。廊下の先にドアがあって、男はそれを身体の幅の分ほどだけケチくさく押し開いた。その隙間からダウンライトがつきっぱなしの部屋が見えた。

（えっ……）

嶋は、息を飲んだ。足が止まる。それ以上は進めなくなって、半端に開かれたドアの手前で立ち竦《すく》む。

ドアを全開にしないのは、向こう側の物がつかえているかららしい。そこは恐らくリビングなのだろうが、床はまったく見えない。丸々膨らんで口を縛ったレジ袋だのスナック菓子の空き袋だのくしゃくしゃに丸まった服だのペットボトルだのタオルだのチラシだの紙屑だの紙袋だの、とにかく色々なにかもうよくわからないものが無数に積み上がり、床面をびっしりと埋め尽くしている。深さは膝の高さぐらい。まるで賽《さい》の河原、そのゴミ版だ。鬼はあの男。だって歩きながら平気でゴミの塔を蹴り飛ばしている。ソファやローテーブル、テレビなどの家具も一通りあるにはあるようだが、それらもすべてゴミの層の中に沈んでいる。そこら中から攻撃的に突き出しまくっている針金ハンガーは罠かなにかなのだろうか。侵入者をあれで捕らえようとでもいうのか。でも「いてっ……」本人が引っ掛かっているのはどういうことなんだ。

汚部屋だ。

嶋は思わず一度目を閉じた。数秒おいて、そっと開く。……汚部屋だ。しみじみと汚い。こんなに汚い部屋は生まれて初めて見た。本当にこれまで見たことがないレベルだ。こんなところで一体どうやって暮らしているのだろうか。食事したり眠ったり寛いだり、そういう普通のことができるのだろうか。しかも部屋は汚いうえに妙に暑い。真冬だというのにむわっと嫌な感じの熱気がこもっている。エアコンかヒーターがつけっぱなしになっているのかもしれない。換気もせずに、ずっと。なにそれ。ひどい。最悪。信じられない。もうそんな月並みな言葉しか出て来ない。

虚ろな目をして立ち尽くす嶋の様子に、しかし男は気付きもしないらしい。慣れた様子でゴミを蹴りつつ、時折ハンガーに脛を刺されつつ、獣道を踏み分けて部屋の奥へと歩いていく。そして服をどんどん脱いでいく。脱いだものはそこらにそのまま投げ落としていく。指輪や時計も外すなり次々放る。煙草の箱も、ライターも放る。小さな物体はどんどんゴミの中に埋もれていく。

「……あ？」

やっと存在を思い出したみたいに、嶋の方を振り向いた。ぐらぐらと盛大にふらつきながら、細いスラックスのポケットからスマホを掴みだす。それもポイ、というかゴトッ。投げ捨てた。すでに上半身は裸で、

「ああ……これ。な。部屋、汚えよな。やべーよな。わかってんだよ、自分でも……」

むき出しのうなじに絡みつく鎖みたいなアクセサリーも、うっとうしそうに身をくね

らせて外す。ポイ。

「どうにかしねえと、って……いつも……つか、もう、ずっと……でもさ、」

ベルトもカチャカチャと外し、ずるっと引き抜き、投げ落とす。スラックスもそのまま足首まで脱ぎ下ろし、子供みたいに爪先で蹴り飛ばす。ソックスも同じように蹴り飛ばす。ふと嫌な予感がした。一体どこまで脱ぐつもりなのだろうか。男はもはやその身にボクサーパンツしかまとっていない。それはさすがに残すんだよな？　疑問というよりは懇願に近い思いを抱きつつ、嶋は男の後ろ姿を見つめる。男の両手がボクサーパンツのゴムの部分にかかる。まさか、だよな？　ちょっと腹周りの締め付け具合を調整したいだけだよな？　そうだよな？　嶋の思いは、しかしつるんと裏切られた。

「てめーじゃもう、なんか……どうにもできなくてさ……」

躊躇《ちゅうちょ》なく全裸。ゴミの山の中に放り投げられた使用済みボクサーパンツの行方は杳《よう》として知れない。いやでもまだセーフだ。見えるのは全裸の背面、尻だけ。男は後ろを向いているから大丈夫。まだいける。そう思った次の瞬間、

「あ、そうだ」

くるりと向き直り、男は嶋を見た。男の全裸を真正面から食らってしまって心底げんなりする。そんな嶋の心境に思いを馳せることなど一切なさそうに、男は鼻先までゆるくうねりながら落ちる銀の前髪を気だるげにかきあげる。

「おまえ、さっき行くとこねえっつってたよな。……もしもこれ、この部屋のゴミとか

さ、全部きれいに片付けられたら、おまえにここやるよ」

「えっ！」

突然の話に、びっくりして思わず目を瞬いた。クリアになった視界に全裸。しかし負けない。

「ここやるって、くれるってこと？　ここに俺、住んでいいの？　ずっと？」

男は「ん」、半ば目を閉じ、前後に揺れながらこっくりと頷く。

「ほ、ほんとに？」

「まーじまーじ。ここ、っつうか……」

自分の周りをぐるっと指差して、
さらに何度か深く頷く。

「ぜーんぶ、やるよ」

「じゃあ片付ける！　きれいにする！」

嶋の返答は、果たして耳に届いたのだろうか。男は頷きながらやがてゆっくりと前傾して、そのまま顔面からゴミの中に倒れ込んだ。沈黙は数秒。すぐに寝息が聞こえてくる。

嶋はいまだ戸口に突っ立ったまま、部屋の中に入れていない。早すぎる展開にもついていけていない。ずるずると廊下の壁に背中をつけて、その場にゆっくりと座り込む。

（この部屋を、くれる……そう言ったよな）

それが本当ならすごい。先の展望などなにもなく、ただ逃げたいだけの一心で闇雲に突っ走ってここまで来てしまったが、やっと具体的な救いの道が見えた気がする。ここに隠れていられれば、『最後の瞬間』なんて永遠に見ないですむ。

（でも片付けるって、このカオスを？　そんなの本当に可能なのか？）

目を上げ、ちょっと横を見ればそこには汚部屋。ゴミが立体的に堆積しまくって、どういう間取りの部屋なのかさえぱっと見ただけではわからない。こんな中学生如きにどうにかできるものなのだろうか。ブルドーザーとかで掘らないといけないレベルの作業ではないのか。なにか資格とかいるんじゃないのか。

不安に心が沈みかけるが、いや、と勢いよく首を振って悲観的な考えを打ち消す。やれるかどうかじゃない。やるのだ。どうにかして片付けることさえできれば、それで問題は解決する。だったらやればいい。すでにやると答えもした。だったらもうそれだけだ。それ以外を考えるな。

嶋は小さくなって膝を抱え、力を入れて目蓋を固く閉じた。とにかく今は眠ろうと思う。朝まで眠って、もうとっくに尽きている体力を回復させて、明るくなってから落ち着いて状況を確かめよう。不可能を可能にする方法を考えてみよう。明日明日、とにかく明日。そう腹を括って眠気の訪れを待つことにする、が。

（……知らない男のむき出しの尻がすぐそこにあるのか）

やはり、どう考えてもこの状況は異常だ。そうあっさりと眠れるわけもない。目を閉じたまま、はあ、と思わずため息をついてしまう。汚部屋が伝染性の負のオーラでも発生させているのか、考えもついくよくよと暗くなる。

（こんなことになるなんて、考えたこともなかった）

　自分の傍らにあり続けるのは生涯ピアノだけだと思っていたのに、実際に今、傍らにあるのはゴミに埋もれた男の尻。横浜に向かっていたはずなのに、ここは町田。本当に、自分は一体どこでこんなに大きく道を間違えてしまったのだろう。

　最初はとてもシンプルだった。祖母が趣味で弾くピアノが好きだった。それだけだった。背の高いチャイルドチェアを隣に並べてもらって、いつもすぐ近くで演奏を聴いていた。その祖母が急に亡くなって、黒い服を着せられたある日、嶋は一人でピアノの前に座った。習ったことはなかったし足もペダルに届かなかったが、それでも生まれて初めて鍵盤に触れた小さな手と指は、乙女の祈りを、メヌエットを、きらきら星変奏曲を、わたしの城下町を、祖母の癖まで完全にコピーしていた。いつの間にか喪服姿の大人たちが集まってきて、茫然と自分を見ていたのを覚えている。それが三歳の時だ。

　本格的にピアノを習い始めたら、他にはなにもいらなくなった。友達もいらない。おもちゃもいらない。スポーツもしない。遊びも知らない。勉強もできない。それでよかった。そうしたかった。ピアノを弾くのが好きだから、ずっと弾いていたかった。ただそれだけで嶋は生きてきた。だから音大付属中学に無事に合格した時は、本当に嬉しかった。あとは高校、大学とエスカレーターで進み、そしていずれプロのピアニストになる。そうすればずっとピアノを弾いていられる。我ながら無邪気にそう信じていた。

調子が狂ったのは三年生になってからだ。実技の成績が突然がたっと落ちた。理由はわからない。教師との相性というわけでもなく、例えばピティナもひどい結果だった。いきなり下手になったとも現実的には思えなかった。同年代の周囲が伸びて、置き去りにされたのかもしれない。とにかく、その時にはすでに間違えていたのだ。これまでのやり方では通用しなくて、かつての天才児も気付けばピアノ科の底辺。最下位。ドべ。どんなに真剣に弾いても、正確に弾いても、感情を込めて弾いても、「だめ！」「違う！」「やり直し！」教師に止められた。このままじゃ先はないと何度も言われた。普通科への進学も考えろと、実は二学期に入った頃にはすでに言われてもいた。だから期末考査に賭けていたのだ。教師の評価を覆す最後のチャンス。起死回生の大勝負。これまでにないほど必死に練習した。学校ではもちろん、自宅でも防音室に閉じ籠り、寝食も忘れて課題曲に没頭した。だけどある日、鍵盤に触れようとした指がかすかに震えた。あれ？　と眺めた手の平が、じわっと冷たく汗ばんだ。なにかおかしいと感じた。そんな小さなことに一旦気持ちが向いてしまうと、その後は転がり落ちるようだった。なにもかもが致命的なエラーに思え、すべてが崩壊する予兆に思え、些《さ》細《さい》な変化にいちいち怯えた。指の震えも止まらない。震えはやがて全身に及ぶ。寒気がする。吐き気がこみ上げる。実際に何度も吐いた。椅子に座ると目の前が揺れた。地震だ、と何度も立ち上がっては辺りを見回した。まったく揺れない電灯の紐を、裏切られたような思いで見つめた。なにかが起きてはいたのだ。でもそのなにかがわからなかった。それでも練習はしなくてはいけない。負けてはいけない。勝たなくてはいけない。

なにしろ最後のチャンスだ。「だめ！」「違う！」「やり直し！」

うまく弾かなくては。「だめ！」「違う！」「やり直し！」

ここでしくじったらもうピアノを弾けなくなる。「だめ！」「違う！」「やり直し！」

ピアノを失ったら自分にはなにも残らない。「だめ！」「違う！」「やり直し！」

友達もいなくて勉強も運動もできない、好きなものもやりたいことも夢も未来もなにもない、普通のことはなにも知らない。「だめ！」「違う！」「やり直し！」

──やり直せたらよかった。

どこかで間違いに気付けていたら。来てしまった道とは違う道を、正しい道を、選べていたら。そうできていたらよかった。そうすれば、こんなふうにはならなかった。

薄暗い汚部屋の入り口で身体を丸めたまま、嶋は自分の膝に顔を擦りつけた。どれだけ悔やんでも、くよくよと考え込んでも、この現実は変わらない。ここは町田。すぐそこに尻。眠れるわけなんかない。絶対に、眠れるわけなんか……

＊＊＊

二年ぐらいは順調に、姉は彼氏と仲良くカップル歴を重ねていた。

その間、俺はそれなりのサイズの店でそれなりのホストとしてそれなりの金を稼いで、日々増えていくゴミに埋もれて暮らしていた。ずっとそのままでいいとはもちろん思っていなかったが、結局なにもできないまま、気が付けばそれだけの時間が過ぎていた。

でもある日、変化は起きた。彼氏が結婚話を持ち出して、姉はそれを断ったのだ。二人の関係はよくない方に変わってしまった。「私は今の関係で十分に幸せだし」「アラフォーだよ、もう子供とかも考えてない」「わざわざ結婚する理由がない」俺は、姉の考えがそれほど不自然だとは思わなかった。でも彼氏はそうではなかった。姉の考えを聞いても納得せず、ごまかされたと思ったらしい。なにか言えないことがあるに違いない。そう信じて、姉が結婚を望まない理由をしつこく探り始めた。

一回り以上も年の離れた実弟、つまりこの俺の存在は、まず真っ先に怪しく思えただろう。

俺が怪しいのは事実だから仕方がない。素行不良で、前歴があって、少年院上がりで、仕事はホスト。そして姉にマンションを買わせて、自分は一銭も出さないままそこに堂々と住んでいる。まともな勤め人の目に俺のような男がどう映るか、そんなのもちろん理解している。

だからもしも正面切って、おまえは怪しい、おまえは姉の重荷だ、今後一切姉との縁を切れ、一生関わらないでいてくれ、これからは自分が姉の傍にいる、そう言われたなら俺はすぐに従った。なのに彼氏は、裏から手を回すことを選んだ。

探偵をつけられたことに気付いたのは、俺よりも客の女の子の方が先だった。俺の周囲を嗅ぎ回らせて、そして『あの噂』に辿り着いてしまった。

二年前に突然消えたストーカー女……つまり姉自身が、かつて俺について振り撒きまくってくれた噂。姉と彼氏の関係をも揺るがす、あまりにも汚い、おぞましい噂。

火元のくせに、姉は「しょうがないね」と舌を出した。「バレるならバレるでもういいよ。本当のことを全部話して別れるよ」「私たちは二人で隠れていよう」「ずっと、このまま二人でいよう」

なぜ姉がストーカーのふりまでしてあんな噂をばらまき続けたのか、俺にはずっとわからなかった。どうせ矛盾の塊である姉のやることだから、と、考えること自体を放棄してきた。でもこのときになってやっとわかった。こうするためだったのだ。いつか幸せを掴んでしまいそうになったら。いつか幸せになりたいと望んでしまったら。その「いつか」がきたときに、すべてを完璧にブチ壊しにするため。姉の意味不明な行動は、ただそのための周到な準備だった。

俺は、なにも話すなと姉を説得し続けた。彼氏のことが好きなんだろ、だったら絶対に手放しちゃだめだ、そう言い続けた。姉がこんなふうに必死に幸せを遠ざける姿を見ていられなかった。

俺がなんとかするから。「なんとかってなによ」

噂なんてぜんぶ嘘だって知らんぷりしとけ。「ほんとのことでしょ、ほとんどは」

いいから、ちゃんとするから、とにかく黙ってろ。「ちゃんとってなによ」

こうしてタイムリミットが切られた。姉が黙っていられなくなるまでだ。それまでに、俺はなんとかしなければいけない。ちゃんとしなくてはいけない。

やるべきことはとっくの昔、十五の時にはわかっていた。なんとかする。ちゃんとする。大きな矛盾を、解決する。たった一つのその方法。

それは常に頭の片隅にあったのに、なぜだかずっと実行できずにいた。どうしても、思い切りがつかなかった。未練だろうか。でも一体なにに？

時は刻々と迫る。早くしないとと焦るのに、それでも俺は片を付けられない。毎日、今日こそと思うのに、結局その夜には酔っぱらってなにもかもを忘れてしまう。なんで、なんで、なんで。早く片を付けてしまわなくてはいけないのに。どれだけ自分を責めても、次の朝にはまた目が覚める。俺はゴミの中で、また朝を迎えている自分自身にうんざりする。

あの夜もそうだった。ゲームみたいに呷《あお》ったアルコールのせいで、頭はすっかりからっぽになっていた。やるべきことも忘れ果てて、また最悪の朝に向かって俺はふらふらと歩いていた。

空からおまえが落ちてきたのは、そういう真冬の帰り道だった。

2

目が覚めてからもしばらくの間、顔を上げられなかった。気持ちの問題ではない。ただ純粋に、首がものすごく痛いのだ。肩も背中も腰も同じく痛い。尻に至ってはもう感覚がない。今なら尾てい骨に五寸釘を打ち込まれても、それを引き抜かれても気付けない。多分。

嶋は廊下の壁に背をつけて座り、抱えた膝に顔を埋《うず》めた体勢のままで眠り込んでしまっていた。もちろんどう考えても睡眠に適した体勢ではなかった。その証拠にこの通り、すっかり全身にダメージを負っている。体力を回復するために寝て、寝たが故に御覧の有様だ。思えば皮肉な話だった。一体今は何時なんだろう。朝だとは思う。揃えて置いた爪先のあたりまで光がうっすら届いている。寝落ちした瞬間の記憶はなかった。意識がある間はずっと、絶対に眠れるわけなんかないと思っていた。だから、実はひそかに驚いている。こんなところで、こんな体勢で、時間の感覚もなくなるほど本格的に眠れたなんて。

そろりそろり、首をかばいながら慎重に顔を上げていく。開いたままの扉の向こうは、やはりもう明るくなっている。傍らに置いていた眼鏡をかけ、辺りを見回す。リビングの方を見やる。そして改めて、棍棒で殴られたような衝撃を受ける。

——汚い。

よれよれのカーテン越しに差し込んでくる朝の光は、地獄のように散らかってゴミに沈んだ部屋の混沌をいよいよ詳《つまび》らかに照らし出していた。

とりあえず立ち上がろうとする。が、へなっとその膝が崩れる。全身の関節が冷えて強張り、うまく動かない。脚なんかもう完全に他人面だ。我々はたまたま胴体にくっついているだけの二本の肉塊。おまえのことなんか知らない。そんなそっけなさで、まったく嶋の思い通りに動いてくれない。そういえば、昨日は葉山から町田まで長距離サイクリングしたのちに街中をしつこく追い回され、延々と逃げ惑い、挙句に崖からダイブしたのだ。筋肉の寿命が尽きてしまったとしても不思議ではなかった。仕方なく、膝と手をざらつく床について、廊下をもそもそとリビングに向かって這い進んでいく。開きっぱなしの扉を掴んで、体重を預け、よろめきながらもどうにか立ち上がる。そうして一旦立ってしまえば、はっ、我々って……もしかして脚？　ならばこいつの体重を支えなくては……思い出してくれたようだ。あちこち痛んで軋みはするが、一息ごとに動けるようになっていく。身体のダメージがその程度で済んでいるのは十五歳だから、という事実を嶋はまだ知る由もない。

にしても、汚い。何度見ても驚けるし何度でも言いたい。汚い。本当にひどい汚部屋だった。当たり前だが、室内の空気まで汚い。むわっとこもった熱気には酒と香水の不快な匂いが混じっている。腐敗臭や生ゴミ的な臭いがしないのだけは救いだが、これじゃろくに呼吸もできない。膝まで埋まるゴミの中をよたよた不器用にラッセルしながら、嶋はどうにか窓辺まで辿り着く。カーテンを開け、サッシも開ける。冬の朝の冷たい空気が一気に部屋に入ってきて、やっと新鮮な酸素を吸えた。意外にも、ベランダにはゴミが侵食していない。それでもきれいかといわれれば決してそうではなく、室外機だけが置かれた素っ気ないコンクリには黒っぽいコケが生え、カリカリになった枯れ葉や枯れ枝が排水溝に詰まり、隅の方には砂利交じりの土埃《つちぼこり》がたっぷり吹き寄せられている。要するに死んだ空間だ。履物はない。物干しなどもない。そもそもこのサッシを開けて、ベランダに出るという習慣がないのかもしれない。

四階の高さから朝の街並みをしばし見下ろして、嶋はポケットからスマホを取り出した。充電は残り50％で、時刻は九時をすこし過ぎたところ。弟からはＬＩＮＥが来ている。昨夜帰宅した両親は嶋が部屋で寝ていると信じたそうで、今日の朝食もすでに無事にクリアしたらしい。引き続きちゃんとやれ、と返信すると、既読はすぐについた。なにかさらに返信が来そうだったが、それを待たずにポケットにしまう。充電ケーブルを持ってきたかどうかは自信がない。

振り返って室内を再び見やる。奥にキッチンがついたリビングは、汚いながらも割と広い。十畳ぐらいはあるのだろうか。部屋がもう一つあるようだ。でもどうせ汚いのだろう。半ば開いた戸の隙間から、リビングと同じように堆積したゴミがはみ出している。

ゴミに埋もれたそのリビングの、ゴミに埋もれたソファのすぐ傍。

全裸男はゴミに埋もれて、まだ眠っているようだった。

数十センチの深さで積もるゴミの中に、白い背中と白い尻が見えている。そのあたりは若干……本当にほんのわずかだけ、他の場所よりもゴミの標高が低いような気がする。ゴミの層の底には、マットレスらしきものが敷かれているようにも見える。あのちょっとだけゴミの溜まり具合がマシなスペースが、男の寝床なのだろう。寝ている間に、周囲に積まれたゴミが雪崩を起こすのだろう。だから男はあのように、ゴミの中に埋もれて眠っているのだろう。

窓もカーテンも開けたまま、また室内をラッセルして男の方に近付いていく。恐る恐る、あの、と声をかけてみる。反応はない。ゴミの小山の中からは寝息しか聞こえない。もう一度、さっきよりも強めに「あの！」声をかけた。しかし男は起きない。すぐそこに転がっていた空のペットボトルを摑む。それでゴミの間に見えている白い肩をトントン、そっと叩いてみる。それでも反応はなくて、その肩を今度はぐいっと強めに突いた。その拍子、ソファと一体化していたゴミがガラガラと雪崩を起こした。その麓《ふもと》に位置する男の身体は、ついに完全にゴミの下に埋もれた。それでも男は目覚めなかった。嶋は諦めた。

ペットボトルをゴミの山に戻し、再びラッセルでリビング横断行を開始する。廊下に出て、探すのはトイレだ。すぐに発見したトイレはお世辞にも清潔とはいえなかったが、やむを得ない。そんなことを言っている場合ではない。膀胱は実は、すこし前からすでに限界を超えていた。無事に流せて、ほっとした。タンクの上部からちょろちょろ景気悪く流れてくる水で洗った手を振り、水滴を飛ばしつつ汚部屋のリビングに戻る。

と、目が合った。

男が、ゴミの中から身を起こしていた。

銀の前髪の隙間から、すごい目をして嶋を見ている。ぽかんと口が開いている。なんだその顔は、と嶋は思った。びっくりしているのか？　なぜびっくりされているのか。なんならこっちがびっくりだ。

「……は？」

呆けたような声を発し、男は何度も目を瞬く。自分の視力を疑うかのように。オバケを見てしまったかのように。侵入者を発見してしまったかのように。

「……な、なに……？　なんだよこいつ、人んちに勝手に……なんなんだよ」

そっちこそなんなんだよ。

嶋は小さく首を振り、「はあ……」思わずため息をついてしまった。一体なにを言っているのか。そもそも、自分をここに連れて来たのはおまえである。だからおまえに驚く権利はないのである。そう言い返したかったが、思い浮かんだそのセリフをそのまま口にしたらなんとなくだが戦争が始まりそうな予感もする。かといって、じゃあどう言えば平和が保たれるのかもわからない。おまえ、の辺りの言い方が特に難しい。だから嶋はとりあえず、男の顔を指差してみた。リビングの入り口付近に立ったまま。男は、自分に向けられた嶋の指先をじっと見つめた。見つめすぎて、寄り目になった。意味は通じていなそうだ。その頭上にはてなマークを浮かべたくなるようなツラをしている。まさか、こういうことになった経緯をまったく覚えていないのだろうか。だとしたら冗談ではない。思い出してもらわなければ困る。

「嶋」

男に向けていない方の手で自分の顔を指差し、言う。

「家出してきた、嶋」

男は顔面の筋肉を1ミクロンたりとも動かさないまま、「……知らねえよ」小さく呟く。

「そりゃそうでしょ。今初めて言ったんだから」

その瞬間、銀色に光る髪の下で男の両目が鬼のように吊り上がった。視線がたちまち刺殺用の凶器めく。でも知ったことではない。そんなふうに睨みつけられる覚えもないし、一歩たりとも引く気はない。この男と数時間前に交わした約束は、やっと見つけたたった一つの逃げ道なのだ。絶対になかったことになんかさせない。覚えていないというなら改めて説明してやるまでだった。

「昨日の夜、ていうかもう日付変わってたけど、でもまだ朝じゃなくて、暗くて、でも今日ではあって、なんというかそれぐらいの感じの時間に、偶然出会って、助けてもらって、それで、あー……」

おまえに？　あんたに？　貴様に？　おたくに？　言い方の正解がわからなくて、男の顔をまた指差す。吊り上がった鬼の目から正気の光がふっと消えた気がしたが、まあいい。続ける。

「なんか、ここに連れて来られた。そしてその直後、突然、」

もう一度、男を指差す。おまえは、あんたは、貴様は、おたくは、と指差したままでさらに続ける。

「全裸になった。そうしたら陰毛が、」

顔を差した指をすこしだけ下方にずらす。

「すごく短く刈ってあった」

あった、というか現在進行形だ。目の前の男は全裸であぐらをかいている。嶋の指差すその先で、陰毛はすごく短く刈ってある。そのまま続ける。

「やばい、危ない人だと思った。きっともう本当にどうしようもない、しょうもない、ろくでもない人物に違いない。そう思った――」

すぅっ……と男の目が細くなる。そのままゆっくりと閉じていく。目の前の現実をまるごと拒絶するように。

「――けど、めげなかった」

「とりあえず出てけ」

え？　と嶋は小首を傾げた。声にも出た。眼鏡を中指で押し上げる。今のは、この男が言ったのか？　そのようだ。そうでなければむしろ怖い。他に誰かいるのかという話になる。いやでも、なぜそんなことをこの男が言うのか。もしや話が通じていない？　なら、と同じ説明をまた頭から繰り返そうと思うが、声を発するより早く「うるせえ」制される。

疲れ果てたように目を閉じたまま、男は髪をかき上げた。息を深く吐きつつ、戸口の方に向けて白い顎を突き上げる。ゆらゆら揺らす。

「おら、行けよ。てめえには色々言いてえことがあるけど、とにかくまずそっからだよ」

「俺は出て行かない」

顎が止まる。薄く開いた目が、「……あ？」嶋を見据えて光る。刃物みたいに鋭くて、氷のように冷たい視線。でも怯《ひる》んだりはしない、絶対。リビングの奥に踏み込む。

「ちょ……おい！　くんな！」

いや、行く。さっきしたようにまたゴミをラッセルしながら男に近付いていく。

「ゴミをきれいに片付けられたら、この部屋をくれるって言われた。ここにいたいだけいていいって。ずっと住んでいいって。だから出て行かない。絶対」

「くんなっつってんだろうが！　つか、どこのどいつがそんなこと言ったんだよ！　おい、止まれ！」

　止まらない。さらに近付きながら男の顔をまたもや指差す。まっすぐに。

「こっちくんじゃねえ！　つか、さみーな⁉　なんだよ⁉」

「さっき窓開けた」

「は⁉　うわ、マジだ……勝手に開けてんじゃねえ！　あといい加減その指もやめろ！　なんか異常に腹立つ！」

「知らないからしょうがない」

「なにを⁉」

「名前」

「なんの⁉」

　どうして話がなかなかうまく通じないのか。ふー、と嶋は息をつきつつ、ぴっと差した指をぴっぴっ、上下に振ってみせる。知らないのは、おまえの・あんたの・貴様の・おたくの、名前に決まっているだろうが。ちなみに嶋の脳内に、あなたの、というおそらく最も穏当な表現はついぞ浮かびはしなかった。

　そのまま沈黙が数秒続く。至近距離で見つめ合う。やがて男は喉の奥から絞り出すように低く唸り、大きく仰《の》け反《ぞ》って、激しく身を捩りながら自分の顔を両手で覆った。なにか呻いている。耳を寄せると「たばこ、たばこ……」と聞こえる。

「たばこ？」

へえ、と思った。

「そうか。名前は、たばこ。ふーん……そういう苗字もあるのか」

「ちっげえわ！」

跳ね返るように身体を戻し、破裂するかんしゃく玉のように喚き散らす。

「吸うの！　吸いたいの！　頭がおかしくなりそうだから！」

たばこ、という名前ではなかった男は、唐突に両手をゴミの山にずぼっと突っ込んだ。がしゃがしゃとしばしゴミをかき混ぜ、やがて右手にひしゃげた煙草の箱、左手にライターを探り当てる。全裸であぐらをかいたまま、色のない唇に一本咥《くわ》える。「寒い！」怒っている。火をつけ、強く深く乱暴に吸い、やがて濃い煙を吐き出す。「……まじで、意味がわかんねえ……」ぶつぶつ言いつつ片手をもう一度ゴミの山の中に。空き缶を摑み出し、それを灰皿にするつもりらしい。煙草を吸う大人を間近で見るのは初めてだった。煙はもくもくと渦を巻き、嶋の方にも流れてくる。「じゃあ、」話を続けようとしながらそれを無防備に吸い込んだ瞬間、

「……ゲホォッ！　ゴホゴホゲホッ！」

気道と肺が引きつるように戦慄《わなな》く。咳が止まらない。煙から必死に顔を背け、口許《くちもと》をコートの袖で押さえるが収まらない。「ゲッホォ！　はあ、うぇ……ゲッホォゲッホォ！」でも聞きたい。聞かねば。たばことというのが名前ではないなら、

「じゃあ、ゲホゲホッ！　な、なん、て……ゲホッぉうえぇっ！」

だめだ、まともな言葉にならない。ならば咳の間にできるだけ早口で言い切ってしまおうとするが、「なまゲホッ！　なん、ゲッホォ！　名前……ゲホゲホゲホゲホゲホッ！　なんぉうえっ！」これもうまくいかない。咳き込む勢いでえずいてしまう。身体が折れる。ゴミの中にがくっと膝をつく。苦しい。でも言わねば。名前を聞かねば。

「はあっ、はあっ……名前はっ、なんっ、ゲホゲホッ、て、ゴホッ、はあっ、はあっ……名前なん……ゲホッおうえ！　うえっ、ゲホッ！　……な、名前……はあっ、はあっ、なんっていっうゲッホォ！」

「クソがぁ！」

缶の口で煙草を捻り潰し、男は天井に向かって叫んだ。

「名前は、弥勒《みろく》！　それ以上聞くな！　なんも聞くなまじで！　おまえがまだあとなんか言ったら俺はもうまじで発狂する……！」

嶋はしばし胸を押さえ、呼吸を整え、何度か咳払いし、やっと立ち直る。サッシを全開にしておいてよかったと思う。はあ、とようやく顔を上げ、

「じゃあ弥勒」

「で、呼び捨てかい！　さんとか付けろや！」

「なんで？」

「なんで⁉　なんで⁉」

「弥勒。部屋汚い」

「知ってるわ！」

「弥勒。喉渇いた」

「喉が⁉　渇いた⁉　つか……おまえ……なぜ……突然……俺を……アレクサ……みたいに……」

「さっき咳したせいかな」

胸にはまだ違和感がある。嶋はさらに何度か咳払いして、目の前に座り込んでいる弥勒をじっと見下ろす。

「なんか喉が、つらい」

弥勒は、声もなく嶋を見返していた。お互い黙り込んだまま、しばし静かに見つめ合う。この距離で見ると「……こほっ」弥勒の瞳はものすごく明るい色をしているのがわかる。「う、」ほとんど金色に「けほっ、ごほっ」透き通って見える。派手に輝く髪色はさすがにブリーチなのだろうが、「ごほっ……」どこもかしこも全体的に色素が薄い体質なのかもしれない。歳はいくつだろう。「う……っ」二十三とか？　意外と「……げほっ！」二十七ぐらい？　そんなことをぼんやり思っていると、

「……はあああぁぁぁぁぁぁ！」

内臓を吐き出すかのような巨大なため息をついて、弥勒は突然立ち上がった。ゴミの中からさっとヘアゴムを摑み出し、長い前髪をぐいっと摑み、適当なちょんまげに結ぶ。

全裸のままでゴミを踏み越え、リビングを横断し、キッチンの方へ向かう。その尻を嶋も追いかけていく。

もちろん、キッチンもリビングと一続きのゴミの海の底だ。何度でも繰り返すが汚い。それでも冷蔵庫の前だけは、わずかにフローリングの床が見える。弥勒が開けた冷蔵庫の中を脇から覗くと、ガラスのボトルやカラフルな缶ばかりがいくつも冷やされている。水かお茶を探そうとするが、目についたものを摑む端から、

「それ酒。それも酒。それも酒。それも酒だっつうの」

弥勒にひょいひょい取り上げられる。「つか、ばーか。勝手に触ってんじゃねえ」そう言われても、弥勒は探してくれないじゃないか。

「これは？」

黒っぽい缶を手に取り、振り返って見せる。「あ？　エナドリ」「えなどり？」言葉の意味はわからなかったが、「これもどうせお酒……」パターンはもう読めた。酒しかないのだ、この冷蔵庫には。そう思って缶を戻そうとするが、「あぁ？　酒じゃねえよ。ソフドリ」「そふどり？」「……ジュース！」なんだ、それなら飲める。「めんどくせえ！」なぜ怒られているかはわからないが、喉は本当にカラカラに渇いている。嶋はプルタブを開けるなりさっそくよく冷えた中身をぐいっと呷り、

「……ブッホォ！　ゲッホゲッホゲホゲホゲホッ！」

激しく噎《む》せて噴き出した。炭酸だなんて聞いていない。炭酸は飲めない。しかも、た

らり。「うわ⁉」鼻血だ。叫んだのは弥勒だ。咳き込んだ勢いで鼻腔内の昨日の傷が開いたのか、濡れた口許から顎まで真っ赤な血が筋になって垂れ落ちてくる。

「ちょっ、ちょちょちょ！　ちょ、まっ……ええ⁉」

弥勒は嶋の手から缶を引ったくり、細かな字で書かれた表記を指で辿りながら確かめる。

「なんで⁉　ガキは飲んじゃいけねえの⁉　え、え、カフェインだから⁉　えーとえーと、ああもうわっかんねえ！　とりあえず水飲んで薄めろ！」

冷蔵庫の奥からウィルキンソンと書いてある透明のペットボトルを選び、キャップを開け、「飲め！」嶋に手渡す。なんだ、水、あったのか……嶋は言われるがままに口をつけ、「いっぱい飲め！」指示通りに一気飲みしようとして、

「ブッフォォォッ！　ゲッホ、ゲッホゲホッ、ゲボ……おぅえぇぇっ……！」

さらに激しく噎せ、噴き出した。噴いた炭酸水に血が混じっている分、事件現場はより凄惨だ。

ゴミ部屋の、キッチンの片隅。開けっ放しの冷蔵庫の前。わずかな面積のフローリングの上。そこに二人は立ち尽くす。ひとりは全裸でひとりは鼻血、鼻血の方はまだ苦し気に咳き込んでいる。血混じりのエナドリと水でびしょ濡れになりながら、「なんでだよ……」茫然と呟いたのは全裸の方。「た、炭酸……」鼻血の方、嶋が答える。「苦手で……」「言えよ……」「……」「黙んな、こええ……つか待てよ、なんか記憶が蘇ってき

たぞその鼻血ヅラ……」呻きながら、弥勒はゴミの山からTシャツを掴み出す。それで嶋の顔をグイグイと乱暴に拭い、ぽいっと放る。シンクを指差す。

「……いやいい。もういい。とにかく水を飲め。水道水を飲む以外におまえに選択肢はない」

確かにその通りだと思った。嶋は鼻血をまだ垂らしながらシンクに向かうが、そこも当然ゴミの山だ。中味不明のレジ袋やら、なにかのパッケージ、プラスチックのトレイの残骸やらがうず高く重なり、崩れそうで崩れない絶妙なバランスを保ちながらシンクの中に積み上げられている。そしてそれはそれとして、

「弥勒。グラスがない」

「あ？　なんかあんだろ、そこらに」

いや、ない。本当にない。グラスもマグカップもジョッキも小鉢も茶碗も汁椀もボウルもおたまもスプーンも、使えそうな物はなにもない。使えそうな物というか、ゴミ以外の物自体がそもそも一つも見当たらない。そう言うと、

「うるせえなあじゃあもう手で飲めよ、こうやって！」

手で水をすくって飲む仕草をしてみせる。全裸で。もちろん今さらそんなところにいちいち引っ掛かってはいられないから、嶋は言われた通りに水道水を手で受けて飲もうと栓をひねる。が、

「……弥勒」

弥勒は振り向かない。さっき嶋の顔を拭いた服を足で踏み、それで床を拭いている。

「……弥勒」

くそ、と舌打ちを交互に繰り返し、嶋の声にも気づかない。汚部屋で生活するのは平気でも、貴重な露出した床面にぶちまけられた血混じりの水たまりには耐えられないらしい。

「……弥勒」

「ああもううっせえな次から次にいちいち！　なんだよ⁉　うわー！」

大量のゴミが放置されているせいで、嶋が出した水はシンクの中にあっという間に溜まっていってしまうのだ。排水口も詰まっているのだろう、こうしている間にも恐ろしい早さでみるみる水位が上がり、積み重ねられたゴミをプカプカと浮上させながら、シンクの縁ギリギリまで迫ってくる。溢れたら終わりだろう。すでにとっくに終わった感じのこの部屋だが、さらに深刻に終わるだろう。嶋にもわかる。水分はやばい。別次元にまずい。

「だだだだめだめだめっ、つか止めろばか、水を止めろ！　早く！」

「あ、そうか」

これでも一応慌ててはいた。飛びつくように嶋は水道の栓を閉めるが、

「……あああああっ！　もう……っ」

たぷん。シンクに溜まったゴミの浮く水を前に、弥勒は髪をぐしゃぐしゃ掻き回す。

ちょんまげが揺れる。苦しげに身を捩り、ため息とも咆哮《ほうこう》ともつかない声を上げながらその場でターン、「……来い！」嶋の先に立って廊下をドカドカ歩き出す。

乱暴に開かれたドアの先には狭いバスルームがあった。小さなバスタブとシャワーだけの簡素なユニットバスで、洗面台もない。壁際のラックにはやたらと優雅なデザインのボトルやチューブ、スプレーやらなにやらがいくつもぎっしり突っ込まれている。清潔感はまったくないが、それでもゴミの底に沈められた棄村みたいなリビングを思えば意外なぐらいにまともな状態だ。風呂はおそらく風呂としてちゃんと機能している。トイレがちゃんとトイレだったように。今さらながら、弥勒は本当にここで暮らしているのだ。

「ぼっさりしてんじゃねえ！」

「ぼっさりなんてしてない。しみじみしていた」

「うるせえ！　黙ってろ！　あっち向け！　座れ！」

バスタブの外に膝をついて座らされる。まるでこれから斬首される予定の人のような不吉極まりない体勢になる。一方弥勒はバスタブの縁を跨いで立ち、シャワーヘッドを掴み、バスタブの中に向かって勢いよく湯を出す。これからなにをされるのかわからず嶋は今度こそぼっさりするが、

「おら、手ぇ出せ！　こっからすくって飲め！　ついでにツラも洗え！」

なるほど。意図はわかった。わかったが、

「でもこんなの変じゃないか？」

　脊髄反射で出た問いに返答はない。シャワーの音だけがしゃわしゃわと狭い浴室に響く。黙っちゃって、どうしたんだろう。その顔を見上げてみると、鬼がいた。鬼は声も出さず、息もせず、ただ狂ったような目をして歯を食いしばり、嶋の方を静かに見下ろしていた。全裸で。

　嶋は黙って弥勒の言う通り、シャワーの湯を手で受け、原始的にすくって飲んだ。眼鏡を外し、顔もびちょびちょとその湯で濡らす。そして「弥勒」、濡れた片手をすっと差し出す。

「洗顔」

「……」

「洗顔フォーム」

「……」

「顔が、血でべたついて気持ち悪い。泡で洗いたい。でもどうしてあんなに出血したんだろう。すごい勢いで噎せたせいかな。苦手な炭酸を、勧められるがままに飲んだりしたからな」

「…………………」

　ややあって、手の中ににゅるりと柔らかなクリームが絞り出された感触があった。着たまま脱ぐのを忘れていたコートの袖を濡らさないよう、気を付けながら泡立てる。高級な洗顔フォームなのだろう、すごくいい香りがするし、すぐになめらかに溶けてきめ細かな泡になる。それで顔を洗い、湯で流した。やっとさっぱりした。

「ふう……弥勒、タオル」

「……俺はおまえのなんなんだろう」

弥勒は一旦バスルームから出て、すぐに戻ってきた。両手にそれぞれ大きな紙袋をぶら下げている。その片方から清潔なタオルを取り出し、渡してくれる。使い終わったらもう一つの紙袋に入れるシステムらしい。

「地味に重要なシステムだからな、これ。絶対入れ間違えんなよ」

顔を拭いたフェイスタオルを、ちゃんと言われた通りに使用済みの方の紙袋に落とす。そこにはすでに何枚かのタオルやソックス、下着らしきものが入っている。でもその数倍、あるいはもっとたくさんのタオルやソックス、下着らしきものが部屋には散乱山積している。その扱いの違いに意味はあるのかないのか、考えかけたところで腹が鳴った。

「弥勒。おなかすいた」

聞こえなかったのだろうか。弥勒は紙袋を両手に持ったまま、それこそぼっさりと嶋の真横に黙って立っていて、動き出す気配がない。

「弥勒。おなかすいた」

「……聞こえてる。聞こえてるから。黙れ。俺は今、忙しいんだ。あらゆる疑問を、自分の中でどうにか咀嚼《そしゃく》しようとしてんだよ。ていうか食い物なんかねえよ」

「でも、お湯飲んだら胃がなんかチクチクして……刺激されたのかもしれない」

「いや、しない。お湯は、なにも、刺激、しない」

「いや、する。そもそもシャワーのお湯なんか飲んだのは生まれて初めてだし、なにか空っぽの胃を刺激する成分が入っていたのかも」

「……だめだ。噛んでも噛んでも飲めねえ……」

「なにを噛んでるんだ？」

「なにを噛んでるんだろう。俺が一番、この世で今ぶっちぎりのド一番に、それを知りたいと思ってるよ」

謎めく呟きを尾のように長く引きずりながら、弥勒はバスルームを出て行く。自分も出よう、と嶋もその尻を追って立ち上がりかけるが、「えっ？　うそだろ」ドアの向こうから驚愕するように上ずる声が聞こえた。すぐに乱暴な足音を立てて弥勒は戻ってきて、「おい！　奇跡が起きたぞ！」飛び込んできたその手の指先に、銀色の小袋を摘んでいる。

「どうせ絶対なんもねえと思いながらそこ出たら、そこに！　まじで、すぐ、そこに！　こんなもんが落ちてやがった！　なんと、コーンクリームスープの素！」

確かに、小袋にはそう書いてあった。それを確認すると同時に、いくつかの疑問が嶋の脳裏を一瞬だけよぎった。よぎる速度が速すぎてよく見えなかった。もしちゃんと目を凝らして見ていたら、いつ買ったやつ？　とか、買った記憶ある？　とか、あの汚部

屋に落ちていたやつって本当に大丈夫？　とか、それは読めたはずだった。でも嶋には読めなかったし、

「ほら、さっきみたいに手ぇ出せよ」

弥勒の指示は意味不明で、「なんで？」そっちの方に気を取られた。「あ⁉　てめえが腹減ったっつったんだろうが！　いいからさっさとしろ！」

荒い口調で急かされて、慌ててまた斬首予定の体勢になる。コートの袖をずり上げて、さっきと同じように右手を上向きにバスタブの中に突き出す。弥勒はその手の中に、小袋の中身をさらさらさら……全部出した。黄色っぽい粉が、手の平の上でたちまち小さな山になった。

嶋は、「え？」弥勒の顔を見上げた。いよいよわけがわからない。弥勒はバスタブをまたぎ、シャワーヘッドを摑み、温度をマックスに上げ、「いくぞ！」なにが来るのか。「え、え？」「溢《こぼ》すんじゃねえぞ！」その粉を盛られた手に向かってシャワーのお湯が注がれ、「あーっ！」「ぼやっとしてんじゃねえ！　気合で混ぜろ！」「あっ、あっ、あっ」嶋は慌てて右手を揺する。気合で必死に揺する。「さあ飲め飲め！」「あっでも流れて、あっ全部」「おら急げ！　舐めろ！」手の中に注がれるシャワーの湯の勢いでスープはどんどん押し流されていってしまう。それを舌で追うように必死にベロベロするが、もちろんほとんどはあっという間にバスタブの排水口に流れていった。ほんの数秒の出来事だった。味すらろくにわからなかった。あーもう！　と弥勒は呆れ声を上げる。

「なにやってんだよ、どんくせえ！　せっかく奇跡的に大発見したのに無駄になっ……ん？」

色の薄い瞳が、ふとその小袋に向いた。賞味期限、と印刷してある黒い字と、それに続く謎の数字列20070816、の辺りをじっと見た。そして、なんでこんなもんがうちにあるんだよ、時をかけてるんじゃねえよ、そう小さく呟き、しばし黙り込み、嶋の顔をちらっと見て、

「……手を洗え」

視線を逸らす。手の中に小袋をぎゅっと握りしめる。小さく小さく折り畳むように。

「手を洗ったら、今起きたことはすべて忘れろ。記憶を消せ。よぉぉーく口もゆすげよ。一方俺は今からうんこをしてくる。その間におまえは帰れ」

「帰らない」

「帰れ」

弥勒は後も振り返らずに、再びバスルームから出ていった。ややあって戻ってきたとき、嶋はもちろんまだいる。言われた通りに手を洗い、記憶はともかく口をゆすぎ、ついでに油分でベタベタになってしまったバスタブの内側をさっきの紙袋から出した使用済みタオルで擦っている。

「まーだいる！」

弥勒は苛立ちもあらわに銀の髪をかきむしるが、いるに決まっているじゃないか。出

ていく気なんかさらさらないということを、いまだに理解できないのだろうか。

「……もう知らねえ、やってらんねえ。これ以上相手なんかしねえからな」

髪を結んでいたヘアゴムを外し、弥勒はバスタブを跨いで中に入る。嶋を無視してシャワーを浴び始める。髪を洗い、顔を洗い、身体を洗い、それらと同時に歯まで磨くダイナミックシャワー。

「弥勒」

呼びかけても泡の中の弥勒は顔も上げてくれない。それでも嶋の気持ちは変わらない。こんなふうに無視されても、相手にされなくても関係ない。

「俺は帰らない」

返事はない。口をゆすいだ水をそのまま自分の足元にペッと吐いて、弥勒は髪を洗い続けている。

「帰らないし、俺もうんこする」

やっとこっちを見てくれた。濡れた銀の髪が張り付く白くてなめらかに丸い額の下で、またあの鬼の目になっている。「……帰れ」「帰らない」「帰れ」「うんこする」「すんな」「する」「すんな」「今してくる」「あっ、てめえ！」

嶋はバスルームを出てトイレに向かい、しかしすぐに戻ってくる。

「弥勒。トイレットペーパーがない」

沈黙が数秒あって、やがて、あああああああああ〜〜〜〜〜〜〜……っ！

狭いバスルームに、弥勒の叫び声が響き渡る。

「早くしろよ。さっさと決めろ」

朝の時間帯に通常メニューは注文できない。

嶋はちゃんとそのことを知っていたから、背後から怒気を孕んだ声で注文を急かされても慌てはしなかった。

自分が頼んだ巨大なコーラも嶋のトレイに載せ、弥勒は先に階段を上がっていってしまう。不機嫌も丸出しに両手をポケットに突っ込んで、半円形の窓際の禁煙席に向かっていく。その上着の背中についている交差する矢印のマークを追い、嶋も弥勒の後をついていく。

二階席にはぽつぽつと他の客の姿があった。テーブルの間を歩いていく弥勒の方を見て、おしゃべりしていた女性客が動きを止める。弥勒が背後に通り過ぎるのを待って「ちょ、ちょ、ちょ」連れの女性の肩を激しく叩く。弥勒をこっそりと指差す。息を飲むように黙り込む二人。そして小声で、しかし猛然と、興奮も露わになにか激しく囁き交わす。ここに来るまでの間も思っていたが、弥勒はやっぱり目立つのだ。銀の髪を適当なちょんまげに縛り、真っ黒なスウェットに細身の長身を包み、大きなサイズの上着を羽織り、やたらカラフルなスニーカーを履いて大股で歩いていく弥勒の姿は、例えば土曜の朝の住宅街とか、青空の下の商店街とか、バイトの笑顔が弾けるハンバーガーショップとか、そういういわゆる普通の風景には、まったくもって馴染まない。弥勒一人だけが、現実の営みから浮き上がっているように見える。弥勒一人だけが、半分ぐらい透けてしまっているようにも見える。触れば熱い生身の身体で本当にこの世に生きているなんて、嶋にもいまだに不思議だった。

と、弥勒が振り返る。生きているし、その目はまた剣呑に吊り上がっている。眉間に深く皺を寄せ、白い頬を引きつらせ、薄い上唇をわずかにめくり、鬼のように嶋を睨みつけながら、

「座れ」

二人席の一つにどすっと腰を下ろす。椅子を尻で破壊したいかのようなその乱暴な動作を、眩い朝の太陽が燦々と照らし出している。強い日差しを浴びて、そのときなにかがきらっと光を反射した。それに気付いて視線を向けて、嶋は小さく首を傾げる。

「なんでそんなのしてるんだ」

光ったのは、弥勒が前髪を縛っているヘアゴムだった。汚部屋にいた時には気付かなかったが、かわいいクマの形をした銀のチャームがついているのだ。女性ものというか、女児向けのデザインに見える。少なくとも、弥勒のような男がつけていて当たり前のものではない気がする。が、「うるせえ」弥勒はストローを前歯で噛んで、「いいから早く

食えよ」そっけなく顎をしゃくる。

おなかがすいたおなかがすいた、と訴え続けたら、弥勒は折れた。

「じゃあ朝メシ食ったら帰れよ⁉　絶対にだからな⁉」いや、帰らないが。「あとおまえにうちでのうんこは絶対に許可しねえ！」トイレットペーパーが切れているのだから、したくともしようがないが。

そんなこんなで、辿り着いた朝食がこれだった。ホットティーと、この時間帯限定のマフィン。嶋はさっそくかぶりつく。真っ暗闇の午前一時に知らない町のコンビニで食べた、冷たいツナのおにぎり以来の食事だった。もぐもぐと食べ進めるのを向かいからじっと見つめている弥勒の視線に気付き、「大丈夫」飲み込みながら頷く。

「食べ終わったら帰るよ」

弥勒の眉間がぱっと開いた。「……まじで？」

「うん。弥勒のうちに帰るよ」

眉間が再び閉じた。「……まじで？」だから、さっきから何度も繰り返し言っているじゃないか。

「葉山の家にはもう二度と帰らない。俺が帰るところは、弥勒のうちだけだ」

今日はもうすでに何度も聞いた気がする深くて長いため息をまたついて、弥勒は背を丸め、居眠りする人のようにテーブルに顔を伏せる。それから今度はゆっくりと、イスに背を預けて大きく仰け反る。目を閉じ、顔を両手で擦り、う、う、う、と呻きながら

正面に戻ってきて、

「……ところでその制服なに」

おもむろに尋ねてくる。「なにって？」「どこの制服かって聞いてんの」意味が通じた。そこでやっと、まだコートを脱がずに着たままでいたことにも気が付く。前を開けていた黒のダッフルコートのポケットからスマホを取り出し、脱いで隣のイスにかける。その中には白いシャツと細いストライプのネクタイ。灰色のベストはVネック。エンブレム付きのブレザーは濃紺で、スラックスは灰色。ローファーは黒。

「Y音楽大学付属中学校」

「音大の付属で中学？　そんなのあんの」

「うん。ピアノ科の三年生」

「なんかすげーな。頭いいの？」

「他の人のことは知らないけど、」

度の強い眼鏡をくいっと中指で押し上げ、答える。「俺はものすごいバカだよ」

弥勒はそんな嶋を見つめ、感慨深げに「だろうな」と頷いた。こっくりと頷き返す。お察しの通りだ。なにしろ中二の弟に定期テストの勉強を教わっているレベルの頭脳なのだ。それでもなにもかも、本当になにもかもが、ちんぷんかんぷんなのだ。あるとき弟に「兄貴は授業中なにをしているの？」と訊かれた。「なにもしていないが？」と答えた。弟は「だろうな」と頷いていた。今の弥勒と、すこし似ていた。

「ちなみにおまえんちの親ってなにしてんの」

「……テレビを、見ている……？」

「いや今じゃねえよ。仕事、なにしてんの」

「ああ、父親は医者。母親は料理の本とか暮らしがどうのこうのみたいな本を、人に？　書かせる？　みたいなことをしている」

「んだそれ。金持ちくさ」

テーブルに肘をつき、弥勒は嶋の顔をじっと覗き込んでくる。すこし眠そうな半眼が、朝の陽射しに透き通る。なにを考えているかは窺い知れない。

「まあバカなのは置いといて、おまえって見るからにいいとこの子って感じだよな。いかにも恵まれてる感。つか、上級感あるよ。ほんっとにバカなんだな」

そこで弥勒は言葉を切る。マフィンをもぐもぐ食べながら、「？」嶋は弥勒の顔を見返す。話の流れがよくわからない。バカなのは置いておくんじゃないのか。

「いや、まじでさ。バカじゃねえの？

「……朝ご飯を、食べてる……？」

「だからそうじゃねえって。今じゃなくてさ」

弥勒はふっと短く息を吐いた。そして目を伏せ、かすかに首を振る。笑ったのか、怒ったのか、呆れたのか、疲れたのか、眠いのか。弥勒が今どういう感情でいるのか、目の前の嶋にはわからない。その全部だろうか。ただとにかく、

「おまえみたいな恵まれたガキが家出とかしてんじゃねえよって話」

声は低くて冷たい。それでわかるのは、突き放されたということだけ。

でも弥勒はわかっていない――嶋はそう思う。自分はどうしても、あの家から逃げ出さなくてはいけなかった。あの家には絶対に、もう二度と帰れない。自分には家出するだけの理由がちゃんとあるのだ。それをわかってほしくて、嶋は一生懸命にこれまでのことを説明した。ずっとピアノ一筋だったこと。突然成績が落ちたこと。練習中に異変が起きたこと。最後のチャンスで失敗したこと。学校を辞めさせられるかもしれないこと。そうなったらもう終わりだということ。自分にとって、それがどれほど見たくない『最後の瞬間』かということ。だから逃げてきたということ。

そういう自分のことを、弥勒にわかってほしかった。それなのに、

「は？　意味わかんねえ」

弥勒の声は変わらない。

「そんなの家出するようなことかよ。ピアノでもなんでも、やりてえなら勝手にどこででもやりゃいいじゃん」

そういうことじゃない。全然違う。でも、うまく言葉にできない。やりたいけど、やれないのだ。いつの間にか、やれなくなってしまったのだ。自分の限界。才能の限界。それを知ること。それがつらいのだ。それが苦しいのだ。でもそれを認めてしまったら終わってしまう。終わっているとわかってしまう。そうしたらもう無理だ。もうだめだ。

もう自分は――

「もしかして、親になんかされてんの？」

「はっ？」

あまりにも予想外の方向に話が飛躍した。驚いて、素っ頓狂な声を出してしまった。でも冗談でもなさそうで、ストローを前歯で嚙みながら、弥勒は嶋を見つめている。その目を決して逸らさずに、嶋の答えを待っている。本気で訊いてるんだ。嶋は慌てて首を横に振った。大きく何度も、違う、違う、と。

「親は全然関係ないよ！　いやまあ関係あるけど、学校を辞めさせられるとかそういうの、でも、ただ逃げたくて逃げてるだけだから。誰になにを言われたからでもない、なにをされたからでもない、勝手に逃げたくなって勝手に逃げただけ。そもそもダメにしたのは自分、だし……」

なぜだか必死に言い募りながら、マフィンを摑む自分の両手にふと視線が落ちる。ダメにしたなんて生ぬるい。なにより大事だったものが、すべて、この手の中で粉々に壊れていった。なにより大事だったものを、すべて、この手の中でバラバラに壊してしまった。

それがあの日だ。

本当に大事だったのに。

「……ピアノに触れなくなったのは、ぜんぶ、自分のせいだ」

そうだ。自分がどこかで道を間違えたから。それですべてを失って、ここに辿り着いた。

ふーん、と弥勒は目を伏せる。そんならいいけど、と小さく呟く。でも別に納得したわけでもなさそうで、

「勝手に逃げただけ、ねえ。ただそれだけで、葉山から……っつったっけ？　こんなところまでチャリで来たわけだ。おまえみたいな世間知らずなガキが」

その目がまた嶋を見る。鼻先に一筋だけ銀の前髪がこぼれ落ちる。弥勒はそれをかきあげもしない。

「つか、リアルにどうするつもりだったわけ？　俺とたまたま出くわさなきゃ、俺んちに居座るなんてプランも出てきてねえんだろ」

「……なんか、ネットカフェ？　とか？　そういう……一応ちょっとはお金も持ってきたし、キャッシュカードもあるからお年玉の貯金を下ろせるし、とりあえずはそういうところに泊まったりとかできるかなって……」

「ばーか。未成年がネカフェに泊まれるわけねえだろ」

「えっ？　うそ」

「うそじゃねえよ。疑うならそのスマホで調べろよ」

調べた。未成年、ネットカフェ、泊まれるか。Yahoo! 知恵袋に頼るまでもなく、検索結果の一番上に答えはあった。「だろ？」頷く。弥勒の言うとおりだった。

「ほんっとに、なんにも知らねえんだな。まあ結果的に一晩は無断外泊したわけだし、これでちょっとは気が済んだだろ。親も今頃めちゃくちゃ心配してんじゃねえの。ちゃんと連絡入れて、それ食ったらそこらでうんこしてもう帰りな。まじでさ」

「……帰るよ」

「そうそう。そうしとけ」

「弥勒のうちに」

ガン、と音がしてテーブルが揺れた。弥勒が拳を打ち付けたのだ。

「いい加減にしろよ」

嶋は動きを止めた。弥勒の拳を見る。

「おまえみたいなガキが金持って高そうな制服でウロウロ、どんだけ危なっかしいことしてんのかわかってねえだろ？　襲われるとか金盗られるとか拉致られるとか、ちょっとは想像できねえか？　つか俺が悪い奴だったらどうすんの？　おまえ俺のことなんにも知らねえだろ？　そもそも俺はほんとに『弥勒』か？　あのうちはほんとに俺のうちか？　違ってたらどうする？　もし俺がおまえになんかしても、誰にも俺のこと説明できねえよな？　そうだよな？」

弥勒の拳。弥勒の声。弥勒の顔。知らない人。知らない街。

「なんで怖くねえの？」

不意に、両手が力を失う。指が力を失う。

「……こ、」

食べかけのマフィンがトレイの上に落ちて、

「怖いに、決まってるだろ……っ！」

すべてが決壊した。これまでずっと、本当に長い間ずっと押さえ込んできた不安が、一気に溢れ出た。震える指。幻の地震。毎秒毎秒もうだめだと、もう無理だと、ここが限界だと思い知らされた。

「ほんとは怖いよ！ ずっと怖いよ！ 怖くて怖くてたまらなかったよ！」

大声を上げて嶋は泣いた。

自転車で一人漕ぎ続けた真っ暗な道。音立てて夜を吹きすさぶ冷たい風。すぐ真横をビュンビュン通り過ぎる車。どこへ向かえばいいのかもわからなかった。なにもかもが怖くて、ただひたすらに逃げ続けた。やがて大通りを外れてしまって、道に迷っているのもわかって、それでもスマホを見られなかった。もう取り返しのつかない、引き返せないところまで、たった一人で来てしまっていた。踏みしめるペダルに体重を乗せて、溢れ出そうな泣き声を必死に飲み込み続けていた。

「ピアノしかないのにピアノはどんどん遠くなってく！ 横浜に行こうとしたのに町田にいる！ 変なヤンキーに追いかけられるし、自転車も多分盗られた！ ピアノしか、本当にそれしかないんだよ……！ 他にはなんにもない、ほんとになんにもないんだ！ 普通のことはぜんぶ捨ててきた！ ピアノ以外はなにもいらなかった！ なのに……なのにこうなって！　終わりになって……っ！」

うああ、うああ、と嶋は泣き続けた。これまでの苦しさを、悲しさを、恐ろしさを、すべて吐き出すように大声で泣いた。

なんでこうなったのか、本当にわからない。どこで間違えたのか、なにが悪かったのか、どうしても自分にはわからない。そして失ったものは二度と元の形には戻らない。未来、希望、理想、明日を生きていたい理由、自分が自分である意味――大事だったものはすべて壊れて消えてしまった。もう二度と取り戻せない。取り返しがつかない。自分のせいで。

落ち着け、と弥勒が言った。他の客に見られてる、と。

「な、なにが落ち着けだよ⁉　なんなんだよ、全然わかってくれないくせに、なに言ってるんだよ！　弥勒はすぐ怒るじゃないか！　すぐイライラして怒鳴ったり睨んだりするじゃないか！　そっちこそ落ち着けよ！　それに陰毛がすごく短く刈ってある！」

「……それは今はいいだろ」

「いいわけない！　今だって短く刈ってあるくせに！　それともこうしてる間にもう伸びたのか⁉　そんなわけないだろふざけんなよ！　だいたいなんなんだよあの部屋は！　すごい汚いし水もないし酒臭いし香水臭いし、弥勒は見るからろくでもない！　そんな髪の毛して！　ピアスいっぱいして！　裸だし！」

「……服なら着てんだろ」

「今の話じゃないよ！　こんな奴怖いよ！　ばか！　怖いに決まってるだろ！　だってもう絶対悪い奴だよ！　でも、」

泣きながらぎゅっと固く閉じていた目を開く。

「――でも、助けるって言った！」

止まらない涙を流したまま、真正面の弥勒をまっすぐに見る。

「約束した！」

弥勒は、朝の光に今にも溶けて消えていきそうな輪郭をしている。現実という絵からたった一人、ピントがずれてしまったみたいにそこで息をひそめている。

「弥勒、思い出してよ……！　弥勒！　思い出して！　助けるって、あの部屋を掃除したらずっといていいって、ここをやるって、ぜんぶやるって！　約束したじゃないか！　もうどこにも居場所がないんだよ！　やっと見つけた、たった一つの居場所なんだよ！　他にはもう、本当になにも、どこにもない！　もうなんにもないんだ！　弥勒のところにいられなかったら、この世界のどこにも行き場がないんだ！　どうしたらいいのか、本当にわかんないんだよ……！　だから、思い出してよ……！　弥勒！　お願いだから……！」

あとはもう言葉にもならない。赤ん坊のようにまた大声で泣きじゃくることしかできない。

「……どうすりゃいいのか、俺にもわかんねえよ」

ぽつりと弥勒が呟く。両手で頭を抱え、深く項垂《うなだ》れる。

「こんなの、どうすりゃいいんだよ……」

それを聞いた瞬間、嶋は両手をテーブルに叩きつけて立ち上がっていた。思い切り息を吸い、思い切り仰け反り、

「大人なんだから自分で考えろよ！」

吐き出すように叫んでいた。そして流れる涙も拭わずに宣言する。「うんこしてくる！」さっきスルーした便意が、実は今、嶋を襲っている。こんな時だというのに空気の読めない己の快腸ぶりが憎い。

一人決然と身を翻《ひるがえ》し、他の客から注がれる視線から逃れるようにトイレへ向かう。幸い空いていた個室に入り、パンツを下ろして座りつつ思う。

この隙に弥勒は逃げてしまうかもしれない。

逃げられたら、嶋にはもうどうしようもない。あのマンションへの道なんて全然覚えていないし、ここから一人では辿り着けない。それでおしまいだ。

そうなるだろうとも思う。というか、そうなって当然だ。当たり前だ。そりゃそうだ。普通はそうなる。嶋自身、どれほど理不尽なことを弥勒にしているか、これでもちゃんとわかってはいるのだ。突然こんなわけのわからない家出中学生にまとわりつかれて、住まわせろとか言われて、あんなふうに人前で泣かれて、これが迷惑でないわけがない。そもそも弥勒にはなんの義務もない。たまたま出会ってしまったというだけ。助けても

なんの得もない。見返りもない。助けなければいけない理由がない。

わかっては、いたのだ。

トイレを流し、ゆっくりと服を整える。個室を出て、手を洗いながら洗面台の鏡を覗き込む。やっと涙は止まったが、本当にひどい顔をしていた。目許も鼻も真っ赤でズルズル、鼻血が出ていないのだけが救いだった。

数時間前、この顔に触れた手を思い出す。

ひゅーっと落ちていったあの闇の先で、見つけた光を思い出す。

助けて、と縋りついたら、いいよ、と笑った顔。鼻血を拭ってくれた掌。あり得ない確率で、奇跡みたいに現れた人。

(もしもあそこで、弥勒に出会えてなかったら……)

想像は恐ろしいほどに容易い。自分は死ぬか、それに限りなく近い大怪我を負っていただろう。生きていても身動きなんかできなかっただろう。助けも呼べなかっただろう。冷たい路上に叩きつけられ、誰にも見つけられないまま、自分は血を流し続けただろう。

もう十分なのだ。そう思えた。

もう十分に、助けられた。だから――また泣き出しそうな自分の顔に、そう語り掛けた。

もしも弥勒が消えていても、後を追ってはいけない。弥勒を探してはいけない。それからどうすればいいのかはまだわからないけれど、でもいい。もういい。いいんだ。真っ赤になってしまった目許を指で擦り、声には出さずに十数える。弥勒のために、さらに十数える。自分はもう、助けてもらった。もう十分だ。行かないでくれとは言えない。消えないでくれとは言えない。言っちゃいけない。さらに十を数えて、そうしてやっと、鏡の前から身をもぎ離した。トイレを出る。半円形の明るい窓際の席へ歩いていく。弥勒の姿はとっくに消えているはず。それだけの時間をかけたつもりだった。覚悟はできていたが、でもそのときだった。

目が合った。

弥勒がいる。

一筋、二筋零れた銀の前髪の隙間から、気だるそうに自分を見ている。弥勒が、自分を待ってくれている。嶋は驚いて、本当にびっくりして、ぽかんとしばらく立ち尽くしてしまった。

光っている。

――弥勒は、いてくれる。

「しま」

急にスマホを向けられ、写真を撮られた。「……えっ⁉　へ⁉」

「記念な。ところでおまえ、あれ続き食うの」

弥勒は嶋がさっき取り落としたマフィンを指差している。とっくに冷めているだろうが、嶋は迷いなく頷いていた。「う、うん！」飛びつくようにテーブルに戻り、そっと包み直して手の中に握る。「まだ食べる！」

「んじゃ、それ持ってついて来い。行くぞ」

弥勒は立ち上がり、さっさと先に歩き出す。嶋も慌ててコートを着て、座席の荷物を掴み、ゴミをまとめ、マフィン片手にその後を追いかける。一体どこに行くのかと思うが、

「買い物。いるんだろ、トイレットペーパー。あとあれ、……水とか？　炭酸じゃねえやつ。なんかおまえが飲めそうなもの。掃除すんならゴミ袋とかもか。うち、そういうのなんにもねえからな」

弥勒はすこし先で足を止めた。振り返る前髪にクマが光っている。嶋が追い付いてくるまで、光りながらそこでしばらく待っている。

＊＊＊

『兄貴は部屋にいるってまだ信じてるみたい。二人ともさっき出かけちゃった』

『昼飯は牛丼だった。なんでうちのちゃんママはインゲンとか入れたがる』

『あれはもはやなんらかの犯罪行為』

『メシに緑いらんのよね怒』

『とにかく当方すごい腹いっぱい』

そのまま続けろ、とだけ弟に返信して、嶋はスマホを置いた。さっきまで瀕死だったバッテリーはようやく充電ケーブルに繋がれて、現在急速に回復中。弥勒も iPhone で助かった。

弥勒は寝ている。買い物中もずっと「寝不足」だの「酒が残ってる」だの「太陽は俺の敵」だのブツブツ言っていたが、帰ってきてついに電池が切れたらしい。話しかけても反応しなくなったと思ったら、いきなり寝床にばたっと倒れ、そのまま眠り込んでしまった。尻は見えない。外出の時のスウェット姿でうつ伏せになり、ゴミの中でかすかな寝息を立てている。

手当たり次第に持ってきた荷物の中に充電ケーブルは入っていなかった。買うのも忘れてしまっていて、それに気付いたのは買い物が終わった後。帰宅してから嶋がそう言うと、その時には弥勒もまだ意識があって、

「ふぁぁぁ？　充電ケーブル？　そこらにあんだろ……」

眠たそうにあくびをしながら、ゴミの山の一角をろくに見もせずに指差した。そんな適当な、と思いつつ、その辺りのゴミを軽く掘ってみたら、白い充電ケーブルが本当にずるりと出てきた。嶋は驚いた。もしかしてこの汚部屋のゴミは、ただ無秩序に堆積しているように見えて、実はすべてが意図をもって配置されているのか？　そして弥勒は、その所在地を完璧に把握しているのか？　そういえば朝も、弥勒は煙草とライターをず

ぼっと一発で掘り当てていた。え、なんかすごいな……。一瞬感心しかけたが、ふと思いついて、全然別のゴミの山に適当に手を突っ込んでみた。そこから充電ケーブルがずるりと出てきた。また別のところからは煙草が二箱、ライターは三つ出てきた。要するに、充電ケーブルとか煙草とかライターとか、その手の物はもう無数にどこにでも埋まっているのだ。この部屋のゴミのどこに手を突っ込んでも出てくるのだ。ほらたとえばここからもこのように、「うわ!」違った。煙草を掘り出すつもりが、明らかにくったりと穿《は》かれた感のあるパンツを摑んでしまった。しかもその両足の穴を充電ケーブルが貫通している。嶋はそいつを即、同じところに突っ込み直した。というのがすこし前の出来事だった。

そして今、午後二時過ぎ。

ソファの上のゴミやら服やらをとりあえず脇にのけ、嶋はそこに自分の小さな居場所を作った。膝を抱えて座り込むと、昼下がりの静寂の中にぽつんと一人取り残される。カーテンの向こうではもう陽が翳《かげ》り始めている。充電中のスマホをちらっと見る。またLINEが来ている。どうせ弟だろう。やっぱり弟だ。さっきのつづきだ。

『てか今どこにいるん?』

既読だけつけて返信はせず、そのまま放っておく。なぜなら自分は兄で弟は弟だから。これでいいのだ。

しかし、両親がまだ家出に気付いていないなんて本当だろうか。本当だとしても、こんな幼稚な小細工がそういつまでも通用するわけはない。いつかは必ずばれる。弟は裏切ったりしないだろうが（なぜなら自分は兄で弟は弟だから）、部屋に踏み込まれたらそれでおしまいだ。家出がばれたらどうなるのだろう。今更ながら不安に駆られる。警察に捜索とか、なにかそういう指名手配的なことをされてしまうのだろうか。「行方がわからなくなっているのは葉山町の中学三年生、嶋幸紀くんです」みたいな、そういう感じのニュースになってしまったりするのだろうか。いや、でも、万が一そうなったとしても、弥勒と自分にたまたま出会った以外の接点はない。自分がここにいる理由は偶然、ただそれだけ。だからそう簡単には見つからないはずだ。そう思う。思いたい。が、……どうなんだろう。わからない。なにしろ先のことなど考えず、完全なる衝動だけで決行してしまった家出だ。今の嶋にできるのは、とにかくできるだけ長く家出がばれませんように、と祈ることぐらいしかない。

これ以上深く考えたくなくて、充電中のスマホに手を伸ばす。現実逃避するようにYouTubeで汚部屋の掃除動画を検索してみると、さっそく興味深い動画がいくつも見つかった。ずらりと並んだサムネイルの中でも特に汚さレベルが高そうなのを選び、再生し始める。音声はオフのまま、小さな画面の字幕にじっと見入る。

いつしか夢中になっていた。気付けば時間も忘れていて、

「……あーあ」

「わあ！」

突然聞こえた声に驚いた。跳ね上がった勢いで、寝そべっていたソファからずり落ちかける。完全に、動画の世界にのめり込んでいた。「びっくりした、すごいびっくりした……！」

いつ目が覚めたのだろうか。弥勒はゴミの中から身を起こし、苦々しい表情で嶋の方を見ている。そのまま大きく伸びをして、「くそ、やっぱ現実か……ワンチャン夢かと思ったけど」まだ往生際の悪いことを言っている。座り直しながら「現実だぞ」と念押ししておくと、舌打ちが返ってくる。

「つか、なんでまだそんな恰好してんの」

そう言われて、「あ」気が付いた。嶋はまだ制服を着たままでいる。

「風呂入ってねえんだろ？　おまえきたねーよ。さっさとシャワーして、さっき買ってやったヤツに着替えてこい」

おまえきたねーよ。と嫌そうに人を指差す弥勒の目に、この汚部屋という現実はどう映っているのだろう。疑問ではあるが、自分が汚いのはとにかく事実だった。嶋は無言のますくっと立ち上がり、「返事ぐらいしろや！」「ん」「そんだけかい！」「……」「まじでそんだけかい！」弥勒の怒声を背に受けながらリビングのゴミ海をラッセルで横断、言われた通りにバスルームへ向かう。おとといの夜以来風呂に入っていない身体はべたついているし、襟の中に顔を突っ込んでみると外飼いの犬小屋の床板に生えた素朴な茸みたいなにおいがする。もちろんそんなものを実際に嗅いだことはないが、そういうノリのくささがある。

制服を脱いで畳み、眼鏡も外してその上に置く。コーンスープの粉を手に盛られた謎の記憶もまだ新しいバスタブの中に跨ぎ入り、シャワーを浴び始める。と、ガチャっとドアが開いて「おい」弥勒がずかずかと入ってきた。自分が平気で全裸でいるだけあって、他人の全裸にも無頓着らしい。

「脱いだもん、洗濯するやつはこっちに入れろよ。新しいタオルはここだからな」

またあの紙袋セットが登場した。自分が脱いだものはその辺に投げ捨てているくせに、人にはやたら厳しくこのシステムを強要してくる。まあ従うが。

「弥勒」

「あ?」

頭を濡らしたまま、嶋は片手を差し出す。「シャンプー」

「……あぁ!?」

すぐそこのラックにありそうな気はするのだが、なにしろ裸眼だ。

「眼鏡ないから、今なんにも見えない。すごく目が悪いんだ。近眼だし乱視だし、視力なんかもう0・03とかしかない。本当にもうなにがなんだか、どれがシャンプーだかバスマジックリンだか」

ややあって、トロリ、と手の中にシャンプーらしき液体が出された感触があった。洗顔フォームのときも思ったが、これもきっと高級なものなのだろう。髪につけるとすぐに泡立って、爽やかな香りがバスルーム中にふんわりと広がる。「はあ、いい匂い……」

本能的な幸福感に包まれて、嶋は激しく頭をかき回す。

「あっくそ、こっちに泡飛ばすんじゃねえ！　ったく……これがコンディショナー！　んで、ボディソープ！　言っとくけど、こんな面倒みてやんのは今日だけだからな！」

同じようなデザインのボトルをどん、どん、と二つ、バスタブの縁に叩きつける勢いで並べて置いて、弥勒は出て行こうとする。が、

「弥勒。まだそこにいて」

「あぁん⁉」

シャンプーの泡を流し終え、嶋はまた手の平を差し出す。

「コンディショナー」

ぼやけた視界の片隅でなにかが、というか弥勒が「ふざけんじゃねぇ！」怒鳴る。

「だから今！　ここに！　出してやっただろうが！　こんなほんの数秒前のやりとりすら覚えておけねえんならおまえはもう覚えることを諦めろ！　ずっとびっくりしてろ！　頭上に常にこういうじゃかじゃかじゃかした線を出してろ！」

こういう！　じゃかじゃかを！　弥勒は自分の頭上に手でなにかの形を激しく描いているようだが、残念ながら嶋には見えていない。

「いや、覚えてるから。それは普通に。でも自分でやったら、ほら……」

嶋の両手が頼りなくふわふわと空中を彷徨《さまよ》う。左右どっちのボトルかしばし迷い、勘

だけで左を選んで、思い切ってポンプを押す。しかし真芯を捕らえられていない。びゅるっと液体を噴き出しながらボトルは傾き、底面がすべって床に落ちる。隣のボトルもついでに落ちる。ガランガラーン。

「……な？」

「な、じゃねえんだよ！」

んだよ、だよ、よ……弥勒の絶叫が狭いバスルームに反響する。

「ちなみにそれはボディソープだバカ！　つか、ああもうくそ、なんか俺にもかかったし！　つか、おまえ……おまえって、もしかして……」

「弥勒。コンディショナー」

「……いや、まさかな……でもあれ、なんだろう、否定しきれねえ……おまえってやっぱ、つまり……こういうことなの？」

手の中に、弥勒はやっとコンディショナーを適量出してくれた。それをありがたく髪に塗り付けながら、「俺はどういうことなの？」嶋は首を傾げる。

「いやもうなんか訊くのも若干こええけど……おまえ、家でも親とかにこうやって風呂の面倒見てもらってんの……？　一人で風呂に入れねえの……？」

「はあ？　なに言ってるんだ。そんなわけないだろ」

シャワーを一旦止める。コンディショナーを髪に馴染ませながら、嶋は呆れて弥勒の方を見やる。といっても、もちろんぼやけた視界の中に突っ立っている黒いシルエットしかわからないが。弥勒が今どういう顔をしているのかも全然わからないが。

「家の風呂は、いつも使うやつが同じ順番で並んでるからわかるよ。誰もこだわりとかないからどれも別々のメーカーだったりするし、デザインもボトルだったりチューブだったり全然違うし」

頃合いを見てまたシャワーを出し、コンディショナーを洗い流す。髪がやたらとなめらかになったのが手触りでわかる。おまえの髪がなめらかになったところでそれがなんなんだ？ と問われればなにも言い返せることはないが、でもまあ実際いい感じだ。さあ次は、と、

「俺は明日、買うからな……」

嶋がなにか言うより早く、弥勒は摑んだボトルのポンプを激しく乱打した。「ひっ、つめたっ！」嶋に向けてなにかを噴射してきて、触るとすぐにふかふかの泡が立つ。ボディソープだった。

「絶対に、買うからな……おまえ用に、どんだけバカでも形だけではっきりとわかる、風呂で使うもの一式セットを……」

いやいい、それじゃ悪い、もったいない、嶋は泡の中から手を横に振ってみせる。遠慮に見せかけて実は全然そうでもない。

「俺は弥勒が使ってるのと同じやつで全然いいよ。なんかどれも高級そうだし、いい匂いするし、実は結構気に入っひ！ ちょっ、やめっ、ひっ、冷たっ、もういい！」

「……」

「もういいから！　足さないでいいから！」

「……」

「あっ⁉　温度下げただろ⁉　今温度っ、下げっひっ！　寒、おあっ！　つめっ！」

ろくになにも見えはしないが、雰囲気だけでも十分にわかる。黙ったままで冷たい液体をひたすら噴射してくる、しかもそれと同時にシャワーの湯温を限界いっぱいまで下げてくる、そういうタイプの鬼がすぐそこにいる。これが町田だ。


風呂上がりのさっぱりした身体に、さっき弥勒に買ってもらった部屋着を着てみた。己の姿をしばし見下ろして、嶋は無言になる。その姿で汚いリビングに戻る。

弥勒はゴミの中に座り込んでスマホをいじっていたが、入ってきた嶋を見るなり、

「えっ⁉　すげえ似合わねえな⁉　目が覚めるほど変だぞ⁉」

火が出るぐらいにストレートな反応をくれた。でも別に傷ついたりはしないとも。真正面から受け止めて、「そうだ」堂々頷いてみせる。「似合わないし、俺は変だ」わざわざ指摘されるまでもなく、そんなの自分でもとっくにわかっている。

弥勒がショッピングセンターで嶋のために選んだのは、黒のスウェット上下だった。

黒地に、炎やら、スカルやら、ナイフを突き立てられたトランプ札やら、ばら撒かれた金貨やら、謎の英文『A very spicy sauce of horror…』やら、とにかく主張強めの柄がびっしり容赦なく入っていた。

「だから無地でいいって言ったじゃないか」

本当に何度も言った。俺は無地しか似合わない、この顔は無地しか受け付けない、一生無地しか着ない覚悟だ、とまで言った。それなのに、弥勒は「いや絶対これだ。これがいい。これにしろ」まったく聞き入れてくれなかった。無地は舐められる、という謎の理論で押し切られてしまった。そして今また、

「あぁん？　なに言ってんだ。無地なんて舐められんだろうが」

出た。これだ。

「……じゃあ、今の俺は舐められないとでも？」

くいっと眼鏡を中指で押し上げ、嶋は弥勒の目の前で直立不動のポーズをとる。さあ見ろ、答えろ、と迫る。これが舐められるか舐められないか、おまえの口から答えてみろ、と。が、

「舐められはしねえよ。確実に」

弥勒の答えは意外なもので、嶋は思わず「えっ」妙に上ずった声を上げてしまった。片手でその口許を押さえる。

「ってことは……もしかしてこの格好の俺、結構かっこいい……のか……？」

「いや、見るからすげえやばい。ださいを通り越して怖い。絶対関わりたくねえ」

「……それは、つまり……？」

「俺の見立ては完璧だったってこと」

「……というと……？」

すなわち？　どういう？　嶋のしつこい追撃を弥勒は完全に無視して、手をゴミの山にずぼっと突っ込む。テレビのリモコンを一発で掴み出し、ぴ、と無造作にテレビをつける。途端に音が溢れ出て、嶋は「あ」ビクッと小さく震えた。しかし、とっさのことでなにも言えない。弥勒はなにも気付かずに、嶋がさっき物をのけたソファにどかっと座り、「いま何時？　四時？　土曜だしなんもやってねえな」リモコンでパラパラと番組を変える。当然ながら、嶋が最近テレビをどうしているかなんて弥勒が知っているわけがない。弥勒、突然だけどテレビはつけないでくれ。どうしてもつけるなら音を消してくれ。ピアノの音が嫌だから。あのおじさんと遭遇するとメンタルが破壊されるから。そう言えばいいのだろうが、「……」言い出せない。すぐに言えていたらよかったかもしれない。でもタイミングを逃してしまった。わざわざ改めて切り出すには、わがままが過ぎるような気もする。嫌な緊張に鼓動が早くなる。

『……れでは、今週のホットなニュースキーワード第五位、じゃんっ！　めぐバス、です！』

弥勒がザッピングを止める。

『驚かれた方も多いんじゃないでしょうか。十周年を目前に、かつて一世を風靡したオンラインゲーム〝めぐりあいユニバース〟のサービス終了が昨日突然発表されました。さっそくインターネット上では、びっくりした、残念だ、という声が……』

「うーわ、なっつかし」

ニュースに興味をひかれたのか、弥勒は音量を上げた。番組にBGMはない。これなら大丈夫かもしれない。大丈夫だ。多分。嶋はこっそりと深呼吸をしてから、ゴミを跨いで弥勒の隣に座る。ソファに並んで一緒にテレビを見る。きっと大丈夫だ。

「つかまだあったのかよ。なんならそっちのがびっくりだわ」

「……弥勒はめぐバス、やったことある？」

「あー、まあな。つってもほんと一瞬だけど。つか、今の今までこんなゲームがあったってこと自体を完全に忘れてたわ。おまえは？　やった？」

「いや、全然。人がやってるのは見たことあるけど」

「おまえ今中三ってことは、十五か。さすがに五歳とかじゃやんねえよな。俺はこれ始まった時に十五だから、まさに直撃世代」

「弥勒、二十五歳なんだ。二十三歳か二十七歳かと思ってた」

「……なんで？」

「なんとなく」

「なんとなくで意味わかんねえ外し方すんなよ」

聞けば、弥勒は十年前の十二月二十四日の十八時、めぐバスのサービス開始のタイミングでアカウントを作ったのだという。

「なんかすげえ話題になってたんだよな。こういうゲームが始まるらしい、乗り遅れたらやばい、みたいな感じで。宣伝もめちゃくちゃしまくってたしさ。俺は別にそこまで気にしてなかったけど、そんときの彼女がやりたがって、一緒にやろうとかすげえせがまれて」

「それで実際めぐりあえたのか？　そういうゲームなんだろう？」

「いや、つか——」

弥勒は言葉を切った。そのまま急に黙り込んでしまう。不思議に思って、隣に座った横顔を見上げた。しかし嶋もなにも言えなくなる。弥勒の目はテレビに向いているが、どこか虚ろでなにを見ているかわからない。真っ黒な影に塗り潰されたみたいに、瞳の光が失われている。

「……弥勒？」

呼べば、「あ？」弥勒はすぐにこちらを見た。もう普通の顔だった。普通の目に戻っている。

「——まあ、全然だよ。つか、始めたその日のうちにやめたからさ。ほんっと、なんもやってねえ。アカウント作っただけで終わった感じ」

「なんで？」

なんで、その日のうちにやめたんだ？

「特に理由なんかねえよ。なんとなく」

「……じゃあ、なんで、」

なんで、さっき黙り込んだんだ？　答えが知りたくて嶋は問うが、

「うるせえな、別にどうでもいいだろ。つか、」

ごまかすように弥勒はスマホを手に取った。「それより俺まだアカウント残ってたりして」片手で素早くいじる。めぐバスにアクセスしているらしい。

「さすがに無理だと思うけど」

「試し試し。俺、パスワードとか基本使い回しまくりマンだからこれもどうせ369miroku369……お、いけた」

うそ！　と嶋も驚いて、横からその手元を覗き込む。本当に、弥勒のアカウントは残っていた。

横向きにしたスマホの画面には、真っ黒な宇宙を背景にした茶色の地面。そしてそこに一人ぽつんと座り込む、赤いランニングに赤いハーフパンツ姿の少年のアバター。ただそれだけが表示されている。

あまりにも殺風景な、果てしない荒れ地の光景だった。

「なにこれ……なんにもないじゃないか。こんなのどうやって遊ぶんだ？」

「なんにもしてねえからなんにもねえんだろ。ちゃんとゲーム進めて色々見つければ、

建物ができたり、植物が生えたりすんだよ」

ログを開いてみると、探索の記録はなにも残っていない。移動距離も発見物もゼロ。弥勒がさっき言った通り、本当にまったくプレイしていなかったらしい。当然ながら受信メッセージもゼロだが、

「あれ？　これはなに？」

送信メッセージのボックスに、赤字の注意マークが一つ点滅している。一通だけ、送信失敗の履歴が残されているようだ。弥勒はしばらく考えて、あ、あ、あ、とクマのついたちょんまげを揺らした。

「そうだ、思い出した。アカウント作ってから、彼女がなんかメッセージ送ってみてとか言い出したんだ。隣にいんのになんで？　超めんどくせー、って思いつつ、適当にメッセージ作ったんだよ。でも座標っていう、このゲーム内のいわゆるメアド的なやつ、それがすっげえ長くて入力クソだるくて、まんまと打ち間違えたかなんかして、行き先不明で戻ってきやがって。んでイラついて、あーもういい！　無理！　ってなって……いつか俺、なんて書いたんだろう」

行き先のなかったメッセージを開いてみて、

『だ――れか――た――――すけて――――――』

ぶっ、と弥勒は吹き出した。

「なんだこれ。ふざけてんな、くっだらねえ」

呆れたみたいに笑いながら、服の中に手を突っ込んで素肌を掻く。「つか届かなくてよかったわ、一緒にいる奴からこんなもん送り付けられたら普通にむかつくだろ」そんな風に届かなかったメッセージを切り捨てる。

嶋は、笑えなかった。

心が沈んだ。

（……こんなふうに終わるのか。こんなふうに、一人で最後の瞬間を迎えるのか）

スマホの画面の中のアバターは、十年間、誰も来ない星に一人で座り込んでいた。どこにも行けずに。誰からも見つけられずに。メッセージは届かない。誰からも返事は来ない。そしてこのまま消えていく。誰も知らないまま。なにも知らないまま。

小さな画面の外に逃げることもできないで。

思わず小さく呟いていた。

「……最後なんか、見たくないよな」

それはただの独り言だった。自分しか聞かないはずの声だった。が、

「なんでだよ。むしろ最後は見たいだろ」

弥勒の言葉に、嶋は顔を上げる。ここにも見たがる人間がいたか。

「十年続いたゲームが終わる瞬間だぞ？　すげえ気になるじゃん。最後、なんか爆発と

かするんじゃねえの？　この宇宙ごとバーン！　すべて木《こ》っ端《ぱ》微塵《みじん》！　ユーザー全員あばよ！　てめえらが課金しねえからぶっ壊してやったわ！　ざまあ！　バーカ！　って感じで。おもしろそうじゃね？」

　爆発。

「……その可能性は、全然考えてなかったな」

　嶋のイメージの中の『最後の瞬間』は孤独だった。とにかく悲しくて、ひたすら寂しくて、つらくて、痛くて、暗くて、苦しい。そういう一人ぼっちのシリアスなものでしかなかった。でも、爆発……？　爆発か。あばよ！　バーン！　木っ端微塵！　そういうこともあるのか。思わず想像してしまう。自分は真っ赤なマグマの火の玉とか、満タンに詰まったエネルギーの塊。なにかそういう危険物。息を詰め、唸り声を上げ、力のすべてを突然一気に放出すると、激しく破裂し、飛散して、たちまち真っ白に燃え上がる。その爆発は宇宙まるごと巻き込んで、一瞬ですべてを焼き尽くす。すべてを破壊し、無に帰する。食らえ！　バーン！　なんだそれ。

「……爆発するなら、」

　すこしだけ笑ってしまった。おもしろいじゃないか。それに全然寂しくもない。

「それなら、いいな。それなら確かに見てみたいかも」

だろ？　と弥勒の声がすぐ近くから降ってくる。

「いつっつったっけ、めぐバス最終日」

「確か、十二月二十四日の17時59分。テレビで言ってた」

「クリスマスイブな、よし。ちゃんと覚えておいて、その時間にログインして爆発見ようぜ」

「うん。見よう」

指切げんまん、なんてことはもちろんしないが、弥勒は嶋に頷いてみせた。ああ、とクールにそっけなく、だけど確かに頷いた。約束だ。

それからしばらくはテレビをつけたまま、それぞれスマホをいじってダラダラと時を過ごした。嶋は弥勒にイヤホンを借りてスマホに繋ぎ、音声はオフのまま耳栓がわりにした。テレビの音は多少聞こえてきたが問題はなかった。そのスタイルで汚部屋の片付け動画を片っ端から見て、掃除のモチベーションを高めていった。

やがて陽が落ちた頃、あ、と弥勒が身を起こした。

「そういやメシ、どうすっかな。おまえって夜なに食うの？」

「え、普通に色々。弥勒こそいつもなに食べてるんだ？」

「うちでメシって基本的に食わねえんだよな」

なるほど、と腑に落ちた。道理で食べ残し系の生ゴミがないわけだ。結局デリバリーのピザを注文したが、配達に時間がかかって、届いた時には七時を回っていた。猫舌の嶋がもたもたしている間に弥勒はLサイズの半分をさっさと食べ終え、

「うわ時間やべ、遅れる」

どこかに行くのか？　と訊ねる間も与えてくれずに、忙しなくゴミをラッセルしてバスルームへ向かう。本日二度目のシャワーを浴びると全裸に濡れ髪でバタバタと出てきて、また慌ただしくスマホをいじる。いじりながら紙袋からパンツを取り出して穿く。穿きながら顔を手で荒っぽく揉みまくる。またバスルームへ。ドライヤーの音。飛び出してきて、ゴミの中からスプレー缶を摑み出す。またバスルームへ。またドライヤーの音。やっと出て来たと思ったら、引き戸の向こうの部屋に消えていく。そこでやっと、

「弥勒、出かけるのか？」

訊けた。が、返事はない。嶋は身を伸ばして部屋の中を覗いてみる。やはりそこも予想通り、リビングと同じくゴミの海だ。しかし壁際にはずらりと服屋のように大型のラックが並んでいて、クリーニングされた衣類がびっしりとかけられている。やたら大きな姿見もある。衣類にはどれもまだビニールがかかっていて、弥勒はその中からシャツとスーツを選び、

「あ？　仕事だよ仕事」

嶋の方を振り向きもせず、勢いよくビニールを破り取った。ビニールはそのままぽいっと投げ捨てる。ハンガーも同じく、ぽいっ。弥勒の足元にはそういうビニールとハンガーが、脱ぎ捨てられたくしゃくしゃの衣類に混ざって膝下ぐらいまで堆積している。

「今から？　もう夜だけど」

「夜だから仕事なんだよ。ホストだからな」

弥勒はそう言ってつややかな銀の髪をさらりとかきあげ、張りのある黒いシャツに腕を通した。「っつってもまあ、今日は用事があるからいつもより全然早いけど」そして振り向いた顔を見て、

「……あれ⁉ 弥勒、なんか、顔が……！」

嶋は激しく違和感を覚えた。出会った深夜、目覚めた朝、太陽の下の昼間、だらだら過ごしたこの夕方。これまで見てきた弥勒の顔と、今、夜を迎えた弥勒の顔は、なにかが明らかに違う。しゅっとして、きゅっとして、きりっとしている。輪郭が違う。目許も違う。口許も鼻筋も表情も、いや、もう全体的に仕上がりが違う。顔立ちのキレが全然違う。

「むくみがとれたんだよ。やっとな。覚えとけ、これが本当の俺の顔だ」

襟足は短く、前髪は長く、ふんわりとカーブを描いて鼻先まで垂れる銀色。ずっと気だるげだった半眼も今は涼しく切れ上がり、嘘くさい作り笑顔の輪郭は削いだよう。すごい、と嶋は慄《おのの》いた。昼間も弥勒は街中で十分に人目を惹き、目立っていたが、夜の弥勒はそれどころじゃない。

ギラギラだ。

絢爛豪華な閃光を放つ、非現実の怪物だ。

どんなに暗い夜の中にいても絶対に見つけられる。どんなに深い闇の中にいてもだ。どんなに遠いところにいても、絶対に、必ず、見つけられる。この光を目指して、ひゅ

ーっとまっすぐに降りて行けばいいのだ。そうしたらそこに弥勒はいる。

この世のものではないように、そこに弥勒は一人、ギラギラと輝いている。

「……俺も将来、ホストになろうかな」

「は？　ばかじゃねえの」

ゴミの山にずぼずぼと手を突っ込んで、弥勒は次々にアクセサリーを掘り出していく。指輪、ピアス、指輪、時計、チェーン。組み合わせはどうでもいいらしく、掘り出した端からどんどん身に着けていく。そうやって嵐のように身支度を終え、最後に灰色のファーコートを引っかけて、スマホを片手に「バーロックすんなよ」それだけ言い残して出かけて行ってしまった。

気付けば一人だ。

嶋は、汚部屋に取り残された。

まだ八時過ぎ。眠るにはさすがに早すぎる。かといってやることも特に……いや、あるか。そうだ。昼にドラッグストアで大量のゴミ袋とゴム手袋を買ってきていた。それはなんのためだ？　もちろん掃除のためだ。この汚部屋を掃除するという大きな仕事が――約束が、自分にはあるじゃないか。

やるか。そう呟いて、ゴミの海の真ん中に凜と立つ。状況を俯瞰する。どこから手を付ければいいのかもわからないほどの汚部屋だ。でもとにかく、基本的には「ゴミを捨てる」。これに尽きるだろう。考えなくてもわかるあからさまなゴミ、たとえばさっき食べたピザの紙容器とか、そういうものをとりあえずゴミ袋に突っ込んでみよう。

張り切って、最初の一歩を踏み出した。口を広げたゴミ袋の中に、明らかなゴミを放り込み始める。丸まったティッシュ、チラシ、千切れたレシート、ストローの袋。わざわざ探すまでもなく、手を伸ばせば必ずそこにゴミがある。

拾っては捨てる。拾っては捨てる。思考を必要としない単純作業を繰り返すうちに、やがて時間の感覚を忘れた。大きなゴミ袋はすぐに一杯になった。次の袋を引き出して、足元のゴミを軽く蹴ってよけ、空いたスペースにしゃがみこもうとした。

そのときだった。

ついていたことすら忘れていたテレビの中で、猫が吹っ飛んだ。

ピアノの蓋が勢いよく跳ね上がる。ピアノを売却して欲しい。電話をかけて欲しい。

(あれ？)

血が、ざあっと激しい雨のような音を立てて身体の中を落ちていった。

(……あれ？　俺は、)

全身が冷えて、震え出す。

これを見たくなかったのはどうしてだ？　聴きたくなかったのはどうしてだ？

見つかった、なんて思うのは、どうしてなんだ？

一体なにから逃げてきたんだ？

(俺は、ここで、なにをしてるんだ……？)

ピアノを弾いていない。

（あれからもう何時間経った？　ピアノにもう何時間触れていない？　ピアノはどこだ？）

どうしよう。わからない。

（怖い……）

目の前が暗くなっていく。どうしよう。ここから逃げなきゃ。でも動けない。立てない。なにも見えない。もうどこにも逃げられない。もう二度と立ち上がれないのかもしれない。

終わりが忍び寄ってくる。

最後は爆発するとして、その時までどうやって耐えればいい。

＊＊＊

俺が家出をしたのも十五の時だった。あの頃のおまえと、それだけは同じだ。

俺は、たった一人残った最後の家族である姉から逃げた。

クリスマスイブの夜に親父が死んだ後も、姉はそれまでと変わらず俺に接してきた。

でも俺は、そうできなかった。

あの夜の、あの時の、あの目。あの、真っ赤な掌。姉は言った。

「ぜんぶ、なかったことにしてやる」

それを俺は聞いていた。

それは姉の真実だと思った。

あの夜から俺は変わった。どこにいても間違えているような気がした。どこにいても早くそこから消えなくてはと焦っていた。俺がこの世に生まれてきたその理屈や、まだ生きているというこの現実。それらについて考えること、思うこと、感じること。そのすべてに追い立てられるような気がした。誰にもなにも言えなかった。言えるわけがなかった。

高校にも進学せず、帰る家も失くした俺は、なにかから隠れるみたいにより暗い方を選んで進んだ。そういうところにいる人とつるみ、やがて俺もそういう人になった。すこし安心できたのは、恐れられ、遠ざけられている時だけだった。頭を空にする方法は身体をめちゃくちゃに使うこと。叫び、暴れ、人を殴り、引きずり倒し、踏み付け、金を奪い、薬を買い、使い、真っ白になって、真っ白になって、真っ白になって、やがて俺という人間の中身は毛穴から蒸発して失せた。

姉はしかし、そんな俺を見捨てなかった。姉はいつも俺を探していた。姉は俺の中身を取り戻そうとしていた。俺を大事だと言い、俺がすべてだと言い、俺を守りたいと言った。俺のためならなんでもすると叫んだ。大声で泣いた。ただ抱きしめるために俺を呼んだ。そこにはきっと、すこしの嘘もなかった。

それも、姉の真実だった。

だから、矛盾しているのだ。姉はこういう矛盾の塊なのだ。俺は姉から、というよりは、こういう姉の矛盾から逃げ回り続けた。矛盾を解決する方法は一つしかない。でもその決断ができないまま、俺は十七になった。

逮捕されたのはその秋だった。親父の件とはもちろん関係ない。あれは『病死』だ。少年院で冬、春夏秋冬、春夏を暮らし、また秋になって放り出された。そのときに先生に言われたのがこれだ。

「これからは、お姉さんのために生きなさい」

こんな皮肉ってあるだろうか。

3

二十歳になった頃にはもう、俺はくたくたに疲れ果てていた。暴れる気力もなくなった。それでも正気では一分と過ごすことができなくて、この頭をいい具合に狂わせてくれる新しい神を俺は探した。そして出会った。金だ。浪費だ。ギャンブルだ。

楽しいのかつらいのか、笑っているのか泣いているのか、気持ちいいのか痛いのか。区別もつけられないうちに、あっという間に違法賭博の深みに沈んでしまった。一瞬で負債は膨らんで、二十歳の俺のこの首に、重たい借金の鎖がついた。その先を握っているのは、もちろんろくでもないご主人様だった。

いろいろなことをやらされた。バレれば今度は立派に懲役がつくようなことも。赤の他人を地獄に落とすようなことも。記憶にあることも。ないことも。なかったことにしなければ俺自身がもうあと一秒も耐えられないようなことも。

やがて顔を買われて風俗のスカウトに、そこから歌舞伎町のホストになって、気付けば封筒が立つほどの金を稼いだ。そっくりそのまま奪われるだけの金だ。その頃の俺の寝る場所は、店のゴミ置き場か、同じ境遇の連中が溜まるタコ部屋か、客の女の子の部屋か、ラブホテルの一室。そのどこにも、俺のものなど何一つなかった。俺は、どうして自分がまだ生きているのかわからなかった。本当にわからなかった。ただマシーンになって金を稼ぎ、稼いだ金を誰かに渡す。それだけの日々だった。

矛盾はまだ解決されない。

姉は俺から目を離さない。

ある夜、姉は店に客として現れた。勘弁しろよと思ったが、「別にいいでしょ。知らんぷりしてれば?」店ではあくまでも他人の設定で通すつもりのようだったから、俺もそれが自分の姉だとは誰にも言わなかった。でもまあ店内で突然メンタル崩壊して泣き叫んだりするでもなく、ニコニコ笑顔で手首をかっさばき血を噴き出しながら俺に愛を告白するでもなく、変な薬で痙攣を起こして救急搬送されながら俺の名前を絶叫し続けるでもなく、他の客を路地裏で待ち伏せして金属バットで襲撃もせず、吐きもせず、漏らしもせず、ツケを残して飛びもしない。姉はたいした額を遣いはしないが、俺の客の中では行儀がいい方ではあった。

姉は堂々とこう言って回った。

「私、ストーカーよ」

そしてペラペラと喋りまくった。本当にペラペラと、「ミロクのことならよく知ってる」「私が一番わかってる」「誰も知らないと思うけど」「ミロクってすっごく悪い子だった」「だってね、」……呆れるぐらいよく喋った。ガキの頃から打ち消しても打ち消しても湧いてきたあの噂も、うすうす火元が察せられるというものだった。

要するにこれが、この数年後、よく『効いた』というわけだ。

＊＊＊

「出席番号10番、嶋幸紀。よろしくお願いします」

所定の位置で深く一礼し、ピアノに向かう。これは二学期末の実技試験だ。今日失敗したら終わりだ。明日からはもうピアノを弾けなくなる。大切なもののすべてを失う。だから今度こそ、絶対に、なにがあっても失敗してはいけない。

呼吸を静め、練習した通りに弾き始めようとした。しかし、あれ？　なぜか鍵盤がふかふかで音が出ない。おかしい。焦って強めに叩いてみると、「あっ！」鍵盤が一つ、ぽろりと歯のように抜け落ちた。膝の上にトン、と転がる。まずい。慌てて嵌《は》め直し、必死に何事もなかったように今度こそ演奏を始めようとするが、鍵盤は触れた端からさらにぽろぽろと落ちてくる。また慌てて嵌めようとする。でも全然大きさが合わない。

立ち上がり、辺りを見回した。このピアノは壊れている。誰かに助けを求めようと思った。でも誰もいない。深夜の大きな交差点の真ん中に、自分は壊れたピアノと置き去りにされている。すぐ傍を大きなトラックが恐ろしいスピードでびゅんびゅん飛ばしていく。見えていないし、気付いていないのだ。このままでは轢かれてしまう。こうしている間にもピアノはさらにぶっ壊れていく。ばきっ、めきっ、恐ろしい音を立てながら、屋根が側板が砕けていく。脚が折れて、崩れ落ちる。「あ、あ、ああ……っ！」支えようと手を伸ばしたがもう遅い。それはもうピアノの姿をしていない。どうすればいいのかわからなかった。途方に暮れて、ついに泣き出してしまった。

どこからか、オルゴールの音が流れていた。

高く澄んだ音が、大好きな曲を奏でている。ゆっくりとしたテンポで、かわいい音色が、ぽろぽろと夜空から降ってくる。

それは金色の光の粒になって、キラキラと眩く跳ね回り、やがて辺りを明るく照らし始め、世界に朝が来たようになって、（あ、これ……）そこでやっと、

（……夢だ……）

目が覚めた。

嶋は一度目を開いて、そのままゆっくりともう一度閉じた。

気分は最低――両手で顔を覆い、深く息を吸う。吐き出す。なんという悪夢。生きるためのエネルギーを夢の中で無駄に使い果たしてしまったようで、起き上がる気力がまったく湧かない。まだ心臓が嫌な感じにドキドキしているし、夢の中で味わった不安と恐怖が今もリアルに生々しい。

身体を捩るようにして、どうにかこうにか上体を起こす。両手をガシガシと動かし、

乱暴に顔面を擦る。指の隙間から見える汚部屋には白い光が差し込んでいる。もう朝なのだ。はあ、とまた息を吐き、眼鏡をかける。

汚部屋のソファを寝床にして、コートをかけて嶋は寝ていた。エアコンのおかげで寒くはなかったが、節々は痛いし喉も乾燥している。

昨夜、あのおじさんを被弾してしまってから、嶋はずっと立ち直れなかった。しかもテレビを消したくてもリモコンが見つからない。無駄に十分以上もゴミの山をかき回し、本体ボタンの存在をようやく思い出し、それでやっとテレビを消した。静まり返った汚部屋で一人、頭を抱えてへたり込んだ。その足元にテレビのリモコンを発見した時には、本気で叫び出しそうになった。そんな精神状態ではなにも手につくわけがなく、寝ようと思っても寝られもしない。もうどうしようもなくなって、嶋はソファに寝転がり、ひたすら掃除動画を見続けた。三時ぐらいまでは起きていた記憶があるが、そのまま寝落ちしたらしい。で、今の悪夢で目が覚めた、と。

しかし、ふと気付いて首を捻る。夢から覚めた今もまだ、オルゴールの音色がどこからか聴こえてきている。ごく小さなボリュームで、でも確かに曲が流れているのだ。音のする方を探してみると、寝ていたソファのすぐ近くにポータブルの Bluetooth スピーカーが置かれていて、そこから音楽が聴こえてきていた。意味がわからない。弥勒がこれを？　というか、弥勒は帰ってきているのだろうか。

汚部屋を見回してもゴミしか見えないが、弥勒の寝床の付近が他よりすこしだけ盛り上がっている。そこをそっと掘ってみると、真っ白い背中が現れた。ゴミの山の下に、弥勒は今日も全裸で埋もれていた。寝息は強烈に酒臭く、それよりなにより香水の甘ったるい匂いがすごい。人工的かつ暴力的なフローラルが鼻から頭に突き抜ける。酒は自分で飲んだのだろうが、香水くささはなぜなのか。ただ吹きかけただけではこうはなるまい。ライバルホストの罠にかかって香水の寸胴鍋に突き落とされ、そのまま一晩煮込まれでもしたのだろうか。水商売は大変な世界だ。

ゴミをさらにいくつかよけて、嶋は弥勒を掘り出す。力を失って投げ出された手の甲に、ボールペンかなにかで雑に字が書いてあった。

「……おいみん？　ういよう？　えんよ、ろ……？」

四文字ずつ、三つ連なるひらがならしきものは嶋には判読不能だ。その手元にスマホがある。画面に触れてみると、『トロイメライ』の曲名が見える。『赤ちゃんのおやすみオルゴール』なるアルバムから再生しているらしい。この一曲だけが連続再生になっているのは、わざとなのか、たまたまなのか。わからないが、スピーカーから曲を流したのはとにかく弥勒なのだ。でも一体どうしてそんなことをしたのだろうか。疑問を抱きつつも、とりあえず再生を停止しようとするが、

（まあでも……もうすこしだけ）

嶋は動きを止めた。祖母がよく弾いていて、好きな曲だった。それを真似て弾くこともできるが、でも本物の演奏はもう二度と聴くことができない。そんなことを、ふと思

ってしまった。

頭の中に、美しい旋律が優しく沁み込んでくる。思い出を呼び覚ましながら、身体の中にも流れ込む。まるで優しい手にそっと撫でられているようで、その手は記憶のずっと深いところにも触れる。しばらく耳を傾けているうちに、眠っていた音色が次第に目を覚まし始める。

オルゴールのすこし遠くに、祖母のピアノがゆるやかに心地よく流れ出していた。それを追いかけるうち、不安と恐怖の塊がすこしずつ溶けていく。穏やかなテンポで巡る音色に揺らされて、それらはほろほろと解《ほぐ》れ、ゆっくりと消えていく。

心は寄りかかるように、自然と曲に重なっていた。呼吸が静かに歌い始めていた。目を閉じて、ただ聴く。力を抜いて、どこまでも沈む。それからふわり、浮き上がる。

こんな感覚を随分長い間忘れていた。

光を求めて目を開く。

――不思議だ。

さっきまでと同じ汚部屋にいるはずなのに、なぜか全然違う世界にいるような気がする。

嶋はしばらくぼんやりと辺りを見回した。

曲はそのままに立ち上がり、窓辺に向かう。眠る弥勒に朝陽が当たらないように、半分だけカーテンを開く。酒と香水のにおいを追い出したくて、サッシもすこしだけ開ける。その瞬間、師走の冷気が一気に室内に吹き込んだ。嶋はそこら中に脱ぎ散らかされたシャツやタオルを数枚拾い、柔らかそうなのと温かそうなのを選んで、ゴミから掘り出した弥勒の身体にかけた。

リビングをラッセルで横断し、トイレを済ませ、バスルームへ向かう。歯ブラシは昨日買ってもらったのがある。シャワーの湯で歯を磨き、バスタブの中に泡をぺっと吐く。絶対、なにかもう凄まじく間違っている気がするが、このうちではこうする以外に方法がない。

なにか飲もうと冷蔵庫を開けて、そこにコンビニの袋が入っているのに気が付いた。中を見ると、牛乳パックとクリームパンが入っている。昨日買ったものではなかった。きっと弥勒が仕事から帰ってくるときに買ったのだろう。

これは自分のだ。

メモなどはなにもなかったが、嶋にはすぐにわかった。だって弥勒は牛乳なんか飲まない。

真冬の朝の、午前九時半。嶋はキッチンの貴重な床面に立ったまま、冷え切った牛乳とクリームパンをむしゃむしゃと食べた。もちろん寒い。腹はどんどん冷えていく。でも全然平気だった。弥勒はすぐそこにいる。ここには自分のための飲み物がある。自分のための食べ物がある。大丈夫だ。絶対に、大丈夫だ。

ここは俺の居場所。

ここは安全。

「めちゃくちゃ下痢した」

「……朝一番に、俺に伝えたかったのが、それか……？」

もうすぐ正午という時間になって、弥勒はようやく目を覚ました。嶋がペットボトルを集めまくる物音がうるさかったのかもしれない。

「つか、まじで掃除し始めてやがるし……」

「約束したんだからやるよ。当たり前だろ」

昨日の午後から延々と動画を見続けて、嶋はある戦略を——そんなたいしたものではないか。方針を、立てていた。参考にしたのはYouTubeに上がっていたプロの汚部屋掃除業者の仕事ぶりだ。プロの人々は手分けして、ゴミをとにかく品目ごとに片っ端から集めていた。機械的に、淡々と、黙々と、淀みなく、無感情で。考えたり悩んだりは一切せず、とにかく空き缶なら空き缶、プラゴミならプラゴミと、それぞれが担当する物を決めて、ゴミ袋にそれだけをひたすら放り込んでいた。嶋が見たところ、この汚部屋を形成するゴミの山には「本当のゴミである物」と「片付けられていないだけの物」が混在している。だからまずは、「本当のゴミである物」を部屋から出してしまって、物の絶対量を減らす。必要なものと不必要なものを選別するのはそれからだ。それが嶋の立てた方針だった。で、今は「本当のゴミである物」の中から、ペットボトルだけをひたすら集めまくる作業に入っていた。

　ペットボトルは思った以上に大量にあった。寝ている弥勒を叩き起こし、どんだけ飲んだんだ！　と問いただしたいほどあった。ゴミ袋はすでに二つ目がいっぱいになっている。それでもすごいのは、片付いた感がまったくないところだ。そして嶋には今、どうしても弥勒に確認しなければいけないことがある。

「弥勒。これから聞くことに正直に答えてほしいんだけど」

　銀の前髪をかきあげ、「あ？」弥勒はむくんだ半眼でうっとうしそうに嶋を見る。無意識なのか、片手をずぼっとゴミに突っ込んで煙草を掘り出して、でもすぐに舌打ち、それを元の地層に突っ込み直す。「なに……」不機嫌な声はガサガサに掠れている。

「これは質問というかなんというか、まあ答え次第では弥勒という人間に対する見方が大きく変わる可能性のある境界線上に今、実は立っていて、というのも、」

「うるせえ……」

「いや、これはどうしても弥勒の答えを聞かなくては俺はもう弥勒に対するこれまでのあらゆる思い、いうなれば信頼感とか親しみとかそういったもののすべてをひっくり返される恐れが、」

「まとめろ……」

「じゃあまとめるけど、あれはなに？」

嶋が指差して示す先には、ずらりと立てて置かれたペットボトル。ゴミ袋に入れずに別にしてあるのは、液体が残っているからだ。放置された無数のペットボトルの中に、ああいうものがいくつもあるのだ。底から数センチだけ残った液体は、怪しい薄茶色だったり、若干濁った黄褐色だったり……。

「なにもくそも、見たまんまペットボトルだろ」

「鈴木《すずき》隊長が言ってたんだけど、」

「……誰？」

「『汚部屋&ゴミ屋敷専門バスターズ』の鈴木隊長が言ってたんだけど、」

「まじで誰だよ」

「チャンネル登録者数5万超えの鈴木隊長が言ってたんだけど、」

「知るかよ」

「汚部屋のペットボトルには気を付けろ、中に残った液体は依頼者さんの尿の場合がある、って」

「……は？」

「だから、俺は思った。あれはつまり、もしかして、弥勒の――」

「はあぁぁ⁉」

ガラガラと勢いよくゴミを跳ねのけ、弥勒は前のめりに身を起こす。

「朝から下痢だのなんだの鈴木だの、ふざっけんじゃねえ！　そんなことするわけねえだろ⁉　俺をなんだと思ってんだよ⁉　つか俺は今どういう疑われ方してんだよ⁉」

「でもこんな部屋で平気で暮らしてるし……」

「平気じゃねえ！　どうにかしねえとって思ってるわ！　冗談じゃねえぞまじで！」

「そうは言ってもなんかあの色とか、濁り具合とか……。怪しい……」

「いや、ない！　絶対に、ない！　はっきり言う！　あれは、ただの、飲み残し！」

「に見せかけて本当は……？」

「違うっつってんだろしつけえな⁉」

「ならあれ、飲める？」

「はあぁぁぁああ⁉　ばかじゃねえの⁉　飲むわけねえだろ⁉」

「ということは、やっぱり……」

「なんでだよ⁉　いつのかもわかんねえようなもん誰が飲むかよ！」

「飲まないなら、弥勒がトイレに流して捨ててくれ」

「やだよ面倒くせえ！　掃除はおまえがするんだろ！　俺を巻き込むんじゃねえ！」

「じゃあ、やっぱりあれは……」

「待て待てその『じゃあ』、どこからきた⁉」

「弥勒の……」

「ちげえ！」

「なら飲んで」

「飲まねえ！」

「ってことはつまり……」

「なぜ⁉」

「尿である可能性がある限り、俺は全力で弥勒を疑い続ける……」

「バカヤロ――――――――――ッ！」

高らかに絶叫しながら、弥勒は立ち上がった。全裸のままどこからか摑み出したクマさんゴムで前髪を縛り、ずかずかとゴミをラッセルしてリビングを横断し、ペットボトルの飲み残しをトイレに流す作業に入る。嶋は粛々と、空のペットボトルの回収作業を続ける。


昨日まとめたゴミ袋を一つと、ペットボトルだけのゴミ袋をとりあえず四つ、マンションのゴミ置き場に出した。回収コンテナはそれで一杯になってしまったが、まだまだ全然作業は途中だ。

ランチのために外に出たのは午後二時過ぎ。ちょんまげの弥勒と眼鏡の嶋はそれぞれ黒のスウェットに上着を着て、気温一桁の冬の街を前後に連れ立って歩いて行く。途中、弥勒は振り返って妙にしみじみ、「おまえ変だな……」呟いた。「ああ、ちょっと寝癖がね」嶋は跳ねてしまった側頭部の髪を押さえてはにかむが、「そこじゃねえ。コーディネート的に、コートと靴が変だよなって」弥勒が指差すのは、制服のダッフルコートとローファー。「変かな?」「変だろ」そう言われてもこれしかないのだから如何ともしがたい。せめてスウェットが無地であればよかったのだろうか。でも残念ながらこれだ。A very spicy sauce of horror…。

日曜日ということもあって、ファミレスは家族連れで混んでいた。すこし待つことになるが、その間にもたくさんの人が弥勒を盗み見ては何事か囁き合う。気付いていないわけがないと思うが、弥勒は完全に『無』のままでいる。待合のソファにどかっと座り、足を組み、冷たく白けた横顔でひたすらスマホをいじり続ける。

やがて二人掛けのテーブル席に案内されて、弥勒はさっそくメニューを手に取り、ちらっと目を走らせるなり、

「おまえこういうのにしな」

向かいの席から紙芝居みたいにそれを開いて見せてくる。『真冬のデカ盛ほっかほか大行進!』と題されたそのページには、巨大なハンバーグや巨大なドリアが湯気を立てながら勢揃いしている。行進は別にしていない。

「なんで。俺そんな大食いじゃないけど」

「お、これいいじゃん。よし、おまえはこれに決定」

指先でトントンと叩いて示すのは、『最強デカ盛チャンピオン!　ミックスフライラ

ンチ』。巨大なハンバーグを土台に巨大な四種の揚げ物がぐるりと立体的に組み合わされ、セットでどんぶりサイズのライスと味噌汁がついてくる。「すげえぞ。1429キロカロリーだって」

「俺もメニュー見たい」

「デザートも食えよ。パフェとかそういういかついのな。あ、ほらほらこの『季節のパフェ期間限定チョコ&トリプルベリー』が589キロカロリーだから、足したら……まあいいか、とにかく2000超えだ。ん？　超えるよな？」

「知らないよ。この俺がそんなにたくさんの数字と数字を瞬間的に足せるわけないだろ」

「だよな。おまえには多すぎるな、数字が」

「それよりメニュー見せてくれ。そもそも俺、そんなにたくさん食べきれないと思うし」

「ガキの上にバカなんだから先のことなんか考えてんじゃねえよ。出てきたもんをただ食えばいいんだよ。今を楽しめ。俺は、あー、マグロ丼セットでいいや。おまえドリバーはどうすんの。つか、わかる？　ドリンクの、バーな。自分で持ってくる飲み放題」

「それは知ってるけど。……最強デカ盛チャンピオンか。最も強く、デカく盛られた、チャンピオンか……」

「ドリバー、つけんのか。つけねえのか」

どっち。瞬間着火のイライラを隠さずに訊ねてくる弥勒の顔は、早くも若干の鬼味を帯びている。「なんでいきなり怒るんだろう……つけるけど」

弥勒は本当にさっさとそれで注文してしまい、「アイスコーヒー」当然のように嶋に飲み物をとって来させる。グラスを手渡すなりストローも使わず一気に飲み干し、「コーラ」即おかわりの注文が入る。

弥勒のコーラと自分の紅茶をドリンクバーのカウンターでセットしながら、嶋は弥勒に聞きたいことがあったのを思い出した。朝に流れていたオルゴール曲の件だ。あれはなんだったのか、やっぱり気になる。

コーラと紅茶をプルプルしながら両手に持ち、溢さないよう摺り足でテーブルに戻る。席に着いて、さっそく切り出そうとするが、

「そういやおまえ、なんかやべえぐらいうなされてたけど。あれなに？　俺が帰ってきた時だから、五時前とか？　そんぐらい」

弥勒に先手を取られてしまった。

「ああ……すごい悪夢見たから、それかな」

今朝見た悪夢について、嶋は弥勒に語った。実際に大失敗した期末の実技試験の場という設定で、ピアノが大破し、自分は夢の中で大泣きする羽目になった、と。

「まあ、そんな夢を見た理由はわかってるんだけど」

「なに？」

いや別に、すごい下らないことだから、と嶋は話を打ち切ろうとするが、弥勒は「気になんだろ」と先を促してくる。

「……なら言うけど。テレビの、わりと昔からやってるコマーシャルでさ、ピアノを」

たったそれだけの情報で、弥勒がいきなり歌い出したのはまさに正解のあの曲だった。嶋はそう、それ、と頷いて返すしかない。

「それを、昨日たまたま見たんだ。……俺はあのおじさんが、っていうかあのコマーシャルが、っていうかピアノが、……ピアノっていう物体自体が、怖い。自分でも馬鹿みたいだけど、本当に怖くてたまらない。ピアノを見るのも音を聴くのも今は絶対に嫌で、無理で……だから最近は家ではテレビつけないし、つけるとしても音を消してピアノと遭遇するのを避けてたんだけど、でも昨日は弥勒が見たいみたいだったから、」

は？　と弥勒の表情がいきなり険しくなる。

「待てよ。じゃあおまえがうなされるほどの悪夢を見たのは、俺がテレビつけたせいって話？」

「そうじゃないけど。でも、……そうなんだけど」

「言えよ！」

馬鹿が、とその顔が歪んだ。なんでそんとき言わねえんだよ、と。

「いや、さすがにわがまますぎるかと思って」

大きなため息をついて、弥勒は背もたれに身体を預ける。「……おまえ、散々俺を好き勝手に使っといて今更そんな……」はらりと額に落ちてきた銀の髪を雑な仕草でかきあげる。呆れたように嶋を見つめる、色の薄い透明な瞳。

「つか、まじでなんなんだよ……ほんっと、とことん、わけわかんねえ奴だな。まあ体調が悪いとかじゃなくてよかったけど……」

「体調は普通」

下痢はしたが、それは起床してからの話だ。うなされていたのと関係はない。

「ただ、気分は最悪だった。だってもう本当にわけわからなくて、トラックがビュンビュンすごい速度ですれっすれのところを飛ばしてくし、俺はそんなところに取り残されてて、はっと気が付いたらピアノがもうすっごい、こんな、もうめっちゃくちゃに、なんかバッキバキで、あれはもうほんとにひどくて、思わず、」

「あーその話はもういいや。人の夢の話ってまじでつまんねえよ。ましてやおまえみたいなガキの話」

とんだ塩対応に嶋は思わず震えた。「そんなこと、言う……？」促されたから話したのに。

「俺に二度と夢の話すんなよ」

「いやだ！　する！」

「めんどくせえな。意味わかんねえ反抗すんじゃねえよ」

「意味ならある！　夢って、人に話すと現実にはならなくなるんだって。だから悪夢は話した方がいいし、いい夢なら逆に話しちゃいけないらしい」

「は？　それはどこ情報？」

「ん？　これはどこ情報？」

「え？　おまえは俺を馬鹿にしてんの？」

別に馬鹿にはしていないし、口から出まかせというわけでもない。本当にそういう話を聞いたことがあるのだ。ただ、その出所がわからない。なんだっけ。いつどこで、誰から聞いたんだったか……「あ、そうだ」思い出した。昨日だ。動画だ。

「鈴木隊長が言ってたんだ」

「またそいつ！」

ガクッ、と弥勒が座席からずり落ちる。

「なんなの？　おまえそいつにハマり過ぎてない？　大丈夫？」

「大丈夫。弥勒ももし悪夢を見たことがあるなら、その話していいよ。俺は聞いてあげられる」

「突然の上から目線……」

「チャラになるよ」

呆れたみたいに嶋を見て、弥勒は鼻先で「……チャラね」小さくせせら笑った。

「ぜんぶなかったことになるんなら、そりゃいーよな」

「そう。チャラってそういう意味だよ」

「知ってるわ。つか、俺にだってチャラにしたい悪夢ぐらいあるわ」

「なら話せばいい。俺がちゃんと聞いておくから」

「あ？　言ったな？　じゃあ俺も悪夢の話するからな？　ほんとにちゃんと聞けよ？　言っとくけど、下らねえしつまんねえし意味わからねえからな？　覚悟しろよ？」

弥勒には、繰り返し何度も見ている悪夢があるという。

その夢の中では、小さなかわいい女の子が一人、世にもおぞましい姿をした巨大な怪獣と戦っている。弥勒はそれを見ていることしかできないのだが、戦いはリアルかつ凄惨で、肉片やら血飛沫《ちしぶき》やら、果てには手足までもが千切れて飛んでくるようなグロテスクさで、見てしまった後のダメージは凄まじいものがあるらしい。

「かれこれ十年、かな。……ずっと見続けてんだよ」

「そっか」

「まあ、その子も結構えぐいことやり返してんだけど、なにしろ敵はでかいし強いからあんま効いてる感じもねえんだ。そのうち喰われ始めるし、怪獣もすごい声上げてるし、その声がガンガン頭の中に響いてさ、あれはもうまじ、」

「人の夢の話って本当につまらないんだな」

「……おまえは一生！　もう二度と！　永遠に！　『俺は聞いてあげられる』とか言うんじゃねえぞ……！」

「でもまあ、日曜の朝の八時半からテレ朝でやってそうな雰囲気はある」

「感想をつけりゃ許されるってもんでもねえからな！　つかグロいっつってんだろ、地上波ではやらねえ！」

「ちなみに、その女の子は最後には勝てるのか？」

なんとなく訊いただけなのだが、弥勒はその一瞬、目を丸く見開いた。そして、

「……負けない」

短く答えて、わずかに微笑む。最後まで見たわけじゃねえけど、と続けながら視線をテーブルに落とし、

「その子は、絶対に負けないよ。……つか、なんでおまえにこんな話してんだか……」

自嘲するように小さく首を横に振る。なんでもなにも、と嶋は思う。悪夢の話を弥勒がしたのは、自分が話していいと言ったからだろう。それについては別になにも不思議ではないが。と、その時、「お待たせしましたー」注文したランチがタイミングよくテーブルに届いた。お、と弥勒が顔を上げる。

「すげえな、まじでデカ盛だ。食え食え、たくさん食え」

嶋はそれに頷き返し、覚悟を決めた。なにしろ最強デカ盛チャンピオンはその名の通りに本当に巨大で、心して向き合わなければ到底食べきれそうになかった。

そうしてしばらくはそれぞれランチを食べ進めていたが、

「つか、おまえのはなんとかした方がいいよな」

もぐもぐしながら弥勒が呟く。「俺のって？」嶋は油分でテカった顔を上げる。

「ピアノが怖い、ってやつ。そんなんじゃまともに生活してらんねえだろ。俺もテレビぐらい普通に見てえし」

「だったら俺、弥勒がテレビ見てる間は耳栓とかヘッドホンとかつけてようか」

「んな場当たり的なことしてねえでちゃんと克服しろっつってんだよ。おまえも普通にテレビ見て、あのピアノのおっさんが出てきたらむしろガン見しろ。気持ちで迎え撃て」

「ええ……そんなの絶対に無理だって。怖いって言っただろ」

「そうやって『いつくるかな、いつくるかな』って受け身でビクビクしてっから怖く感じるんだよ。俺は人に向かってゲロを噴射する癖がある奴と共同生活してたことがあるんだけど」

突然の展開だった。フォークを取り落としそうになる。

「噴射、する、癖……？」

「そう」

「かかっちゃうんじゃないの……？」

「それがそいつの趣味らしい」

「趣味……？」

そんな奴と、共同生活を？　そんな、間違いなく、この世で最も共同生活をしたくないタイプ第一位の奴と？　「そうそう」弥勒はマグロを口に運びながら頷いているが、いや、そうそう、ではない。そんな奴の存在を飲み込んではいけない。

「みんなそいつを怖がって避けてて、俺も最初はそんな感じだったんだけど、ある日ふと思ったんだよな。先に潰したれ、と」

嶋は付け合わせのポテトフライを咀嚼しながら、置いていかれないよう必死に話の行方に目を凝らす。揚げ物ランチの付け合わせが揚げ物である、その程度のことはもう黙って受け入れるしかない。

「それから俺はそいつを探しまくったよ。こっちが追う側な。そいつを狩る側で、襲う側。そうやってそいつを獲物として狙ってると、なんか全然怖くねえんだよな。むしろ早く出て来ねえかな、人目のない暗がりで遭遇しねえかな、会いてえな会いてえなって、もうメラメラしてくんの。腹の底からなにかが熱く逆流してくるっつうか」

「こっちも逆流させられてるのか……」

「皮肉なことにな。で、そいつはこう」

弥勒は箸を持っていない左手を、ぐっと握り、ぱっと開いて見せた。それは一体なにを意味するのだろうか。「わかったか?」弥勒がじっと目を見てくる。「いや、全然わからない」正直に答えるしかない。

「そいつは結局どうなったんだ」

「はあ? ばーか、ちげえよ。そこはどうでもいいんだよ。今の話で重要なのは、追う側に回ると怖くなくなる、ってところだろうが」

そうだったのか。話の一部だけが異常に強烈な印象を残しすぎて、他の大部分はぼやぼやと雑にしか伝わってこなかった。

「だからおまえもそうしろってこと。ピアノのおっさんを、むしろ欲しがって求めろ。会いたい会いたい、出てこい出てこい、そう念じながらテレビを見ろ。おまえがここに出現したのはすべて俺の計算通りだ、って余裕のツラして」

無地は舐められる、に続く、弥勒の貴重な教えだった。おじさんの出現は計算通り。

「そうやってテレビを見たとして、実際に出てきたら俺はどうすればいいんだ？」

「喜べよ」

「……それだけ？」

「多分そんとき、おまえはなんにも怖がってねえよ」

「そんな簡単にいくわけないだろ」

「いくんだよ。俺がいくっつってんの。おまえはガキだしバカなんだから、ただ俺の言うこと信じてりゃいいの。これでテレビの問題は解決な」

言うほど解決しただろうか。嶋は巨大なエビフライをナイフで切り分けながら首を捻るが、

「まあテレビっていうか、結局はピアノだよな。街角で突然ピアノとすれ違うたび、いちいちびびって悪夢とか見てらんねえよな」

弥勒が続けた言葉に、さらに首をもう半周、今度は逆側に捻って結局正面に向き直る。

「街角で突然ピアノとはすれ違わないと思うけど」

「わかんねえだろ。ピアノって結構いろんなところにいきなり現れんじゃん。駅とか」

「ああ、ストリートピアノ……」

「うちの店にもデーンってあるしな。でかい、黒々としたやつが」

意外な話の成り行きに、え、と嶋は目を瞬いた。「ホストってピアノも演奏するんだ」

「しねえよ。するかよ。いやまあどっかにはする奴もいるかもしんねえけど、うちんとこのは完全にただ置いてあるってだけ。誰も弾かねえし、高級感を醸し出すだけの素敵な置物と化してるよ。元はジャズバーかなんかだったらしくて、うちの店はそこに居抜きで入ったんだよな」

「いぬき……？」

「設備とかインテリアとか造作とか色々、おきっぱ、やりっぱで退去したとこにそのまま次の店が入るってこと。前の店のもん残ってるけどそれでいいよな、っていう条件」

「ふーん。でも、ジャズバーが潰れる立地でホストクラブって、果たして儲かるのかな」

へっ、と弥勒が舌を出す。クマで結んだちょんまげが揺れる。「居抜きも知らねえ奴がなんか言ってるよ」

ファミレスでの食事を終え、嶋と弥勒は買い物に向かった。ドラッグストアで最大サイズのゴミ袋をありったけ買い足し、嶋用のお風呂セットも弥勒のチョイスで買われてしまった。シャンプーはオレンジ色のボトルで、大きく『馬』の一字がデザインされている。コンディショナーは黄色のキャラクター形。メガネをかけて青いパンツを穿いたそいつが果たして何者なのか、嶋にはわからない。まあ恐らくだが人ではない。ボディソープはピンクのボトルで、あずき色のポンプがついている。五十代からも艶めいて華やかに！　と書かれたポップが添えてあったのが多少気にはなる。が、とりあえず、嶋の裸眼の視力でも確実に見分けはつきそうだ。

ショッピングセンターにも寄った。嶋が着替えられるよう、「お、あったあった」「無地がいい……」「馬鹿言ってんじゃねえ！」「舐められてもいい……」「ありえねえ！」今着ているA very spicy sauce of horror…の色違い、さらにデンジャラス感を増した赤と青を買い足して、そのついでに、向かいにあった靴の量販店でスニーカーも一足買ってくれた。これはよかった。気に入った。

「体育の指定シューズ以外でこういうの履くの初めてだ」

２０００キロカロリーを無事に完食し、身体はずっしりと重い。しかしローファーを脱いでショッパーに入れてもらい、店頭でスニーカーに履き替えた足元は軽い。全体が薄い灰色で、サイドに白でＮの文字。紐も白。サイズぴったり。早くも陽が傾きかけた商店街は人通りがやたらと多く、二人は行き交う人々の間を縫うように歩いていく。嶋はすこし浮かれて弥勒の後を追う。

「初めてってことはねえだろ」

足の長さの差だろうか、弥勒は歩くのが本当に速い。

「本当に初めてだよ。小学校も通学は制靴だったし」

振り返る顔を見上げながら、嶋は大股の早足になる。

「なわけねえって。ダチが履いてるの見て、あーそれいーな、俺も欲しー、とかあんだろ普通」

「だち……?」

「友達。そんぐらいわかれよ」

「友達はいない」

「……なんだ、この謎の説得力は」

「今まで一人もいたことない。本当に、生まれてから今までずっと友達いないよ」

「やめろやめろ。なんかつらい」

新しいシューズを慣らすため、と弥勒は言って、マンションの前を通り過ぎた。しばらく歩き、やがて辿り着いたのは、街外れの随分と立派な公園だった。広々とした運動場に、子供が遊べる滑り台などの遊具、砂場もある。葉を落とした大きな木々に囲まれた気持ちのいい広場では、たくさんの家族連れや若者グループが思い思いの時を過ごしている。

弥勒はベンチの一つにどしっと腰を下ろし、「行ってこい」と顎をしゃくってみせた。

嶋はきょとんとその場に立ち尽くす。「どこに？」

「ちょっとその辺で遊んだりしてこい」

「え……。そんなこと突然言われても」

「動かねえとシューズ馴染まねえだろ。あっちにブランコとか砂場あんじゃん。行け」

だらだらと片手でスマホをいじりつつ弥勒は言い放つ。その視線の先には確かにブランコと砂場がある。が、そこにいるのは全員ダウンコートにニットキャップの若ママ集団と、きゃあきゃあはしゃぐ幼児たちだ。その外周にはより小さな赤ん坊を身体の前面にセッティングされて不敵に微笑む若パパ軍団。「ほら、混ざってこい」混ざれるわけがない。あの世界観に混ざれる中三男子などどこの世には存在しない。

「やだよ、絶対無理！」

「じゃああっちに混ぜてもらえ」

ちょんまげを揺らして弥勒が顎でくい、と示す方角には、バスケットコートがあった。高校生ぐらいだろうか、男女混合グループが笑い声を上げながらゴールポストの下でボールを奪い合っている。「ヘイ、パース！」「ちょ、真面目にやれって！」「待って、それうけんだけど！」──あそこに混ざれと？

「無理無理無理、無理に決まってるだろ！」

幼児チームとはまた違った意味でハードルが高すぎる。嶋はそう思うのに、

「は？　なんで」

いぶかし気に首を傾げる弥勒の足元に、ちょうど彼らのボールが転がってきた。

「うわ、やべ！　すいませーん！」

この真冬にTシャツ姿の男子が一人、慌ててそれを追いかけてくる。なにを思ったか、弥勒はいきなりスマホを脇に置いて立ち上がった。ひょいっとボールを片手で掴み、軽々と投げ返し、

「君らって今、3on3やってんのー？」

嶋にはついぞ向けたことのないような明るい声で話しかける。Tシャツはボールをキャッチし、「あざす！　そーっす！」にかっ！　負けない明るさの笑顔で答える。「つか、現状3on2っす！　メンツ足んなくて！」

「そしたらこいつも仲間に入れてやってくんねー？」

弥勒が指差す先には、「……ん⁉」嶋がいた。「あ、いっすよ！　じゃあ今から俺のチームな！」いやいや、待て待て、「ヘイ！　俺らチーム揃った！」無理無理、だめだめ、「うい、オッケー！」「よろー！」「がんばろ！」やめてくれ、そう言いたいのに嶋はしかしなにも言えない。突然の展開についていけない。Tシャツは無言で固まる嶋のコートの腕を掴み、すでにぐいぐいコートに連行していっている。そして、

「おっしゃ、ゲーム再開！　ヘイ！」

ボールが目の前をヒュンヒュンと行き交い始める。走り回ってそれを追いかける奴、ジャンプしてキャッチする奴、呼び交わす声。高く放り投げられたボールはリングに当

たり、跳ね返ってきたのを数本の手が奪い合って、「ヘイ！」ヒュッ、嶋に、「……うぐっ！」受け取れない。肩付近にどしっとぶつかり、落ちて転がる。「うわ、ごめーん！」「大丈夫ー？」男女が駆け寄ってきて、「なにやってんだよしまぁ！　手ぇ出せよ！」鬼の声がすこし離れたところから聞こえる。「だ、大丈夫……」嶋が立ち上がるとすぐにまたボールが行き交って、目の前を右にヒュン、左にヒュン、Tシャツが片手で摑んでくるりと身をかわし、「ヘイ！」鋭くバウンドさせて嶋に、「あぐっ……！」受け取れない。跳ねたボールに顎をどつかれて、眼鏡がずれた。ふらついてそのまま膝をつく。「えっ、今の痛くね⁉」「平気ー？」女子が二人駆け寄ってきて、両サイドから嶋を支えて立ち上がらせてくれる。「……大丈、夫……」鬼が叫ぶ。「てめえバカかよ⁉　ぼさっと突っ立ってんじゃねえ！　走れ！」不吉なことに、なんだかさっきよりすこし近いところから聞こえる。鬼が近付いてきている。「ヘイ、行くぞー！」「うい！」またボールが嶋の周囲を行き来し始める。シュパッ、まっすぐ右に。シュパッ、今度は左に。そして「ヘイ！」真正面のど真ん中。嶋の胸にドシッとぶつかり、「……うぅ……っ」受け取れない。だから、受け取れないんだよ、俺は――声は出なかった。息が詰まり、尻からペタンと崩れ落ちた。「たいへーん！」「かわいそー！」集まってくる男女をかきわけて、「バカヤロー！」鬼がついに目の前、怒鳴りつけてくる。

「さっきから黙って見てりゃなんなんだよてめえは⁉」

「……黙っては、いなかったじゃん……」

「つかバスケしたことねえのかよ⁉」

「……ない……」

「つまんねえ嘘ついてんじゃねえぞ！　体育で絶対やらされるだろうが！」

「……ほ、ほんとだって……」

確かに、小学校の高学年から体育の授業でバスケはあった。でも嶋は万が一の手指のケガを恐れ、ずっと見学させてもらっていた。やがて中学に上がってからも、同じ理由で球技全般を避け続けた。音大付属校だけあって、その辺りの対応は柔軟だった。とはいえ、ほとんどの生徒は普通に授業に参加していたのだが。みんな平気でバスケもバレーボールもやっていたし、毎年球技大会すらあったのだが。見学してばかりだったのは、嶋を含むごく一部だけなのだが。そして嶋は、普通に球技をやるそれら大半の生徒よりも、実技の成績ではるかに劣っていたのだが。

（あれ？）

考えてみれば、なんなんだ。

バスケットコートで陽キャと鬼に取り囲まれながらふと思う。なんなんだ、この人生。自分はこれまでなにをしてきたんだ。あれも捨て、これも捨て、なにもかも全部捨てて、ピアノだけを選んだ。そして、ピアノも失った。自分にはなにも残らなかった。からっぽの自分一人が、なにも知らないまま、なにもできないまま、ぽつんと取り残されてしまった。

突然深く落ち込んで、嶋は黙り込む。とっくにわかっているつもりだったが、それでもこうして改めて事実に直面するとやっぱりつらいものがある。唇を嚙みしめて俯くが、そのすぐ隣に女子がちょこんとしゃがみこんだ。ねえねえ、と嶋の肩をつつき、微笑みかけてくる。

「バスケ苦手なら教えてあげよっか？　私、3ポイントシュートだけは得意なんだよ」

「あ、これほんとだよ。こいつ全然外さねえの。コツ覚えて帰んなよ」

え、え、と嶋は戸惑うが、「はい立って！」「こっちおいで」「よし、見ててね」手を引っ張られて立たされ、シュートを見せてもらう流れになる。得意、と本人が言っていただけあって、なにげなく放られたように見えたボールは暮れかけた空を背景に綺麗な弧を描き、すぽっと気持ちよくネットの中に落ちた。イエー！　と拍手。慌てて嶋も拍手するが、その足元に「はいそれじゃ次ね」ボールをゆっくりと転がされる。さすがにそれは受け取れた。

「やってごらん、そのラインのとこからね。ボール持って、構えて！　両手、こう！」

言われるがまま、「ここね、ここ」「力抜いて」横から伸びてくる手にも為されるがまま、「はい、シュート！」嶋は両手で、えい！　ボールを投げた。が、まったく見当違いの方向に力なく飛んでいき、ゴールからだいぶ離れたところにそのまま落ちる。これはかなり恥ずかしい。「だーいじょぶだいじょぶ！　ヘイ、もう一回！」ボールを転がしてもらい、再びチャレンジ。しかしそれもダメで、その次もやはりダメで、

「あぁもう！　見てらんねえ！」

輪からすこし離れたところにいた弥勒がイライラも丸出しに片手を上げる。高い位置で手の平を見せると、ボールを拾っていたTシャツがすぐに気付いた。ボールを弥勒に投げる。

その受け取り方が、まず違った。ボールの方から吸いつくように、なんの反動もなく、音もなく、弥勒の手の中に収まった。弥勒はそのまま膝を柔らかに落とし、「こうすんだよ！」全身を猫のようにしなやかに使ってボールを放つ。

遠い位置から放たれたボールは、嶋には狙いを完全に外したように見えた。しかし回転しながら宙でねじれる不思議な螺旋の軌道を描き、そのままゴールネットの中に、まったく音を立てずに落ちた。いや、吸い込まれた。仕掛けのわからないマジックを見せられたように、え？　へ？　茫然とする嶋の耳に、

「……えーっ⁉　うっそ今のなに⁉　すごくね⁉　超すげえ、まじやっばい、クソかっこいい！　お兄さんもっとプレー見せて！」

Tシャツの上ずった声が届く。Tシャツはボールを拾うなり駆け出す。他の連中も一斉に走って散らばり、さっきまでとは段違いの鋭さで素早くパスを回し合い、「へイ！」弥勒の手の中にボールがまた吸い込まれたと思ったら、――嶋にはもう、わけがわからない。なにをしているのか、見ていても全然わからない。

走り出した弥勒の前に男子が腕を広げて立ちはだかる。弥勒は軽やかに回転しながら

その脇をすり抜け、前後左右、リズミカルにステップする足の間で自在にボールを弾ませる。なめらかに全身をしならせて操るボールは右手、左手、弥勒に吸いついて離れない。腰が沈む。身体がコートを低く滑り出す。一気に加速して、その足が見えない空中の階段を踏む。

まるで離陸だ。

弥勒は本当に、宙へ翔《か》け上がった。

嶋は呼吸も忘れた。瞬きなんかできるわけがない。重力から完全に解き放たれたシルエットは、灰色とオレンジの真冬の空に一瞬で鮮やかに焼き付いてしまった。

指先で軽く押し出されたボールは、静かに置かれただけ。リングの縁に、音もなく。そしてそれがゆっくりとネットを通り、すぅっとそのまま落下して。

しばらくは誰もなにも言えずにいて。

「……でっ、どっ、どぁっ……だあぁぁ！」

Tシャツがようやく、奇声を上げた。「俺もそういうの、やりてえーっ！」その場でドカドカ足踏みしながら振り絞るように叫ぶ。他の連中も魔法が解けたように「やばいやばいやばい！」「お兄さんすげー！　なんでそんなんできんの!?」興奮しながら弥勒に駆け寄っていく。

弥勒もクマ付きのちょんまげを揺らし、白い前歯を溢して笑顔になった。照れているのか、「や、まあ」額を何度も手の甲で擦る。数時間前まで全裸でゴミに埋もれて寝ていた人間とは思えない。

「バスケ部だったってだけ。中学んときな」

「えっ、強豪校すか⁉　え、え、つか高校どこすか⁉」

「やっぱインハイとか出たんですか⁉」

「ないない。全然そんなんじゃねえよ」

嶋は盛り上がる集団から外れたところで、ふと思い出していた。あの、もうすぐ終わるゲームの星に取り残されて、今も座り込んでいるアバター。着ていた赤いランニングとハーフパンツは、……そうか。

（バスケの、ユニフォームだ……）

顎先が揺れる。コートの胸のあたりを手で押さえる。今なにを感じているのか、自分でもよくわからない。ただ、あの星は、多分寂しい。そして寒くて、暗くて、とても静かで——

「今度ちゃんと俺らに教えて下さいよー！」

「ウチら、だいたいいつもここでバスケしてるんで！」

「気が向いたらな。あ」

どこからか鐘の音のメロディが聴こえてくる。初めて聴く、恐らくはオリジナルの曲だろう。これがこの街の夕方のチャイム放送のようだ。

遊んでいた幼児たちも顔を上げた。砂場から汚れた手足で飛び出して、母親のコートにしがみつく。揺れるブランコから歓声を上げながら飛び降りて、待っていた父親に抱き上げられる。もうすぐ日が暮れる。子供はみんな帰る時間だ。

「しま！」

弥勒の声に、嶋も俯きかけていた顔を跳ね上げた。

「俺らも帰るぞ」

「うん……あ、そうだ、荷物！」

さっき買い物してきた大荷物を、弥勒はベンチに置きっぱなしにしている。まさか盗まれはしないだろうが、慌てて嶋はベンチの方に走り出す。

その背後、弥勒がバスケの男女グループに「あいつと遊んでくれてサンキューな」と言っている声が聞こえた。「おまえも礼ぐらい言えや！」これは自分に向けられた声だろう。嶋は荷物を両手に抱えたまま、振り返って立ち止まり、ひょこっと頭を下げてみせた。「あの、ありがとう……」いーよ全然！　またねー！　ブンブンと手を振り返される。

行くぞ、と歩き出した弥勒の後を追いかけて、陽が落ちてゆく公園を出た。嶋の方を一瞬だけ振り返った白い横顔は、いつもと変わらない。現実の世界で一人だけ、冷たく透き通って、色がない。さっきの笑顔と全然違う。弥勒はあんな表情もするのだ。バスケがそんなに楽しかったのだろうか。アバターの衣装にユニフォームを選ぶほど、それほどバスケが好きだったのだろうか。

十年前の弥勒は、大好きなバスケをしながら、いつもあんなふうに笑っていたのだろうか。

今はまったく、そんな様子を微塵も漏らしはしないのに。

先を行く弥勒の背中をぼんやりと見やった、そのときだった。二人の真横を通り過ぎ、追い抜いて、すこし先の路地を曲がっていったのは白のステーションワゴン。

一瞬、母親の車のような気がした。嶋はぎょっとして、思わず足を止める。ちゃんとは見ていないが、横浜ナンバーではなかったか？　いや、でも、違うか。だってありえない。自分がここにいることが母親にわかるはずがない。首を振り、気を取り直して、すぐに再び歩き出す。第一あんなの珍しくもない、日本中にありふれた国産車だし、なんなら本当に横浜ナンバーだったとしても別におかしなことはない。ここ町田も、横浜ナンバーの地域と生活圏としてはそんなに遠く離れているわけではないのだ。

「なに。どうした」

すこし離れた嶋に気付き、弥勒が振り返る。「いや、なんでもない」小走りに弥勒を追うが、ガー！　と耳障りな音が突然辺りに響いた。その音は背後から近づいてきて、嶋と弥勒の真横を速度を上げながら通り過ぎて、

「あっ⁉」

嶋は今度こそ、荷物を取り落とした。遠ざかっていく傍迷惑なガー！　の主は、スケボーとキックボード。ぱさついた金髪頭と茶髪頭は見間違いようがない。あれは町田に

迷い込んだ嶋を追いかけ回した、あの夜のヤンキー二人組だ。絶対にそうだ。しかもメンツが一人増えていて今はトリオ、増えた奴は自転車に乗っている。ハンドルをカマキリの鎌のように思い切り高い位置で折り曲げ、前カゴを取り外してバイク用の風防を前面に取り付け、後部の荷台をもはや荷台の意味がなくなるほどの急角度で無理矢理に折り上げて、完全にヤンキー仕様に改造されたそれはどう見ても——

「俺の自転車だ！」

やはりあの時に奪われていたのだ。遠ざかっていく三人組を、嶋は路上で棒立ちになって茫然と見送る。弥勒もその連中を見やって、「えっ⁉」嶋の方を振り返る。その目が驚愕に見開かれている。

「嘘だろ⁉　おまえ、あんなこっぱずかしいヤンチャリに乗ってきたのかよ⁉」

「違う！　そんなわけないだろ！　普通の自転車だったのに、あいつらに改造されたんだ！　くそ、あんな変わり果てた姿になって……！　ひどすぎる！」

「追いかける？　奪い返すか？」

三人組の姿は、まだ道の先に小さく見えている。全力で走れば追い付くかもしれない。自分が、ではなく、弥勒が、だが。でも、

「……いや。いい。諦める」

嶋は首を横に振った。

「なんで。いいのかよ」

「うん。さっきとっさに俺の、って言ったけど、実は弟のだし」

「……なんちゅう兄貴だよ」

「それに、どうせもう家には帰らないし」

そうだ。帰る手段など、自分にはもう必要ないのだ。曲がって路地に入ったのか、三人組の後ろ姿が完全に見えなくなる。

「……おまえがいいなら別にいいけど」

あっさりと興味を失ったように、弥勒は再び歩き出す。その後ろを、嶋も再びついていく。

「つか、弟。ふーん。弟はなにしてんの」

「俺にＬＩＮＥを未読スルーされてる」

「今じゃねえよ。弟もピアノとかやってんのか、って」

「ああ、やってない。普通の中二」

「普通ねえ。おまえの弟って時点で、普通よりだいぶ重い十字架を背負ってるよな」

「なんで？」

これだもんな、と弥勒が呆れ顔で振り返る。そして立ち止まり、嶋の顔をなにか確かめるようにしばし眺めて、

「まあ、とりあえず、それなりに運動したよな」

なんの話か嶋にはわからなかった。首を傾げ、弥勒の顔を見返す。弟のことか？　自

分のことか？　戸惑うが、

「おまえも今日は変な夢なんか見ないで、よく眠れるんじゃねえの」

続けられたその言葉で、意味がわかった。

弥勒は、うなされていた自分が今夜はちゃんと眠れるように、わざわざ公園に連れて来たのだ。運動させるために遊べ、と言ったのだ。そして気付く。あのオルゴール曲もそういうことか。だから、『赤ちゃんのおやすみオルゴール』だったのか。

いやでも待て。赤ちゃん、って。

（……寝付かせて、たくさん食べさせて、パフェも食べさせて、遊ばせて、運動させてって……）

一体どういう扱い方をされているんだ、自分は。

「なに。なんでいきなりむくれてんの」

弥勒に言われて、「はあ？」嶋は顔を上げた。「誰もむくれてなんかないじゃん」言い返すが、弥勒は「へっ」上唇を曲げて意地悪そうに笑う。そんな笑い方、さっきはしなかったくせに。

「やっぱむくれてんじゃん」

「……むくれてない！」

むくれてるかも。

「なんだよ。俺が他の奴らと遊んだからむくれてんの？」

「違う！」

違くないかも。

わからない。

ぶすっと結局むくれて、嶋は弥勒の後をまたついていく。どんどん暗くなる空の下を同じ方向に歩いて行くのは、小さな幼児とその親たちばかりだった。手をつないで、抱っこして、バギーに乗せて、みんなこどもをしっかり守っている。みんな親に守られている。弥勒と嶋もその群れの一部になって、マンションまでの家路を急ぐ。夕食になにをデリバリーするか、相談しながら歩いて行く。

この夜の闇が深まれば、弥勒はまた仕事だ。

今夜もギラギラと輝いて、誰かに見つけてもらうのだ。

＊＊＊

歌舞伎町での奴隷労働から解放された時、俺は百歳も千歳も歳をとってしまった気がした。結局いくら借りていて、いくら返したのかもわからない。でもとにかく、返済はそれで本当に終わった。

その後のことなどなにも考えていなかったが、先に店を辞めた先輩ホストが地元の町田に新しい店を開くとかで、ひどく熱心に誘ってくれた。どうせ行き場もなかったし、俺は流されるようについていった。

前よりもずっと小さな街だ。ずっと小さな店。変わるもの。変わらないもの。

姉は変わらなかった。

当然のように町田の店にも現れて、「私、ストーカーよ」「ミロクのことならよく知ってる」「私が一番わかってる」「誰も知らないと思うけど」……以下略。ペラペラ、ペラペラ。

姉は変わらない。矛盾も矛盾のまま変わらない。

姉は俺を救いたい。

でも。

姉は俺を守りたい。

でも。

姉は俺を愛している。

でも。

「ぜんぶ、なかったことにしてやる」

ほらな。どっちも真実だ。やっぱり矛盾だ。

あの頃の俺は毎晩のように立てなくなるまで酔い潰れ、いたるところでぶっ倒れていた。そして何度も、ぶっ倒れるたびに、同じことを繰り返し考えた。

――俺はいいのか？

姉ちゃん。今なら簡単だ。ほら。

答えは返らない。閉じた目の奥には、いつもあの掌が閃いている。真っ赤に染まった、姉の、あの。

姉が店に現れなくなったのは、あれだ。「中年と中年、奇跡のコラボよ」から。でもそのコラボも結局二年しか持たなかったっていうのは、さっきの通りで。

おまえが見たのは、ここら辺から先の俺の姿だ。

俺は、なんとかしなければいけなかった。ちゃんとしなくてはいけなかった。

4

目をゆっくりと開く。

寝転がったまま思いっきり伸びをすると、手足が二人掛けのソファからはみ出してしまった。眼鏡をかけ、勢いをつけ、せーの！　で身体を起こす。カーテンの向こうにはまた朝が来ている。

頭はすっきりしていた。身体にも疲労感はない。よく眠れたのだと思う。

弥勒が仕事に出かけた後も、嶋は深夜一時頃までペットボトルをまとめる作業を続けた。その後、動画を見ようとスマホを片手に、ソファに寝転がった記憶はある。それからすぐに寝落ちしたらしい。

うなされはしなかったはずだが、頭を載せていたソファの肘掛には今朝もスピーカーが置かれていた。オルゴールの曲も流れている。今は、『乙女の祈り』。

ゆるやかに紡がれるメロディに手を引かれるように、嶋はすっくとゴミの海の中に立ち上がった。

エアコンの熱気がこもる室内には、酒と香水の強い匂いが漂っている。ということは、弥勒は帰ってきている。汚部屋のどこかに沈んでいる弥勒を探す。いつもの寝床に弥勒を見つける。ラッセルして近付き、ゴミの底から全裸の弥勒を掘り出す。弥勒は横向きになって、身体を丸めて眠っている。寝息は静かだが、苦しそうな表情をしている。飲み過ぎて気持ちが悪いのだろうか。それとも自分で自分が臭いのか。もしくは、またあの悪夢を見ているとか。

嶋は、さっきまで自分がかけていた大判のバスタオルをソファから剝がし、弥勒の身体にかけた。それでは足りない気がして、足元でくしゃくしゃになっているダウンコートも引っ張り出し、広げてタオルの上からかける。ついでにスピーカーも持ってきて、弥勒の頭のすぐ傍に置く。女の子が怪獣と戦う世界にも金色の朝が降ってくるといい。

今日もバスルームのシャワーで歯を磨いた。絶対にこんなの間違っている、と思いながら、バスタブの中にぺっと泡を吐き出した。顔を洗おうと眼鏡を外しかけ、しかしふと動きを止める。弥勒には、ボディソープで顔も洗えと言われていた。「おまえはそれで十分、つか顔もボディの一部だろ」と。でも昨夜そうしてみたところ、ぬるつきがいつまでも残ってとても不快だった。眼鏡をかけ直し、ラックを漁る。最初に弥勒に出してもらった洗顔フォームを発見する。顔は、断固これで洗わせてもらう。キャップを開けるとやっぱりすごく良い匂いだ。高級なヤツに違いない。

こんな汚部屋に住んでるくせに美容意識だけはやたら高いんだな……と、嶋は思っていた。思っていたし、弥勒本人にもそう言った。昨夜、弥勒が身支度していた時のことだ。「あぁ⁉」顔を激しく揉む手を止めて弥勒は振り向き、でもすぐに「くそ、出勤前に余計なエネルギーを放出したくねえ！」顔揉み作業に戻っていった。聞けば、別に弥勒が好きで高級なスキンケア用品を選んでいるわけではなくて、そういうのをプレゼントしてくれるお客さんがいるらしい。その人は弥勒のためにデパートを巡り、限定のなになにの香りだとか、入手困難なブランドのなになにだとかを、わざわざ予約したり何時間も並んだりして手に入れてくれるとか。曰く、『ミロクは常に美しくなきゃダメ』だそうだ。いい香りのする泡にうっとりと顔を埋めながら嶋は思う。まさか、それをこんな見知らぬ中三男子に使われているとはその人も思ってはいまい。そして弥勒がこんな汚部屋に棲息するタイプの生物だとも思ってはいまい。

使ったタオルをちゃんと使用済みの方の紙袋に落とし、さっぱりした嶋はキッチンに向かう。冷蔵庫を開けて牛乳パックを取り出す。クリームパンは、なぜかレジ袋に入ったまま、シンク上の電灯の紐に括られてぶら下げられていた。なぜこうなったかはわからないが、とにかく弥勒は今日もちゃんと自分の朝食を買ってきてくれていた。

ゴミが積み上がったまま手つかずのシンクにもたれ、牛乳パックにストローを刺す。リビングに視線をやる。今日も汚い。カーテンの隙間からは朝の光が差し込んでいる。その白い光線の中を、埃がキラキラと舞っている。その下には弥勒が眠っている。のんきにそれを眺めつつ、嶋は立ったまま牛乳を飲み、クリームパンをもぐもぐと食べた。『赤ちゃんのおやすみオルゴール』が聴こえていた。

午前九時をすこし過ぎた。

さて、今日の作業だ。

ペットボトルは昨夜のうちに、さらに二袋分を一階の収集コンテナに出した。ゴミの中にまだ紛れてはいるだろうが、一応、目につく範囲にはもう残っていない。ペットボトルはここでとりあえず一旦終了として、次は缶を集める作業に着手することにした。缶もまた、アホみたいにたくさんあるのだ。おそらく弥勒のことだから大半は酒、あとは嶋に鼻血を噴かせた「えなどり」などだろう。さっそく新しいゴミ袋を広げ、ゴミの中に座り込んで、缶を拾っては放り込み始める。

と、そのとき突然チャイムが鳴った。嶋は驚いて顔を跳ね上げる。応答も待たずにガチャッと音を立て、玄関のドアが勝手に開かれる。鍵はかかっていなかったようだ。

「ミロクさ～ん。俺っす～」

聞こえてきたのは若い男の声。嶋は動転し、慌ててゴミの中に立ち上がる。「み、弥勒……！」まだ眠っている弥勒の寝床までラッセル、さっきかけてやったダウンコートとバスタオルを容赦なく一気に引き剝がす。

「弥勒！　起きて！」

弥勒は起きない。目を閉じたまま身を捩り、暗がりを好む虫のようにゴミの地層の下に潜って行こうとする。

「起きろってば！　誰か来た！　弥勒！　起きろ！」

その耳元に思い切り喚くと、やっと銀髪の下で目蓋が震えた。

「うるっせ……あ？　あー……、そっか、くそ……月曜」

うつ伏せの状態から土下座のポーズに一旦なって、そこからはたっぷりと尺を使ったスローモーション。弥勒は一から関節を組み立て直すみたいにのっそりのっそり起き上がり、盛大にふらつき、何度もつまずき、膝下をゴミから突き出したハンガーに「いて、あ、いて」刺されまくりながら、ゴミの海を横断する。廊下に出る。揺れる身体を左右交互に何度も壁にぶつけながら、尻もなにもかも丸出しのまま、玄関に向かう。嶋も恐る恐る、その全裸の背中を追いかける。

玄関には、大きな紙袋とビニールのかかったクリーニング済みの衣類を大量に携えたジャージ姿の男と、ニットのワンピースを着た女が立っていた。二人は弥勒の全裸に驚きもしない代わりに、

「えっ！　うっそ！　誰かいんぞ！」

全裸の背後の嶋の存在に驚いている。そして、

「すっげえな君、よくこの汚部屋にいられんな!?」

汚部屋への順応性にも驚いている。「俺はもう絶対無理！　玄関から先には入れな

い！　遭難しちゃうもん」その隣で女も、「ミカも～」気の抜けた声で同意しながら頷いている。

弥勒はバスルームに入っていって、置いてあった使用済みの方の紙袋を手にぶら下げて出てきた。すでにパンパンになったそれを無言で男に手渡す。受け取った男は、持ってきていた紙袋と衣類を弥勒に手渡す。「つかスーツとかは？」弥勒は銀の髪をかきあげ、無言で室内に取って返す。リビング中に脱ぎ散らかした服を、目につく端からいかにもめんどくさそうに拾い集め始める。

嶋はなんとなく理解した。汚れものを入れた紙袋をこの男に渡すと、洗濯済みの綺麗な下着やタオルを入れた紙袋と交換してもらえるのだ。スーツやシャツのクリーニングも、この男に渡せば持って行ってくれるし引き取ってきてくれるのだ。そういうシステムだったか。

「ミロクさん、前に『パンツがないから出勤できない』って言い出したことがあってさあ。それ以来、俺が小遣いもらって洗濯係やってんの」

気のいい大型犬を思わせる笑みを浮かべ、男は黒い名刺をスチャッと嶋に手渡してくる。

「俺、ケータね」

名刺には銀の文字で、『ケータ♂』と書かれている。これでケータと読むのだろう。思うところがないでもないが、本人がそう言うのだからこっちもそれで飲み込むしかない。

「今後に期待の若手くんでーす。んで、こっちはミカ。元々はお客さんで、今は本気の彼女」

「ミカだよん、よろ〜」

ミカと読む『ミカ♀』である可能性を念頭に置きながら嶋は手を差し出すが、別に名刺は出てこなかった。そこに弥勒が戻ってきて、適当にかき集めてきたらしい服をどさっとケータに押し付ける。

「つかミロクさん、最近やたら真面目に汚部屋に帰ってると思ったら弟くん？　来てたんすね」

「ちげえよ。弟なんかいねえ。こいつはしま」

弥勒が嶋の方に向けて親指を振る。「なんか家出してんだってさ。こないだそこで拾った」嶋はちょっと慌てつつ頷いて、

「嶋」

自分を指差し、名乗る。「『です』をつけろ」「なんで？」「……」鬼の目に睨まれて、追及を諦める。急いで「嶋です」言い直す。

しかしケータは思案顔だ。「え〜とぉ……」嶋を見つめてなにか言いたげに、自分の耳のピアスを引っ張る。言い直し方が不十分だったのだろうか。嶋は不安になるが、

「なんかこれ、やばくないすか？　ミロクさん、ポリ平気？　逮捕とかされません？」

「あ？　されねえだろ別に。大丈夫だよ。そりゃJCとかならアレだけど、こいつこんなんだし。見ろよこれ。すげえ変だろ」

「いやいや、変な男子なら拾っていいって話じゃないんで」

ケータはまだ嶋をまじまじと見つめている。その居心地の悪さに耐えかねて、

「俺、ずっとここに住む予定で、この部屋を掃除してる……ん、です」

嶋は言い訳のように説明を付け加えた。が、「掃除。ここを」ケータの表情は変わらない。ピアスいじりも止まらない。穴が伸びて怖い。

「つかそれリアルに無間地獄じゃね？　だってこの人、片付けるっていう概念が人格にインストールされてないもん。あ、もしかして下に張り紙してあった『ゴミを大量に出した入居者』ってしま君のことなの？」

「張り紙？」

弥勒は全裸のままうざったそうに伸びをし、「つか用が済んだらさっさと帰れよ……俺まだ寝てえ」銀の髪をぐしゃぐしゃとかき回す。

「いや、そうだ、俺ミロクさんに話あったんだ。昨日聞いたんすけど、やっぱ例の奴、ガンガン昔の客にも接触してるっぽくて、新宿の方からも釘刺されちゃったしなんかそろそろ——」

弥勒の半眼がふと鋭くなる。手を上げてケータの話を軽く制し、

「しま。おまえちょっと下に降りて、その張り紙っての見てこいよ」

「え？　今？」

嶋は眼鏡をひねって弥勒の顔を見上げる。話がまったく見えない。その嶋の腕を、ミカが急に摑んで自分の方に引っ張る。

「ミカついてってあげる。いこ」

そのままグイグイと玄関のたたきまで引っ張り降ろされてしまって、嶋は慌ててスニーカーに足を突っ込んだ。

『昨日リサイクルゴミ（ペットボトル）を大量に出された入居者様へ。他の方がゴミを出せずに困っておられますので、以後は種別を問わず、コンテナの容量を超える分につきましては、ゴミ出しをお控えいただけますようお願いいたします。管理人より』

——本当に自分のことだった。

エントランス掲示板の張り紙を見つめ、嶋はその場に立ち尽くす。コンテナなんて、せいぜいゴミ袋二つ分ぐらいの容量しかなかった。だからどんどん重ねて天井近くまで積み上げてしまったのだが、それではダメだったのだろうか。ダメだったからこんな張り紙がされているのか。とにかく今日からはもう、ゴミを袋にまとめても部屋から出せないということだ。どうしよう。

「ねえ、大丈夫？」

静かに焦る嶋の背中を、ミカがちょんと軽く突いた。いや、大丈夫ではない。でもそれを会ったばかりのミカに伝えてどうにかなるとも思えない。嶋は俯き、ちょっと口ごもるが、

「今からミカが話すこと、ミロクには絶対シーね。あのね、ミロクとは関わらない方がいいよ」

話の行き先は突然に方向を変えた。

「てゆっか、そうだ。なんならこのままもう上には戻らないで、今からミカんちに来てもいいよ」

「……は？」

一体なんの話だ。嶋は全然ついていけていない。棒立ちのままミカを見る。長い髪の毛先だけが鮮やかなピンクなのはわざとだろうか。ぽかんとしている間に、気付けばミカの指先にスウェットの肘のあたりを摑まれている。布地が伸びるほど、強く。

「そんな顔しないでよ」

どんな顔をしているのか、自分では全然わからない。

「別にミカ、ミロクのことが嫌いなんじゃないよ？　てかまずかっこいいし、後輩の面倒見もいいし。ケータとかはもう死ぬほど憧れちゃってるよ。でもさ、なんていうかな、ミロクは別に『いい人』とかじゃないんだよ。あれ、『悪い奴』だよ」

——本当に、自分は今どんな顔をしているのだろう。それが見えているミカは、嶋の服の袖を摑んだ手にさらに力を込めて、決して離してくれようとしない。

「しま君て普通にまともな、ちゃんとしたうちの子でしょ？　パッと見ただけでそんなの全然わかるからさ。しま君みたいな子は知らない方がいい世界ってあるんだよね。だから、とりあえずここはやめとこ。今すぐ出よ。絶対にそうした方がいい。ミカを信じて。ケータなら平気、あいつは単純だからどうにでもごまかせる。ね？　ミカとこのまいこ」

その勢いに一瞬だけ気圧《けお》されかけるが、

「……大丈夫だから」

嶋は腕を振って、摑まれた袖を取り返した。

「別に、弥勒がいい人だと思うからここにいるわけじゃないし」

それは本音だ。自分がここにいるのは、ここにいれば安全だと思えるからだ。ここが自分の居場所だと安心していられるからだ。ここより他には、そう思える場所が世界のどこにもないからだ。

だから、ここにいるのだ。

「俺、もう戻る」

嶋はそのまま踵《きびす》を返そうとするが、「待って待って」ミカはしつこく前に回り込んで行く手を遮る。

「こんなの余計なおせっかいだって自分でもわかってるよ、いきなりすぎるっていうのもわかってる、でも聞いて。まっさらだった子がたまたま知り合っちゃった奴の世界に染まって、おかしくなっちゃうのって一瞬なんだ。ほんと、一瞬。そういうのミカは山ほど見てきた。あの時ああしてれば、こうしてれば、あいつと知り合わなければ、関わらなければ、そうやって泣きたくなるようなことが一杯あるんだよ。だからどうしてもほっとけないの。ミロクのことも適当言ってるんじゃないよ。ミロクはここに来る前は、歌舞伎町のでかい店でナンバー張ってたって。すっごい人気あったって意味ね。その頃の客の中にストーカー女がいて、そいつ、今の店まで追いかけてきて、いろんなことを言い触らしてた。ミカは直接聞いたんだ。歌舞伎町時代の『飼い主』とか、ミロクが地元でやらかしたこととか昔のこと色々……まあ随分前にそいつも消えちゃったんだけど、とにかく個人情報漁りまくって、中には本気でやばい系の噂もあって、でもミカがなにげに一番怖かったのはそいつの顔が、」

「俺には関係ない！」

もういい。聞きたくない。通せんぼするように立ちはだかるミカの横をすり抜け、嶋は小走りにエレベーターへ向かう。

噂なんて信じないし、別に知りたくもない。これ以上はもうあと一秒も付き合っていられない。でもその肩をミカにぐいっと後ろから摑まれ、力負けして引き戻され、情けなくたたらを踏んだ耳元に、

「080、32──」

ミカが素早く囁く。携帯の番号なのだろうが、「覚えて。なんかあったらかけな」突然そう言われても覚えられるわけなどない。嶋はとにかく身を捩ってミカの手をもぎ離し、困惑しながらその顔を見返す。そのときちょうどエレベーターが一階につく。扉が開いて、

「おう、ミカちん。さみーからとっとと帰るべ。てかちょっと荷物持って」

出てきたのは両手いっぱいに弥勒の洗濯物を抱えたケータだった。嶋を見つけ、「しま君バイビー！」舌をぺろっと横に出して軽薄にウインクを飛ばしてくる。ミカにも荷物を持たせ、そのまま二人はエントランスから出て行く。おそらく外に車を停めてあるのだろう。ミカはもうこっちを振り返りもしない。

嶋は、逃げるように走り出した。エレベーターがそこにいるのになぜか階段を四階まで一気に駆け上がり、転がる勢いで弥勒の部屋に帰りつく。

息を切らしながら玄関に飛び込むと、

「──から、とにかく知らんぷりしてろって言ってんだろ！」

弥勒の大声がいきなり聞こえた。電話をしているらしい。ゴミの中で全裸のまま嶋に

背を向けてしゃがみこみ、右手でケータが持ってきた紙袋を漁りながら、左手でスマホを耳にあてている。

その姿を見て、思わず「はあ……」大きく息をついてしまった。固く強張っていた身体からなぜか一気に力が抜ける。安心した。

「ちゃんとするって！　や、だから俺が……は⁉　なんでそうなんの⁉　待て、つか、いいから、待って！　あーもう、まじで話が通じねえ……」

嶋が帰ってきたのに気付いたのか、弥勒が振り返る。戸口に立つ嶋の姿をちらっとだけ見て、

「……とにかく後で。今はなんもすんなよ。じゃな」

素早く通話を切り、スマホをソファに放る。

「別に話しててもいいのに」

「いいんだよ。姉貴だし」

「お姉さん？　いるんだ」

「いるんだよ。くそややこしいのが。つかおまえ、さっき俺のケツ見てため息つかなかった？」

「うん。なんか出ちゃった」

さっき耳元に囁かれた番号はもう思い出せもしない。０８０だったか０７０だったかすら曖昧だ。それで全然構わない。

ゴミの海に踏み込もうと足を上げると、ポケットの中からなにかが腿をチクっと刺した。手を入れて取り出してみると、さっきケータにもらった名刺だった。表面は名前だけで究極にシンプル、裏には携帯番号やQRコード、店の営業時間が記載されていて、そこには月曜と火曜は定休日とあった。つまり、

「あ！　今日と明日は休みなんだ！」

「そうだよ、うるせーな……」

名刺をとりあえずスマホケースの背面に差し込み、ぐっ。弥勒に親指を立てて見せる。

「……なんだそれは」

「二日間、二人で集中的に掃除すればだいぶはかどるな。頑張ろう。っていう親指」

とはいえ、まだゴミを出せない問題は解決していないのだが。それはそれ、親指は親指。立てたい気持ちの盛り上がりは誰にも止められない。

弥勒は「はあ？」まだ眠たそうな半眼で嶋を見やる。

「親指に好き勝手語らせてんじゃねえよ。俺は掃除なんか絶対にしねえから」

「昨日はしたじゃないか」

「したんじゃねえ。飲むか流すか地獄の二択からおまえが選ばせたんだろうが。俺の人間としての尊厳を盾に」

「尊厳ねえ……」

「不思議そうに部屋を見回してんじゃねえよ。つか、せっかくの休みになんで頑張らな

いといけねえんだよ。人生で一番頑張りたくねえタイミングだよ」

弥勒は気だるげに髪をかきあげながら冷蔵庫へ向かう。「えなどり」を取り出し、戻ってきてソファにどかっと座り、それを一気に飲み干す。そうして空いた缶を何気なく、ソファのすぐ脇のゴミ山のてっぺんに置く。それはすぐにカラカラと音を立て、ゴミ山のゴミ裾野を転がり落ちる。やがてゴミ地層のゴミクレバスに飲み込まれて消えていく。その弥勒の足元には、どう見ても明らかに空き缶を集めている途中のゴミ袋がわかりやすく口を開けたまま置いてあるのに。

――これだ。

嶋は、その一連の動作をじっと見ていた。

要するに、こういうことなのだ。弥勒のこういうだらしなさの積み重ねが、この部屋をゴミ海のゴミ底に沈めたのだ。

だめだめ、と静かに首を振り、中指で眼鏡を押し上げる。その嶋の姿はいかにも秀才、あるいはなにかの委員長。実際にはただの猛烈な馬鹿なのだが、ゴミ部屋のゴミ住人のゴミ行動をこれ以上見逃すことはできない。なにしろ、片付けるのは他の誰でもない、嶋なのだ。弥勒が意識を変えてくれなくては、さっきケータに言われたとおり、本当に無間地獄に陥ってしまう。

「弥勒。これ見て」

ソファの隣に座り込み、自分のスマホを操作しながらその画面を弥勒に向けて差し出す。

「紹介したい人がいるんだ」

「あぁ？　んだようるせえな知らね……はっ！」

弥勒は突然なにかを思いついたように動きを止める。「おまえ……それ、あれだろ。絶対あれだろ」

す、の形に、ゆっくりと口を窄《すぼ》めていく。発音されるよりも早く、嶋はこっくりと深く頷き返す。ご明察だ。弥勒に紹介したいのは、す、から始まるあの人だ。

「……オチはわかった。とりあえず、クソめんどくさいことになる前に、せめて風呂に入らせろ……」


『はい、今日もバンバンどんどんやっていきます。依頼者さまは、えー、二十代独身、女性の方です。元々は彼氏と同棲していたというこちら、1DK、ですかね。ケンカからのお別れで同棲解消、退去日時が迫っている、という状況で……依頼者さま、今そこでめっちゃ笑ってますが。え？　室内にゲレンデできちゃいました？　だそうです。ふふ、できてますね。いうなればザウスですね、ふっふ……ん？　あ、依頼者さま、ザウスご存じない？　ご存じないか。そっか、はーい大丈夫です。ほいじゃあさっそくいこうかな。こっちから登れるのかな？　いける？　じゃあもうペール入れていこう。あ、崩れそうよ足元。そこ。沈むよ、注意して？』

スマホで再生したのは、もちろん、嶋が今最もはまっている『汚部屋＆ゴミ屋敷専門バスターズ』の掃除動画だ。弥勒がシャワーを浴びている間に、とっつきやすいであろう短めのものを選んでおいた。なにしろ弥勒にはこれが鈴木隊長初体験となる。なにごとも最初は肝心だろう。

「今喋ってたヒゲの人が鈴木隊長だよ」

「……」

「この人ねこの人。ほらこの、マスクでヒゲ隠れちゃったけど、これねこれ、この」

「うるせえな！　わかってるわ！　見てんだから！　ここで！　こうして！」

「そっか。黙ってるからわからないのかと思った」

「……」

「ね。この人だよ。ほら、これ」

「……」

「ほら、これこれ。真ん中に立ってる男の人。これ、ほら、ね」

「……」

この静けさ。やっぱりどれが鈴木隊長かわかっていないのでは？　なにしろスタッフはみんなお揃いの社名入り防護服にマスク姿だし、大丈夫かな？　だめかな？　見分けついてないかな？　なにしろ初体験だからな……心配になって弥勒の顔を覗き込むと、弥勒はものすごい横目で嶋を見つめていた。眼球が血走っている。嶋はそっと、元の位置に戻っていった。そうか。わかっていたか。それなら別にいいんだ。

　ちゃんとスウェットを着て、頭もクマでちょんまげにして、香りも爽やかな風呂上がり。嶋の隣に並んで座った弥勒は、この通りずっとご機嫌斜めだった。ソファに胡坐《あぐら》をかいて座り、男にしては柔軟な股関節をバタバタさせながらまだ往生際悪く文句を垂れ流す。

「つかもーだりーな。こんな、見たくもねえ動画を。おまえなんかと一緒に。せっかくの貴重な休みに。なに、この苦行は。だいたい俺は掃除に興味ねえんだよ。あったらこんなことになってねえんだよ。つかそもそも、」

「しっ！　黙って！」

「黙ってりゃうるせーし喋ってりゃ黙れ、おまえもうサイコじゃん」

「ここからいいところだから！」

「ゴミ部屋動画にいいところなんかねえよ」

　鈴木隊長たちに向けられていたカメラが、室内全体を広く映す定点カメラの映像に切り替わる。その途端、「……え？」声を出したのは弥勒だった。嶋はこの演出手法に、すでにある程度の耐性がついている。

　室内は本当にゲレンデだった。引き戸で仕切られた居室の奥から、手前側のダイニングキッチンに向かって、流れ落ちるような見事なゴミの斜面が出来上がっている。最奥部は多分、天井までびっちりゴミが詰まっているのだろう。鈴木隊長と男女二人の隊員は、巨大なペールを背に担ぎ、そのゴミの斜面を慎重に登っていく。そろりそろり這うようにして奥へ奥へと進むが、何度も足がゴミを踏み抜きかける。ゆっくりねー、気を付けてー、焦らないでー、互いに呼び交わしながら前進を続けていたそのとき、突然女性隊員が腰まで一気にゴミの中に落ちた。「わあ！」「ひっ……」嶋も弥勒も思わず揃って悲鳴を上げたが、当の隊員は『ひえ〜びっくりした』笑いながら、自力で這い上がってくる。

やがて鈴木隊長は、斜面の頂点に張り付くような体勢になった。『あーこれ、頭つかえる。作業スペース確保できないわ』そのまますこし思案して、『ん、わかった。流そう』両腕を重機のように大胆に使って、最奥部からゴミを掻き出し始める。そうして掻き出されたゴミを、あとの二人がさらにDK側へ足で蹴り出していく。そのうちに、堆積するゴミの下からカーテンレールが現れ、窓の桟の上の縁が現れ、これまではゴミによって完全に潰れてしまっていた窓が現れ始めた。しかしその窓は、どういうつもりかガムテープで目張りしたダンボールでそもそもびっちりと塞がれていて、「え、待て待て、闇が深いぞ……」弥勒は息を飲んだ。嶋はもう、完全に動画の世界に没入していて声もない。外の世界と遮断されたこの部屋で、依頼者は一体どんな生活をしているのか。しかし鈴木隊長はそこには触れない。機械的にひたすらゴミを掘り、ひたすらに掻き出し続ける。と、その身体の下のゴミがずぼっと大きく沈んだ。バランスを崩し、そのままゴミと壁の隙間に転げ落ちていく。「うわ、鈴木隊長！」「うわ、鈴木隊長！」『うわ、鈴木隊長！』『うわ、鈴木隊長！』動画のこちらとあちらで奇跡のシンクロ。鈴木隊長の姿は一旦ゴミの中に完全に沈んで見えなくなり、ややあって、もがくようにして『ふう、深いわ……』どうにか這い出してくる。そして『あのね、聞こえた。この中ね、今すっごいザワザワしてる』不穏なことを言い出す。『そろそろ来るね……』

それをきっかけに、画面の端から端まで横いっぱいに『ご注意！』のテロップが流れ始める。謎のカウントダウンもいきなり始まる。10、から始まったそれは5で点滅し、「ん？　なにこの演出」「わかんない、俺も初のパターン」4、3、画面全体が白黒にフラッシュ、そこからは赤字になって2、1──

「え？」「な……」「ああこれっ」「うーわわわ」「ぎゃあああぁぁぁやべえやべえやべえやべ」「あああぁうわあぁぁやだあああぁぃやぁ」「ちょでかいでかいでかいでかいでかいで」「ひぃあぁぁぁぁああ〜〜いやあぁぁ〜〜〜」「やめろあああ超いる超いる超いる出てくる出てく」「だめだめだめあぁぁぁぁ黒いぃ〜〜〜すごい黒いあわぁ!?　なっ!?　茶色っ！」「どんどん出てくるし飛び回ってるすげえやだもう超元気どんどんゴ」「茶色い黒い黒い茶色い……あ〜っ！　逃げて逃げて逃げてだめ〜〜〜！」「もうだめだそいつはもう助からない捨てうあ〜〜隊長だめだなんで戻る!?」「うそだ隊長だめだやめろそんなまさか自らを囮《おとり》に!?」「あ〜〜〜やめてくれ隊長が身代わりに！」「自分一人が犠

牲になるなんて！」「盾になって仲間を、あ〜〜〜！　だめだもうそっちはゴ」「ぎゃあ
あ早く助けて救出して隊長が」「群」「もうだめだこんな」「渦」「ひゃ〜〜〜〜！」「帯」
「ふぁ〜〜〜〜！」「……終わったこれ隊長終わったこれ終わったこれ」「へあ⁉　ふあ
⁉」「ふおぉぉぉ隊長⁉」「あっ、あ〜〜〜〜！　隊長が〜〜〜〜〜！」「うおおおぉぉぉ
隊長〜〜〜〜〜〜！」

——動画は、10分弱。

色々なことがあった末に、後半は怒濤《どとう》の高速早回しで『失恋乙女のゲレンデ部屋』と題された回は終わっていった。あれほど大量にあったゴミのすべてがトラックに積まれて運び出され、部屋は家具類を残してからっぽになった。適当な紙製のお面で顔を隠した依頼者が、お辞儀をしながらこちらに手を振るのがラストショットだ。その足元の床に、液体が浸み込んだようなシミが大きく広がっているのがなんとなく不気味だった。掃除完了によってせっかく露出した大きな掃き出し窓を、改めてダンボールで塞ぎ直してあったのはもうくっきりとあからさまに不気味だった。

が、

「……鈴木隊長、すげえな……」

「……そうなんだよ。すごいんだよ、鈴木隊長は……」

鈴木隊長の雄姿の前には霞む。

散々に絶叫し、ソファの上を転げ回り、まさしく七転八倒して動画を見終わった弥勒

もこの通りだ。はあはあしながら涙目を拭っている。完全に堕ちた、と言っていい。

「他にもあるんだろ？　もっと見ようぜ」

「うん、見よう。どんどん見よう。今すぐ見よう」

「つかもっとでかい画面で見よう。そうだ、確かこの辺にちょうどいいもんがあったはず」

弥勒は片手をずぼっとゴミの地層の中に突っ込み、「じゃーん！」大きめのタブレットを掴み出してみせた。おお！　と嶋も拍手する。「つか、じゃーん！　って……二十年ぶりぐらいにじゃーん！　って言ったわ……大丈夫かな俺」「いや、今のは完全にじゃーん！　でしょ。じゃーん！　以外ないよ。ありえない」それを受け取り、電源を入れてみる。ちゃんとつくし、バッテリーの残量は厳しいがとりあえずは普通に使える。それをローテーブルに積み上げられたゴミの中に立たせるようにしてあしらえば、なんということでしょう。最初からこうするためにあつらえたみたいにいい感じだ。これなら汚部屋の掃除を進めながら鈴木隊長の動画も見られる。そんなの絶対はかどるに決まっているではないか。

ゴミを出せない、という大問題のことを嶋が思い出したのは、遅い昼食を食べに外に出てからのことだ。それを聞いた弥勒の反応は、「へー」だった。まあ、そうだろう。それで焦るようなら弥勒ではない。そうだからこそ、あんな汚部屋で暮らせているのだ。その件については、自分一人でなにか策を考えないといけない。

ちなみに、動画を見せればこんな弥勒でも鈴木隊長に感化されて掃除する気になるかも、そこまでいかなくともせめて自分の行動を反省ぐらいはするかも、という嶋の思惑は、完全に外れた。弥勒は鈴木隊長にハマりはしたが、ただ動画を貪欲に求めるばかりで、すぐ近くでせっせと空き缶を集める嶋を1ミリたりとも手伝ってはくれなかった。

真冬の昼下がり、気温は一桁。空には分厚い灰色の雲。

人々が行き交う大通りを、すでにだいぶ長く歩き続けている。

前を歩く弥勒の後を真新しいスニーカーでついていきながら、（俺は今、運動させられている……）嶋はひそかに確信していた。これは昨日の「ちょっとその辺で遊んだりしてこい」の変奏曲に違いない。この寒さでこの距離ならば、大人は普通、タクシーを使う。だからこうして三十分近くも歩いているのは、弥勒のあえての選択なのだ。嶋が疲れて、よく眠れるように。絶対そうだ。弥勒の背中の矢印マークをじっと見つめる。

（この方程式、俺にも解けるぞ……）ちなみに方程式ではなかったし、（AED……証明完了……）もうなにもかも違うのだが。

やがて目的地のラーメン屋に到着し、

「は!? うっそ！」

弥勒はいなくなった神を探すみたいに天を仰いだ。虚しく銀のちょんまげが揺れる。その店先に暖簾《のれん》はかかっておらず、スープ切れ、と殴り書きされた紙一枚だけがそっけなく貼ってある。「もう完全にラーメンで口が仕上がってたのに！」絶望に打ち震える弥勒の背後で嶋は首を傾げる。まだ今一つ事態が飲み込めていない。

「これはどういう意味？　お店、やってないのか？」

「そう！　お店、やってねえの！　つかさあ、頼むからツイッターとかやれよ……！　そしてここまで歩いてくる前に教えてくれよ……！」

ふと尿意を感じる。「弥勒。トイレ」

「ほら、うちのしまがうんこしたくなっちゃった……！」

「うんこではない」

「俺だってトイレではない！」

「でも行きたい。弥勒、トイレ」

「諦めろ！　くそ！　ツイッターでたった一言、スープ切れ情報さえ呟いてくれていれば避けられたはずの悲劇だぞこれは……！」

「俺はまだ諦めていない」

悲劇もまだ起きていない。起きるとしたらこれからだ。

仕方なくラーメンを断念し、二人は来るまでの道すがらにあったチェーンのカフェに入ることにした。

カフェラテとホットドッグを弥勒に頼んで、嶋はトイレに飛び込んだ。用を済まして出てくると、弥勒はもう横並びのカウンター席に座っている。嶋を待たずに自分のホットドッグをとっとと食べ始めている。この寒い日に巨大なアイスコーヒーをすすり、片手でやる気なく頬杖をついて、だらしなく足を組んで。そして今日も、そんな弥勒を見ながら激しく興奮している女子のグループがいる。弥勒の方をこっそり指差し、故障した機械のように全員ガクガク律動し、きゃあきゃあ背中を叩き合っている。むくんだ弥勒でこれならば、夜の全力の弥勒を見たら彼女たちはどうなってしまうのだろう。ユニゾンで断末魔の叫びを放った後、一瞬で蒸発するかもしれない。あり得る。

全面ガラスになっている大きな窓の方を向いて、嶋は弥勒の隣に座った。長く歩いて疲れた足をこれでやっと休められる。店内は暖房でむせかえるぐらいに暖かい。洗ったせいで冷え切った手でマグカップに触れると、はあ、と自然に声が漏れ出た。カフェラテをすすり、まだ冷めていないホットドッグにさっそくかぶりつく。それを飲み込んで、嶋はようやく自分がものすごく空腹だったことに気が付いた。勢いがついてどんどん食べ進める。それを弥勒がじっと見ている。

「なんつーか、そんなん食ったうちに入らねえよな。それ食い終わったらもっと買ってこいよ」

「んー、でももう三時だし。夕飯でたくさん食べればいいかも」

「今もっと食って、夕飯でもたくさん食えばいいだろ。ここケーキ的なやつもあったから、そういうのも食えよ」

弥勒は今日もやたらとたくさん食べさせたがる。嶋の方針が「ゴミを種類ごとに集めまくる」であるように、これが弥勒の方針なのだろう。「嶋をたくさん眠らせ、嶋をたくさん遊ばせ、嶋にたくさん食べさせまくる」。なぜそうなったかは嶋には謎だ。

昨日の夜も、弥勒は嶋の知らぬ間にデリバリーのカレーに巨大なチーズナンを追加していた。その数時間前にはファミレスで最強デカ盛チャンピオンがほっかほか大行進したばかりだったというのに、食べ切れたのは嶋自身も驚きだ。でもさすがに超絶腹いっぱい、身動きがとれないほど満腹になって――などと回想中の嶋の脳裏を、その時なにかが不意によぎる。はっ！　とした。したが、（……まあいいか）しただけだった。勝手によぎって去っていったものをわざわざ追いかけてやる義理はない。今はそれよりも大事なことがあるのだ。

「弥勒、ここＷｉ－Ｆｉあるよ。動画見る？」

嶋がスマホを取り出すと、弥勒はさっそくガタガタと席を近づけてその手元を覗き込んでくる。

「最初に見た『ゲレンデ』がレベル２だったんだよな。で、その次に見た『二つの仏壇と四つの骨壺』が……あれもレベル２か。で、『サークルＯＢ』がレベル１。おまえはもっと激しいの見た？」

「いや、まだレベル２までしか見てない」

鈴木隊長の動画は二百本以上もあり、そもそもすべてが閲覧注意と明記されている。その中でもさらに汚さでレベル分けされていて、多くはレベル1と2だった。3になると本数はぐっと少なくなり、4はさらに少ない。最高がレベル5だが、そこに至ってはたったの数本しかない。サムネイルからして全面モザイクの不吉さで、色味は真っ赤、あるいは真っ黒。レベル2でもすでにあれだけのことが起きたと思うと、さすがに見る勇気はまだ出ない。

「じゃあ、ここらでいっちょレベル3行ってみる？　これとかどうよ。『呪われた社畜の花柄部屋』だって。サムネイルにモザイクかかってるけど」

「花柄というわりに、全体的に茶色っぽくないか？　これ、食べながら見ていいやつ？」

「あー……？　んー……？　確かに茶色いな……なんだこれは？」

「えーと……？　なんだろう……？」

モザイクの向こう側を見透かすように揃って細目になり、小さなスマホ画面をしばし見つめる。二人して考え込んでしまったその時、ポコン、とＬＩＮＥの通知が画面に現れた。

『既読スルーせんでよ～』

弟だ。なんだこの忙しい時に。「あっち行ってろ！」指先で素早くスワイプしつつ、気付いてしまった。さっきよぎったのはこいつだ。

「なに？　弟？」

「うん、弟。俺は弟としかＬＩＮＥしてない」

「わかる」

「弥勒が俺とＬＩＮＥしてくれれば二人目になるよ？　どうする？　俺はそれで構わないよ？」

「うるせえ。もう顔がうるせえ」

「なる？　俺はいいけど？　じゃあ今なろうか？　これ登録はどうやるんだ？　弥勒、やって」

「ああもう、あとで！　つか返事ぐらいしてやれ」

「しない」

「なんでだよ」

「俺は兄貴であいつは弟だから」

そう言っている間にも、すぐ既読になったのに調子づいたのだろう。弟からのＬＩＮＥは次々に送られてくる。

『今日の昼はハヤシライスだった』『グリンピースぅぅぅ怒怒怒』『とりあえず腹がいっぱいすぎる』『いやそれよりも』『うちの親そろそろおかしくない？』『まだ兄貴がいないのに気付いてないとかなに』『ちゃんパパ普通にあっちの家に戻ったし』『逆に心配なってくるパターン』『なんか探りを入れてみようか？』

さすがに『やめろ』と返信した。既読がつく。確かに、まだ気付いていないなんて信じがたい。自分と弟にはわからないところで、事態はすでに動いているのかもしれない。でも親は、自分がピアノのことで苦しんでいるのを知っている。だから何日も部屋に閉じこもって姿を見せずにいることを、そこまで不自然には感じていないかもしれない。それもあり得なくはない。嶋の希望としては、そっちだ。そっちの可能性に賭けてみたい。下手なカマかけで失敗して、せっかくうまくいっていたものを台無しにするなんてことは万が一にもあっちゃいけない。

なんだか不安になってきて、もう一度『絶対やめろ』と念押ししておいた。『わかった』と返事が来る。続けてさらに、『今はなにか困ったりしてない？』と。既読スルーするつもりだったが、「おまえ、それはもうまじで返事してやれ」弥勒に言われ、しぶしぶ『ない』と返した。よし、と弥勒が頷く。弟もそれで納得したのか、既読がついた後は追撃が止んだ。

でも、いつまでも弟と連絡を取り合うつもりはないのだ。今は親の動向が知りたいから、こうして弟と繋がるＬＩＮＥもそのままにしてある。でもこの先、それこそ家出がばれたと確定したらそこで終わりだ。居所に繋がる情報が漏れないよう、接点を完全に断ち切ると決めている。

嶋がそう言うのを、弥勒は「……ふーん」さして興味もなさそうな顔で聞いていた。でもストローを前歯で噛み、歯型のついたところに一旦視線を落としてから、

「消えるって時は、そう言ってからにしろよ」

ゆっくりと、隣に座る嶋の目の中を覗き込んでくる。

「じゃないとずっとおまえを探しちゃうだろ。もう探さなくていいって、ちゃんと言わなきゃだめだ。ばいばい、って」

「そうかな」

「そうだよ。つか、おい。今じゃねえよ」

ＬＩＮＥの画面をさっそくいじり出した嶋を見て、弥勒はなにか誤解したらしい。慌てた顔でスマホを取り上げようとしてくる。

「違う違う、弥勒のＬＩＮＥを登録するだけ。弥勒もスマホ出して」

チッ、と舌打ちしながら弥勒はスマホをポケットから出した。が、嶋にはこの先どうすれば弥勒とＬＩＮＥができるようになるのかわからない。結局自分のスマホを「はい」と弥勒の前に差し出す。

「弥勒。やって」

地獄の底まで届きそうなほどに深いため息をついてから、弥勒はそれを強奪と呼びたい勢いで受け取った。

「えちょ……っ」

「待て待て待て……あ、」

ぎゃ――――――――――――！

二人分の悲鳴が汚部屋に響いたのは、すでに日も暮れた午後六時過ぎのことだった。

残響の尾がかき消えて、真空にも似た静寂が訪れる。

嶋は敵の胴を横薙に払った剣士の体勢のまま固まっている。一時停止した画面を見ていることもできなくて、タブレットに飛びついてとにかくテーブルに伏せたのだ。弥勒はソファに横倒しになって両手で顔を覆っている。やがてどさっと転げ落ちる。ゴミの中に半身まで埋まり、戦慄く声でかすかに呻く。

「これが……レベル3？」

これがレベル3だった。

カフェの回線は不安定で、動画を落ち着いて見ることはできず、二人は結局さっさと汚部屋に帰ってきていた。嶋は掃除を再開し、弥勒はだらだらとソファに寝転がって、鈴木隊長の動画を流し続けていた。レベル1にもまだまだ見ごたえのある回はあり、隊員たちがただ雑談をしているだけの番外編もあった。それはそれでだいぶ笑えた。

二人はしばらくそうして鈴木隊長の漢気《おとこぎ》溢れるリーダーシップを目に焼き付け、怒濤の連携ゴミ搬出に瞠目し、レベル1でも十分にひどい汚部屋に盛り上がった。ついでに話し合った結果、この部屋の汚さはせいぜいレベル1だろうという結論にも至った。ゴミの量だけ見ればレベル2相当かもしれないが、いかんせんパンチが足りない。汚いには汚いが、汚いだけで個性がない。総じて物足りない。などと言いつつ、嶋はふと思った。この部屋を初めて訪れた時に受けた鮮烈な衝撃を思えば、随分遠くまで来てしまったものだ。慣れというのは恐ろしい。自分は汚部屋の世界を知り過ぎてしまった。

ゴミの中に座り込んで空き缶を集めながら、嶋はしみじみと呟いた。「なんか、カエルがどうのこうの、っていうのを思い出した」「は？　なんだそれ」「あるだろ。ほら、カエルが……食べられて？　食べられた、的な状況の中で、なにかを改めて感じる、みたいな」「いや、全然わからねえ」「食べられたことでなにかこの……己を？　振り返る？　心境に？　至った……のだ？　みたいな」「……それはもしかして、井戸に関連する？」「どうだろう。微妙」「じゃあ、もしかして茹でる、に関連する？」「んー、するともしないとも言い切れない。とりあえず弥勒はグーグルの検索結果みたいだな」「よし。この件は忘れよう」弥勒にはついに伝わらなかった。

そうして二人は満を持して、初めてレベル3の世界に突入したのだ。カフェで見つけた『呪われた社畜の花柄部屋』25分25秒、を再生することにした。にこにこ分にこにこ秒、などとしょうもないことを言い合いつつ。で、その結果がこれだ。御覧の有様だ。三分もたなかった。にこにこできる要素など、一秒たりともなかった。

「つか、タブレットにあの画面を封印しちゃってんじゃん……」

弥勒は震える手を伸ばし、伏せられたタブレットの画面を見ないようにしながらブラウザバックに成功する。それを見て、ようやく嶋も「ああ……」息を吹き返す。

「俺たちにはまだ早かったんだ……」

「だな……。やべえ、食欲が完全に失せた……」

嶋も頷く。三分前まではそろそろ夕食のデリバリーを頼もうとしていたのだが、今はメンタルがずたずた、それどころではない。

「なにか綺麗なものを見ないと立ち直れない……」

「記憶洗いてえ……」

膝に顔を埋めて弥勒はしばらく呻いていたが、急にぱっと顔を上げた。ゴミ地層に手を突っ込み、探りながら首を捻り、また別のところを探っては首を捻り、「あ」なにかを思いついて立ち上がる。ゴミをラッセルしてテレビに近付き、辺りを掘り返す。やがて黒のシンプルなテレビ台が姿を見せる。扉を開くと、中は意外なぐらいにスカスカしている。入れるべきものがすべてゴミに紛れてその辺に散乱しているのだから当然といえば当然かもしれない。弥勒は横向きに収められていた紙袋をそこから取り出し、振り返って嶋に見せ、

「じゃーん！」

また言った。本日二度目だが、本人は気付いていないらしい。「なにそれ？」

手渡され、中を覗く。そこには未開封の新品アニメDVDが入っていた。全部で十枚。すべてスタジオジブリの有名作品だ。

弥勒曰く、客がプレゼントしてくれたものらしい。

「前に店でたまたま、俺ジブリいっこもまともに見たことねえって話したら、もうすっげえ、めっちゃくちゃ驚かれたんだよ。絶対うそだ！　って。ジブリ見ないでどうやって生きてきたんだ、それは普通に不可能だ、テレビでもやるし誰もがどこかで絶対に見るはずだ、って。でもほんとなんだよな。なんか、あんまガキのときから夜うちにいて、ゆっくりテレビ見て、って状況なくてさ。アニメとかわざわざ見ようって思いつく系統の人間でもねえし。で、その話した客がこれくれた。完全に忘れてたけど、『花柄部屋』の記憶消すにはちょうどいいだろ。どれか見ようぜ。どれがいいの？」

「わからない」

「おまえが好きなやつでいいよ」

「いや、見たことないから」

弥勒は目を見開き、「まじで!?　おまえも!?」声を上げた。こっくりと頷き返す。

「ない。本当にない。全然、一つも、見たことない」

「うおー……まじか。おい、ちょっとすげえぞこれ。俺以外でジブリを見たことがない人間に生まれて初めて出会ったわ」

「今この部屋にいる人間でジブリを見ていない率は100パーセントだ」

「多数派どころの騒ぎじゃねえな」

「俺も今まで散々、弥勒が言われたようなことを言われてきたよ。ジブリを見ないで暮らすなんて不可能だ、この国で生きている限りどこかで絶対に見てるはずだ、それが普通だ、おまえは異常だ、変だ、って。でも夜はずっとピアノだったし、のんびりテレビ見てることってなかったから。あ、でも曲は有名なやつ、いくつか知ってるけど。小学校の時はクラス合唱の伴奏とかしたし」

「へえ、伴奏。あれ目立つよな。じゃあその時ばかりはおまえもクラスの重要人物として持て囃されたりしたわけだ」

「いや、特に」

「そうか。しゃあねえな」

「俺は全然気にしてない。……普通はそういうこと、気にするのか？」

「そりゃ普通はな。まあ、つっても俺だって所詮は普通じゃねえ側だよ」

弥勒は嶋に持たせた紙袋の中を見ずに、手を突っ込んで適当に一枚を摑み出した。長いおさげの少女が目を閉じて宙に浮いていて、それを少年が不思議そうに見ている。かの有名な、『天空の城ラピュタ』だった。

「これもいい機会だろ。俺もおまえも、普通ってやつを学ぼうぜ」

小鬼発言あたりで、食欲は完全に回復した。

デリバリーは中華。弥勒はあんかけチャーハンで嶋は上海やきそば。嶋が知らない間に大盛にされていたし餃子セットにもされていたが、昼が軽かったせいか難なく食べ切れた。

夕飯を終え、嶋は空き缶を集めつつ、弥勒はソファに寝転がりつつ、ラピュタを見終え、冒頭に戻って、もう一度見終え、特典はとりあえずまた今度、なにも言わずに弥勒は次のDVDを紙袋から摑み出し、セットし、それは『風の谷のナウシカ』で、嶋もなにも言わずに手を動かしながら見続け、弥勒もなにも言わずにゴロゴロしながら見続け

——日付が変わった。

午前一時。

「……おまえ、話理解できた……？」

「……正直、全然わかってない……」

発した声は、あまりに長く黙っていたせいで二人とも掠れていた。そうして顔を見合わせ、お互いの状況を確認して、

「……だよな。わかんねえよな……」

「……うん。でも……」

感動の涙でぐしゃぐしゃに濡れてもうどうしようもなくなっているのを今更指摘しあうまでもない。嗚咽だって止まらなくて、ずっとお互い様だった。色々理解しきれないままなのに、謎もたくさん残ったままなのに、それなのにどうしてこんなに泣けて泣け

て仕方がないのか。ラピュタだってなんなんだ。二回見てしまったじゃないか。少年と少女が出会って始まるあんな冒険活劇が、どうしてあんなに心躍って、どうしてあんなに神秘的で、どうしてあんなにわくわくの連続で、どうしてあんなに楽しくて、哀しくておもしろくてたまらなくて——っていうかもう、ロボット兵！　やめてくれ、あんな、あんな！　そしておまえ！　久石《ひさいし》ー！　嶋は眼鏡を外し、「あうう！」スウェットの裾でまだまだ溢れてくる涙を拭く。それを見て弥勒も「うう〜……」また泣き始める。なんだもう。これがジブリか。みんなこれを通ってきたのか。

「……なんつうか、やばくね？『普通』……」

「……正直、舐めてた……」

「……これを知らずに生きてきたなんてな……」

弥勒の言葉にただ頷く。本当にそうだ。本当にその通りだ。

「いろんなことスルーしてきたけど、ちゃんと知れば感動できたこと、いっぱいあったんだろうな……」

これまで『それを知らないなんて普通じゃない』を言われてきたことを、嶋はいくつも脳裏に描いた。たとえばバスケもそうだった。スニーカーもそうだった。弥勒が与えてくれるまでは、知らないままで生きていた。今、知ってしまったジブリみたいに。

「ディズニーランドも、実際に行ってみたらやっぱりすごいのかな……」

「はっ⁉　おまえもしかしてディズニー行ったことないの⁉」

「えっ⁉　弥勒も⁉」

一瞬、またもや同じ！　この部屋にいる人間でディズニー行ったことない率は100パーセント！　と嶋は盛り上がりかけるが、

「いやいや俺はあるから。俺のファーストディズニーは中二の遠足。これも普通に比べりゃだいぶ遅いけどな」

なんだ……一気に盛り下がり、しかしすぐに「じゃあセカンドディズニーは⁉」テンションは謎のV字回復。ジブリを連続でキメたせいか情緒がおかしくなってしまった。

「落ち着け。俺のディズニー歴を紐解いてどうすんだよ」

「確かにどうしたいんだろう、わからない、でもとりあえずこれだけは聞かせてくれ！　一番最近は、いつ行ったんだ⁉」

なんでそんなこと知りてえの……と呆れつつ、弥勒はそれが三年ほど前のことだと教えてくれた。

弥勒はその頃は今の店じゃないところで働いていて、羽振りのいいお客さんがお気に入りのホストを束ね、バスまで仕立てて連れて行ってくれたらしい。それも一度ではなく、複数回。

「言っとくけど、ディズニーは本気でやべえぞ。なんだかんだで毎回二割ぐらいはやられたからな」

「やられた、とは？」

「たとえば最初の時。連れて行ってもらったホストは俺入れて十人な。さあ、そろそろ帰りますか、ってなって、その集合場所で」

弥勒は二本指を立てて見せる。

「二人だよ。『ホスト辞めます』と。『ここのキャストになります』と。で、まじでそのまま店辞めた。散々粋がって、行きのバスん中で俺らはぁ夜のぉ帝王にぃなるんでぇとか言ってたのが、それはもうあっさりと。そんで次に行った時はそいつらほんとにディズニーで働いてたからな。そんなことが行くたびに起きたんだよ。しまいにはオーナーからディズニーツアー禁止令が出たけどさ。連中、まだあの仕事続いてんのかな……」

立てた指をそのまま顎にやり、なにか思わし気に首を傾げ、「つか、」弥勒は急に嶋を見た。

「おまえ、行く……？　ディ」

「行く！」

ズニー、まで言わせずに嶋は頷いた。首も折れよとばかりに激しく頷く。「行く行く行く、絶対行く！　行きたい！　行ってみたい！　俺、すっごい行きたくなった！」

みんなが普通に見ていたジブリがあんなにすごかったのだ。みんなが普通に行くディズニーランドだって、シーもあるか、とにかくすごいに違いない。知らないままで生きていくなんてありえない。もったいなさすぎる。

そんな嶋の勢いに、「よっしゃ！」弥勒も大きく頷いて応える。

「じゃあ、いつ行く⁉」

「えっと、次の、弥勒の休みの日⁉」

「ってことは……明日⁉」

「ってことはもう……今日⁉」

二人して「うおおおお！」拳を突き上げた。「行くぞ！　待ってろよ夢の国！」「はっ
弥勒、もう寝よう！　早起きしないと！」「おおそうだな！　六時とかに起きねえと！」

「起きよう！　寝よう！」「寝よう！　起きよう！」「寝よう！」「起きよう！」「寝よ
う！」

——こんな興奮状態で、そう簡単に寝付けるわけもないのだが。

5

ザァァァァァァァ……。

カーテンを開けて弥勒と嶋は、ただ茫然と立ち尽くした。

まだ暗い真冬の午前六時。夜みたいな窓の外は右に左に、横殴りの激しい雨に揺さぶられている。雪ですらない。窓ガラスを洗うような凄まじい豪雨だ。とりあえず部屋の明かりをつけ、テレビもつける。どの局もこの荒天のニュースばかり流している。

昨日はずっと動画とジブリを見ていたから、季節外れの台風が海上で発生、発達しながら列島に接近、今朝になって関東を直撃、首都圏の鉄道は全線が運休、などという非常事態を、二人はまったく知らなかった。おはようも言えずに無言のまま、ガタガタ響く窓の音を聞き続ける。弥勒は死んだ目をしていたが、おもむろにスマホを手に取った。なにかを調べ、軽く吹き出す。なにかと思えば、

「……ディズニー、やるって」

嶋も「んふっ」笑ってしまった。「逆に、なんで……」「なあ……」しばし二人して、ふふ、んふ、と低く笑い合う。もう笑うしかない天候だった。そして笑うしかない開園

情報だった。

「電車止まってもやるってことは、車か徒歩で来い、っていうことなのかな」

「そうだろうな。だからまあ、空いてはいるんじゃねえの」

「あー、空いて……」

「天気こんなだもん。よっぽど根性入った奴しか行かねえよ」

決定的なことはお互いに言わないまま、ただじりじりと温度を探り合う。

「根性っていうか、車が、ないよな……」

「いや、ケータに言えば借りれる、けど……どうだろ。まだあいつ寝てないかも」

弥勒は素早くスマホをいじり、耳に当てる。呼び出し音が嶋にも聞こえる。二度、三度と鳴って、留守電に切り替わるかと思ったその瞬間、

「あ。俺」

弥勒が話し始める。

「今日これから車借りれる？　あー、そしたら貸してくんね？　あ？　ちょっと出かけんだよ。……あ？　いや、ディズニー。あ？　ディズニー！　……そう、そのディズニー。やってんだよそれが。だからしま連れて行こうかと……あぁ!?　うるせえな！　いいからてめえは寝んじゃねえぞ！　支度したらそっち寄るからな！」

通話を切り、くるっと弥勒は振り向き、「ってわけで――」拳を高く突き上げた。

「行くぞ！　しま、夢の国だ！」

「やった夢の国！　行くぞー！」

昨夜のテンションを取り戻し、二人は猛然と出かける支度を始める。順番に歯を磨き、顔を洗い、トイレを済ませ、着替え、しかしそこではたと嶋は動きを止める。そういえば昨日は弥勒が休みだったから今朝は食べるものがなにもない。

「弥勒、朝ご飯！」

「あーそっか、なんもねえか。出たらとりあえずコンビニ寄るから、車で食えよ」

わかった、と頷き、支度続行。嶋はソファの背にかけた自分のダッフルコートを掴む。外出するときはいつもこれ、なぜならこれしか持っていないから、だが、

「待て！　だめだそれじゃ！」

「もしかして……舐められる⁉　あれ⁉　俺もググルみたいだな！」

「うるせえ！　舐められるどころじゃねえ！　消化されるぞ！」

「えっ⁉　絶対いやだ！　ディズニーを知らないまま消化されたくない！」

弥勒は寝床付近のゴミ溜まりをひっくり返し、「なら黙って今日はこれ着ろ！」ばさっと黒いものを嶋に放ってくる。前に嶋が発掘して、寝ている弥勒の上にかけたロング丈のダウンコートだった。あちこちシワにはなっているが、着てみるとすごく軽い。それにとても暖かい。嶋が今までダウンだと思って着ていたものとはなにかが決定的に違う。形も大人だ。男って感じだ。こんなの着るのは初めてだ。これは絶対にかっこいいやつだ。問答無用に嬉しくなって、さらにテンションがブチ上がる。ファスナーを一気

に首元まで引き上げながら、自然に「イエーイ！」叫んでいた。本人はまだ気付いていないが、これが嶋幸紀、生まれて初めてのイエーイ！　だった。

「支度できたな⁉」

「できた！」

「よし、出るぞ！」

「おー！」

ビニール傘をそれぞれしっかり両手で持ち、まだ真っ暗な嵐の中へ意気揚々と飛び出していく。まずはケータのマンションを目指し、目の前の大通りを右へ。

街には二人の他に誰もいない。車もまったく通らない。道路はすでに冠水していて、全面が浅いプールになっている。雨は滝だ。上から横から容赦なく全身に叩きつけてくる。濡れるを通り越して、嶋はほとんど溺れている。もはやこれは洗濯機、ビッグドラムでたたき洗い、ビートウォッシュのナイアガラシャワー、もうわけがわからない、とりあえず息ができない。それでもしばらく必死に進んだところで、「……っ」前を行く弥勒の傘がひっくり返った。弥勒は片手でおちょこになった傘を握り締め、元の形に戻そうともう片手を伸ばすが、「……っ」真横から殴りつけるような凄まじい風に煽《あお》られてその身体が傾ぐ。足元がよろめき、前進できなくなっている。今にも転がされてしまいそうなその姿を不安げに見ていた嶋の傘も、「……っ」バキッと音を立てて内側にへし折れる。上半身をべったりと包み込む形になった傘の残骸をどうにか引き剝がそうと嶋は身体の向きを変えるが、今度は傘が裏返されて真上に吹き飛ばされかけ、「……っ」手を離すまいと力を入れると、ゲラゲラ笑いながら殴りつけてくるような狂った暴風雨に身体ごと浮き上がりそうになる。そのままずるずる引きずられ、どうにか踏ん張ろうとするが、「……っ」その目の前で弥勒の傘がブオォ！　黒い雲が激しく渦巻く真っ暗な空へぶっ飛んでいく。もう肉眼ではその行方を追うことなんてできない。

そこにコンビニがあったのはもはや僥倖《ぎょうこう》としかいいようがなかった。

「しゃいやせぇ」

文字通り店内にゴロゴロと転がり込んだ二人を店員の平坦な声が迎える。こんなにもウェルカム感のない、他人に向ける感情をとりあえずケチれるだけケチったようなボッソボソの声ですら、今の嶋の耳には天使のラッパのように聞こえた。生還を祝って「しゃいやせぇ」と鳴る、あれは聖なる歓喜の音階。だって危なかった。超危なかった。そして自然と、

「……わああ、わああ、わあわあ……！」

遅ればせながら叫んでいた。全身びしょ濡れ、眼鏡は横ずれ、髪は逆立ち、手にはかつてビニール傘だったもの。「わあああ……！」まだ叫び足りない。一方弥勒はコピー機の前、床に片膝をついたまま、一世一代のプロポーズに失敗した人みたいに静かに深く項垂れている。その身体からも、ちょんまげからもボタボタと水滴が垂れ、周りの床はちょっとした水たまりになっている。

そのポーズのまま片手だけ動かして、スマホをポケットから取り出す。どこかにかけ、ただ一言、

「寝ろ」

それだけ言って通話を切った。切る直前、かすかに『っすよね〜いやもう普通に絶対無理だろって俺さっ』ケータらしき声が聞こえたが、それも虚空にかき消えた。

本日のディズニー、これにて中止決定。

よろよろと立ち上がりながら、弥勒が低く呻く。「つか、なんで行けると思ったんだろう……」同感だった。「なんか、行けるような気がしちまったんだよな……」これも同感だった。嶋も、なんでだか、行けるような気がしてしまったのだ。盛り上がって、楽しくなって、現実の厳しさなんか忘れ果ててしまった。なんの疑いも不安もなかった。弥勒と二人で、本当に夢の国に行くつもりだった。

弥勒はまたスマホをいじっている。その手元を覗き込んで、え、と嶋は弥勒の顔を見上げる。弥勒が立ち上げているのはタクシーを呼ぶアプリだった。

「……もしかして、タクシー呼ぼうとしてる?」

「してる。今来た道をまた戻るとか絶対無理だろ。見ろ、俺は傘すら失ってんだぞ」

「俺も失ったも同然だよ。でもうちはすぐそこじゃないか」

普段なら徒歩数分の短距離だ。確かにひどい状況だが、さすがにタクシーはやりすぎな気がする。

「エントランスもここから見えてるし」

ほら、と嶋が指差したコンビニのガラス窓の外を、そのときちょうど吹っ飛ばされた巨大な鉄製の看板が冗談みたいに横切っていった。二人が見ているその目の前で、ふわっと高く舞い上げられ、そのままいずこへか消えていく。それをたっぷり見送って、

「……な？」と弥勒が言う。もはや嶋にも異論はなかった。さもなくば、今の看板や弥勒の傘が辿ったのと同じ運命を今度は我が身で体験する羽目になるのだ。

タクシーの手配を終えて、弥勒はスマホをポケットにしまう。カゴを一つ摑んで、スタスタと食品の棚の方に歩いていく。その後をついていくと、弥勒はろくに商品名を確かめもせず、おにぎりやパンを手近なところから適当にいくつかとってカゴに放り込む。

「せっかく出て来たんだし、せめて朝飯買って帰るぞ。おまえも好きなもん持ってこい」

そう言われて、嶋はぱっと駆け出した。迷うことなく、弥勒が仕事帰りに買ってきてくれるパックの牛乳とクリームパンを手に取り、戻ってきてカゴの中に入れる。

それをちらっと見やり、

「……それでいいのかよ？」

「うん。これが好きだ」

大きく頷いた嶋の目の前で、弥勒はいきなり動きを止めた。どこかぼんやりとした目をして、その場に立ち尽くす。

不思議に思って見上げた顔は、すぐにふいっと逸らされた。でも、

（……あれ？）

突然だ。

その雨に濡れて佇む全身が、なにかを語り出そうとしている。弥勒は、今にもなにかを叫ぼうとしている。どこかへ駆け出そうとしている。

弥勒の身体から立ち上る体温か匂いか、神経や筋肉が発する電気信号か、とにかくそういう目に見えないものが、すこしずつなにかの形になろうとしている。

弥勒が変わっていく。

嶋の目には、それが見えた。嶋には、突然、そう思えた。

しかし現実の弥勒は、嶋が捉えている弥勒とは違う動きを選ぶ。なにも言わずに踵を返す。嶋に背を向けて、離れていく。嶋をそこに置き去りにして、レジに向かっていってしまう。起きかけていた事象のすべてが、一瞬の夢だったみたいに儚くかき消えていく。

『気象庁は引き続き警戒を呼びかけ』『中継の声が届かないようですね、では一旦ＣＭを』『現在入っている情報によるとおよそ千世帯で停電が』『このような異常気象を引き

起こす原因と』『こちらっ、凄まじいっ、雨とっ、風でっ』『えー聞こえておりますでしょうかー⁉』

どのチャンネルも相変わらずだった。テレビの画面上にはずっとL字形のバーが出たままで、通行止めの情報や避難情報を流し続けている。

「すげえな。こんな大変なことになってんの」

リモコンを放り出し、弥勒はソファにどかっと胡坐をかいた。買ってきた朝食を広げるその隣に、嶋も同じように胡坐をかいて座り込む。自分の牛乳にストローを刺しつつ、

「そりゃ笑われるな」

しみじみと合点がいく。

さっき乗り込んだタクシーの運転手は、短い乗車の間中、車内の酸素を吸い尽くす勢いで大爆笑し続けていた。はあ〜⁉　お客さんたち、今からディズニー行こうとしてたの〜⁉　うっそ〜⁉　なんで〜⁉　どうして〜⁉　あ〜っはっはっはっはっ！　あ〜っはっはっはっはっはっはっはっ……窓ガラスも曇った密室の後部座席に逃げ場はなく、嶋も弥勒もただ黙って笑われ続けた。嵐の中を無理に歩いて吹っ飛ばされるよりは、それでも全然ましだった。

「どうしてもこうしてもねえよな」

弥勒も同じ場面を思い出していたらしい。「やってるディズニーがあるからだろ」

隣でこっくりと頷き返す。「あっちがやってるからこっちも行くんだよな。それだけ

のことだよ」

「まあ、行けなかったんだけどな」

「うん、行けなかったんだけど」

しゃあねえよ、と言い捨てて、弥勒は三口ぐらいでぱくぱくとおにぎりを食べ終えてしまう。歩くのも早いし、シャワーも早いし、食べるのも早い。口の中の物をろくに嚙みもせず乱暴に炭酸水で流し込んで、「そもそもこの天気じゃ俺らにはもうどうしようも、」小さくゲップ、「ねえよ。こんなん運だろ」

「運か……」

「そうそう。つかどうすんだよ、こんな時間に起きちまって……」

眠たそうにあくびをしながら、食べ終わったおにぎりの袋をくしゃっと丸める。そのまま大きく伸びをして、ソファに寝転がってしまう。横暴に振り下ろされる脚にスペースを奪われながらも、嶋は弥勒がぽいっと放ったゴミをすかさずキャッチした。とりあえずレジ袋にまとめておく。

二人が帰宅してきたのは少し前のことだった。着替えて濡れた服を浴室に吊るし、髪をドライヤーで乾かして、買ってきた朝食も食べ終えた。それでも時刻はまだ八時にもならない。弥勒にとってはこんな時間、ほとんど夜中みたいなものだろう。

「鈴木隊長でも見る？」

短い「んあ」は、多分イエス。どの番組も代わり映えのしないテレビを消して、タブレットで動画を流し始める。嶋が適当に選んだのは番外編、鈴木隊長がかつての依頼者と再会して雑談するだけの内容だった。元レベル３汚部屋の住人は今またゴミを溜め始めてしまっているらしく、リバウンドの瀬戸際にあると嘆いている。

『鈴木隊長がせっかく綺麗にしてくれたのに、気が付いたらまたゴミが勝手に繁殖して……』

『あー、汚部屋にお住みの方はこれ言うんです。勝手に繁殖とか。いつの間にか増殖とか。気が付けば分裂とか。振り向けば自己複製とか』

『でもほんとにしてるんですよ。そうとしか思えない』

嶋はゴミの中に座り込み、目と耳は動画に向けたまま、とりあえず空き缶を集める作業をゆるゆると再開する。背後の弥勒は随分と静かだ。ちょっと振り返って見てみると、長く垂らした前髪の向こうで目がもう眠たそうに閉じかけている。このまま二度寝してしまうのかもしれない。

動画の中の鈴木隊長は、ゴミは勝手に繁殖しないし、二度と汚部屋に戻さないための方法は一つしかないと言い切る。それは日常的な掃除を習慣づけることだ、と。

『習慣……。それが私には難しいんですよね。頑張らなきゃって思ってはいるんですけど』

『じゃあ、頑張るためのシステムを作っちゃいましょうか。いきなりですけど、なにか大好物ってあります？』

『うーん、甘い物ですかね。生クリーム系とか大好きで、すごい食べちゃいます』

『そしたら生クリーム系の甘い物、今この瞬間からやめてもらっていいですか？』

『えっ？　食うな、って話ですか？』

『そうですそうです、食うなって話でしゅ。待って、でしゅだって。食うなって話です。それで、お掃除できた後だけ、その欲望を解放してあげてほしいんです。いわゆるご褒美ってやつです。全力でおっぱじめちゃって下さい』

『本当に全力出したら、私、ホールでいけますけど』

『ならホールでおっぱじめちゃって下さい。ご褒美なんで。遠慮とかなしで。ただし、掃除しないと食べられないってところだけは死守してほしいんですよ。我慢をエネルギーに変換して取り出すっていうのが、このご褒美システムの肝だから。食べたい気持ちを、うまーく育てる。うまーく育てた気持ちで、掃除する。自分でこの辺をコントロールできるようになったら、もうあれだ。あなた、ベルサイユに住んでます』

『え？　ベルサイユには住んでませんね。戸塚です』

『えーと、そういう話じゃないんですよ。気持ちの表現として、そうなったとしたら？　あっ、ベルサイユだ！　っていう意味で』

『いや、戸塚ですね』

『じゃなくてじゃなくて。あくまで心がけの話で。あのね、未来って自分が作るんですよ。無数に枝分かれする未来の一つを、人は自分で選び取っているんです。そんな未来のどこかでは、選択によっては、もしかして……？　目を開いたら……？　そこは……？　ベルサイ……？』

『戸塚ですね』

動画の内容は番外編だけあって随分とゆるい。が、それでも嶋には響くものがあった。空き缶を手の中で転がしながら、「なるほどね……」一人頷き、鈴木隊長への想いをさらに深くする。ご褒美システム自体は別に目新しい話でもないが、鈴木隊長に提唱されると説得力が断然違う。弥勒は見ていただろうか？　ソファの方を振り返るが、だめだ。片腕を枕に目を閉じていて、もう完全に眠っている。

嶋は一旦動画を止め、汚部屋を改めて見回した。ご褒美について考えてみる。自分にとってのご褒美とはなんだろう。そもそもここを掃除しているのは、弥勒と約束したからだ。掃除ができたら、ずっとここに住んでいいと言われたから。ということは、『ここに住むこと』が掃除に対するご褒美なのか。

でも、掃除をまだ終わらせていない今この瞬間も、自分はここに住んでいる。弥勒は約束の期日を切らなかったし、掃除を終えていない自分を追い出しもしない。結果的に、『掃除を終わらせること』ではなく、『掃除を始めること』で、すでにご褒美をもらってしまっているともいえる。気付けば汚部屋生活にも慣れてしまったし、だらだらとこのままの状態で暮らし続けることもできてしまいそうだ。そうなれば汚部屋のレベルはさらに進行するだろう。この数日間でわかったことだが、自分が片付ける速度よりも弥勒が汚す速度の方が早い。

実際、掃除を始めてすでに四日目に入るが、ゴミの量はさして減ったとも思えなかった。数袋分のペットボトルを部屋から出したはずだが、壁際には行き場がないパンパンのゴミ袋をとりあえず並べてあって、なんなら圧迫感は増してすらいる。今のペースで掃除を続けても、この汚部屋が片付く日は永遠に来ないような気がする。それでも自分はここに住めるのだし。失うものも、もうなにもないし。

（それでいいのか……？）

ふと想像してしまったのは、すこし未来のビジョンだった。この部屋はついに満杯、天井までびっちりゴミが詰まっている。その底には弥勒が埋まっていて、そして自分も埋まっている。なんのことはない。自分はここに住むことで、弥勒の汚部屋に大きな生ゴミを一つ増やしたのだ。

本当にそれでいいのだろうか。そんな未来を自分は選びたいのだろうか。

（……いや、そんなわけない！）

即座に嶋は首を横に振る。そうしながら思い浮かべているのは、朝、ゴミに埋もれて眠っている弥勒の姿だ。

（俺まで一緒に埋まってしまったら、誰が弥勒を掘り出すんだ。あんなに冷えて汚れた弥勒を、一体誰が見つけ出すんだ）

深いゴミの底で一人眠るあの姿を、凍りついたようなあの静けさを、自分以外の誰も知らないのだ。この世の誰も。弥勒自身も。

空き缶を握る嶋の手に、ぎゅっと力が入った。

そうだ、だめだ。このままではだめなのだ。そんな未来は選びたくない。ゴミは絶対に片付ける。汚部屋の掃除を完遂する。そのための気持ちを、うまーく育てなくては。自分はなにを我慢すればいい。どこからエネルギーを取り出せばいい。

嶋はしばし考えて、

「……決めた！」

バコッ！

「うおっ⁉」

背後で弥勒が飛び起きた。

「今の音、なに……⁉　なんかすげえ恐ろしい音が聞こえたんだけど……！」

弥勒は珍しく目をまん丸にして、辺りをキョロキョロ見回している。

「音？　ああ、もしかしてこれ？」

勢いあまって手の中で握り潰した缶を見せると、弥勒の目がそれを見て、嶋の顔を見て、またそれを見る。

「……おまえなにしてんの」

「別になにも。ただこういうのを、こうやって拾って、こうしただけ」

新たに拾った空き缶をまた一つ、弥勒の目の前でゆっくりと片手で握り潰して見せる。

ぐしゃっと変形する瞬間、確かに大きな音が出た。いとも簡単に握り潰された缶をまたまじまじと見て、「スチール缶……」弥勒はか細く呟く。

「こんなのどっちの手でもできるよ」

嶋はゴミ袋に集めた空き缶をいくつか摑み出し、両手でそれぞれ次々に潰して見せる。いくらでもできるし、指だけで摑んで上下にも潰せる。一日に十時間ピアノを弾く生活を幼児の頃から十二年以上も続ければ、誰でも握力は自然にこうなる。

「……なんか許せねえ。顔に似合ってねえ」

寝起きの弥勒は理不尽だった。むすっと口を尖らせて、文句をつけてくる。

「おまえはもっとこう、モヤシであれ。物陰にひっそり生えてニャーニャー鳴いてろ」

「モヤシは鳴かない。ていうか弥勒、俺はさっき気付いた。さっき決めたんだ」

「うるせえ。一回のさっきにつき、気付くか決めるかどっちかにしろ」

「いや、両方だ。さっき気付いたんだけど、このままじゃ永遠にこの部屋の掃除は終わらない。だからさっき決めたんだけど、俺も鬼になる」

「やめろ。いや、つか、『も』ってなんだよ。初代の鬼がいんのかよ」

「初代は弥勒だ。弥勒は時々すごく鬼のようになるだろ」

「ならねえよ」

「なるよ。だから俺もなる」

「やめろ。何一つわかんねえけど、とにかくやめろ。絶対めんどくせえ」

「やめない。俺は今から掃除の鬼だ。そのためのエネルギーは、なんだと思う？　わかる？」

「ほらな。もうめんどくせえ」

「答えはディズニーだ。今日、俺たちの行く手を阻んだのは天気じゃなかったんだよ。運でもなかった。鈴木隊長だった」

「……俺が一瞬寝た隙におまえになにがあったんだよ」

「一瞬じゃないけど。弥勒は結構しっかり寝てたよ」

「とにかくなにがあったんだよ……」

「わかったんだ。鈴木隊長が俺たちのために、ご褒美のディズニーをとっておいてくれたんだって。そういうわけだから、弥勒！　ここの掃除が終わったら、その時こそ堂々とディズニーに行こう！　よーし、頑張るぞ！　おー！　弥勒もやって！　おー！」

「どの動画見たらそのテンションについていけんだよ……」

　番外編その８だ。

　改めてやる気満タン、掃除の鬼と化した嶋は猛然と掃除を再開した。

　頭も珍しくまともに稼働して、ゴミが出せない問題についても解決策を見出した。ネットで調べたところによると、ゴミは自分で自治体の清掃工場に持ち込んでもいいらしい。だから、とりあえずはゴミを分別して袋にまとめ、その状態で室内に置いておく。そして分別作業が終わったら、レンタカーでトラックを借りて、鈴木隊長たちがいつもやっているように一気に搬出するのだ。もし手が足りなければ、弥勒の店の後輩ホストに応援を頼めばいい。それまでは大量のゴミ袋とともに暮らしていかなければいけないが仕方がない。とにかくゴミの始末についてやっと具体的に目途が立って、嶋のやる気はさらに燃えた。

見える範囲にある空き缶をほぼ集め終え、次は可燃ごみと不燃ごみを両面から攻めることにする。可燃ごみの袋にはチラシ類や紙屑などを、不燃ごみの袋には折れたハンガーや空ボトル、プラケースなどを。嶋は手が届く範囲のゴミを次々に摑み、ぽいぽいとどちらかの袋に放り込んでいく。

ゴミの中を少しずつ移動して座り込む位置を変えながら、拾っては詰め、拾っては詰め、疲れたらジブリ。拾っては詰め、拾っては詰め、疲れたら鈴木隊長。「……ひっ⁉」「ぎゃあぁぁいやあぁぁ！」「止めろ止めろ！」レベル3に挑戦しては敗北し、メンタルを立て直すためにまたジブリ。

弥勒はジブリと鈴木隊長には付き合ってくれるが、掃除はまったく手伝ってくれない。ソファの上でゴロゴロしたまま、時々スマホをいじったり、うたたねしたりしている。デリバリーの昼食を挟んでも、嶋の掃除熱はまだ冷めなかった。しかし次第にスピードが落ちてくる。その原因は、不燃ごみの判別の難易度が徐々に上がってきているせいだった。見るからにゴミだとわかるものはいいのだが、

「……こういうのは捨てていいのか？」

ゴミの地層の間からずるりと麵類のように摑み出したのは、絡まり合ってもはや収拾がつかなくなった何本もの充電ケーブルの束だった。普通に考えれば、一本か二本あればいいはずのものだが。弥勒はめんどくさそうに顔を上げ、いきなり麵職人のようになっている嶋を見やって一言。

「なにそれ？」

ゴミの中にがくっと崩れ落ちたくなる。「だから、それを俺が聞きたいんだけど」

「うーん……わかんねえな。微妙」

「使ってる？」

「使ってはいねえよそんなもん」

「じゃあ、捨てる！」

不燃ごみの袋にどさっと放り込む。さて次、とゴミの中に突っ込んだ手に触れたのは、またもや微妙なものだった。「これはいる？」埃でひどく汚れているが、壊れてはいないサングラス。弥勒の方に見せると、「……ちょっとおまえかけてみ？」「え？　こう？」「わはははは！」わざわざ眼鏡を外してまで言われた通りにしたのに、指を差されて笑われる。よし捨てよう、と嶋は思うが、「いや、いるいる！　笑えるから！」ど

ういう基準だ。しかし弥勒がいると言うのだから、多少思うところはあるが、サングラスはゴミ袋には入れずによけておく。

その後もヨレヨレになった服だの、革のバッグだの、なにかの充電器だの、プレゼントなのだろう美容家電だの、判断に迷うものがどんどん出てきた。そのたびに嶋はいちいち弥勒に見せ、「これは？」と訊ねるが、返事はたいがい「わかんねえ」か「どっちでもいい」だった。やがてそれを返すのすら面倒になったのか、

「あーもう、いちいち俺に聞いてくんなよ。いるかいらねえか、おまえが決めろ」

弥勒は判断を嶋に委ねようとしてくる。

「俺が？　弥勒はそれでいいのか？」

「いいよ。おまえが欲しいと思うもんはとっとけ。いらねえもんは捨てろ」

「そうか。じゃあこれは……」

たまたま手に触れた小さな硬い物を見やる。透明に輝く大きな石がついたピアスの片方だった。嶋はピアスの穴など開いていないし、この先も開ける予定はない。「ゴミだな」ぽいっと不燃ごみの袋に放り込もうとして、

「待てーぃ！」

弥勒の絶叫に阻まれる。「それは客にもらったクソ高いダイヤ！　でかいし！　本物！」

「いるかいらないか決めていいって言ったじゃないか。俺はピアスなんてしない」

「金に換えられるんだよ！　いいからとっとけ！　ばか！」

「そういうのがわからないから弥勒に見てほしいのに……」

ピアスもよけておいて、次だ。すぐ手元にあったものを拾い上げる。見るなり、「これはいるな！」頷く。いつも弥勒が前髪を結んでいるクマのヘアゴムだった。でもなぜこんなところにあるんだろう。着替えた時にでも落としたのだろうか。そういえば、今の弥勒は長い前髪を目の下までそのまま垂らしている。失くしていたのなら、見つけられてよかった。嶋はゴミの中に座ったままで手を伸ばし、それを弥勒に渡すが、

「こんなもんこそいらねえだろ……」

弥勒のテンションは低い。たいして嬉しそうでもない。

「なんでだよ、愛用してるのに。大事だろ」

「別に好きでも大事でもねえよ」

「いつも使ってるじゃん。なにか思い出の品だったりするんじゃないのか？　昔、どこその幼稚園にこっそり忍び込んで落とし物箱の中から盗んだとかそういう……」

「おまえが真っ先に思いつく俺の思い出ってそういう感じか？」

「じゃあ店で買ったのか？　そのかわいいクマさんを」

「ちげーよ。どこから来たのか俺にもわかんねえんだよ。どうせ客か誰か、女の子のもんが紛れ込んだんだろうけど、いつの間にか俺のところにあったの。そのままなんとなく使い続けてるってだけ。なんか、こういうどうでもいいもんに限って全然なくなった

りしねえんだよな。なんなんだろうな。どっかいったなと思っても、こうやってなぜか絶対戻ってくる。気が付いたらふっと手元に現れる。もうこれ空から落ちてきてんじゃねえか、って」

話しながら、弥勒はさっそく前髪をいつもの適当なちょんまげに括る。

「ならやっぱり大事なんだ」

「はあ?」

「大事なものは、空から落ちてくる。それが普通だよ。俺たちはもう学んだじゃん」

ほらこれこれ、と嶋はローテーブルに置きっぱなしにしてあったラピュタのＤＶＤのパッケージを弥勒にひらひらと振って見せた。へっ、と呆れた顔をして、弥勒はスマホをいじり始める。

嶋の掃除はさらに続く。

中華屋の出前で夕食を済ませた頃になって、季節外れの台風はようやく去っていった。

結局ずっとソファでゴロゴロしていた弥勒が「あ」なにかを思い出したように身を起こしたのは、午後七時過ぎ。雨と風が止んだ窓の外は、もう夜中のように真っ暗だ。

「どうしたんだ?」

「……ちょっと、コンビニ」

おまえも来る? と聞かれるが、嶋はすこし考えて首を横に振った。「いいや、今のってるから。なにか買うのか？」

「いや、別に。……炭酸水が切れた」

弥勒が出かけ、レジ袋をガサガサさせながら帰ってきても、嶋の掃除はまだ続く。

＊＊＊

朝の九時、すこし前に嶋は目を覚ました。

昨夜、体力の限界までゴミの分別を続けた嶋がソファに伸びて寝落ちした時、弥勒はシャワー中だった。

その弥勒は今、全裸ではなくスウェット姿で寝床に転がって眠っている。静かに近寄り、その背に積もるゴミをよけ、昨日の掃除中に地層の隙間から発見したタオルケットをふわっとかける。

窓辺へ向かいながら、室内のゴミの嵩《かさ》がだいぶ減ってきていることに気が付いた。床面こそまだところどころしか見えていないが、もう無理矢理にラッセルして進まなくてはいけないほどの深さではない。まあその分、壁際に寄せて積み上げたゴミ袋の量はすごいことになっているのだが。

カーテンを開くと、外の世界はものすごく明るい。昨日の嵐が嘘のようだ。今日は雲一つない、突き抜けるような真冬の晴天だ。

向かいに並ぶ建物がぴかぴかと光って嶋の目を射る。眩い陽射しが反射して、街中が明るい光に満たされている。

すこしだけサッシを開けて、外の新鮮な空気を室内に入れた。たちまち師走の冷たい風が足元からゾクゾクと這い上がってくるが、しばらくこのまま開けておく。

歯磨きと洗顔を済ませて、キッチンに向かう。冷蔵庫を開けて牛乳パックを摑み出す。シンクの紐にぶら下げられたレジ袋を外し、クリームパンも手に取る。

立ったままでパックにストローを刺し、汚部屋を眺めながら一口飲んで、クリームパンを一口かじり、そうして嶋はやっと、

「あ」

気が付いた。

弥勒は仕事に出ていないのに、朝食がここにあるということは。

（……つまり、俺の……）

昨日の夜、弥勒はこれを買いに行ったんだ。

（……俺の、朝の……）

動きを止めた嶋の口許が、ゆっくりと両端から引き上がっていく。

指先で眼鏡を押し上げて、シンクに腰で寄りかかり、何度か瞬きをする。

今、この目に見えているのは、すこしずつきれいになっていく部屋。壁際に積み重ねた大きなゴミ袋。ローテーブルの上に倒れているタブレット。ついていないテレビ。充電ケーブルに繋がった二台のiPhone。カーテンの隙間から斜めに差し込む白い光線。その中で舞う埃。

今朝は静かなスピーカー。

弥勒。

――これが世界だった。これが、その、すべてだった。

不思議なのは、今、こんなにも身体いっぱいに音楽を感じていることだ。なにも聞こえていないのに、今が一番、音楽に満たされている。そんなふうに思えることだ。

優しい音が響いている。温かい音が、眩しい音が、この世界のすみずみまで震わすように鳴り響いている。この世界のすべてから、輝く音楽が湧き上がってくる。触れたところからしみ込んで、体内で熱く渦巻いて、神経を青い火が走る。

すべてが音楽だった。

自分は今、世界と、音楽と、こんなにも強く繋がっている。全身の細胞を振動させて、まるごとの命で共鳴している。喜んでいる。騒いでいる。こうやってここに今、生きている。駆け出したくて飛び出したくて、どこもかしこもうずうずと、こんなにも激しく身震いしている。噴き上がるきっかけを待っている。あと一瞬の閃きを、この目を大きく見開いて、逃すまいと光らせている。

暗い夜を越え、恐ろしい嵐を抜け、今、眩しいこの朝を生きている。

＊＊＊

「なんかおまえ、大丈夫か？　今日ずーっと掃除し続けてんじゃん」

「大丈夫。俺は掃除の鬼だから」

「全然外にも出てねえし……俺もう仕事に行くけど、ちゃんと寝れるのか？」

「寝るよりも今は掃除を進めたいから。これが終わったらディズニーだし」

「そんなに行きたいのかよ」

「うん、絶対行きたい。めちゃくちゃ楽しみにしてるよ、泊りがけディズニー」

「……泊りがけ？」

「ＵＳＪも楽しみだし」

「待て待て。なんか俺の知らないところで話が進んでるぞ」

「和歌山でパンダも見るんだ。そのために掃除を頑張るんだ、鬼の俺は」

「いや待てよ、それはまじで待て。和歌山にパンダが？　パンダって中国だろ？」

「和歌山にいるらしい。それはもううじゃうじゃと、群れをなしてその辺をうろついてるって」

「絶対ねえよ。もしほんとならすげえ見てえよ、その辺をうろつくパンダの群れ」

「俺も見たい。だから頑張ってるんだ」

俺は鬼になって、ご褒美を目当てに掃除をして、そしてここでずっと暮らすんだ。

本当はそれだけだった。ここにいたい。たった一つだ。それがすべてだ。そのためになら、エネルギーは無限に湧いてくる。きっといつまでも尽きることはない。

「弥勒と約束したから」

「……泊りがけディズニーを？　ＵＳＪとかパンダを？　いつ？」

掃除はまだ続く。

＊＊＊

午前三時までは起きていたが、弥勒は帰ってこなかった。その三時間後に仮眠から目覚めると、弥勒は全裸で眠りこけていた。

嶋が弥勒に声をかけたのは、さらに三時間が経った午前九時過ぎのことだった。

「弥勒。起きて」

相変わらず凄まじい酒、そして頭がクラクラするような濃い香水のにおい。「弥勒」

すこし大きく呼びかけると、苦しそうに顔をしかめて身じろぎする。顎がわずかにこちらを向く。起きたのかと思ったが、

「弥勒。お金ちょうだい」

「……」

反応はなかった。顎もそのままかくりと落ちる。仕方なく、嶋は窓辺に向かうなりカーテンを全開にし、サッシも容赦なく全開にする。

眩しい朝陽を突然顔面に浴び、全裸を真冬の風に直撃されて、弥勒は「うっ……」弱々しく呻いた。ゴミの地層の下に逃げ込もうと寝床で身をよじる。しかし隠れられるほどのゴミの層はすでに存在していない。手足は虚しく床をかき回すのみ。そう、床が、見えているのだ。酔っぱらって帰ってきた弥勒は気付いていないかもしれないが、寝床もちゃんと露出している。こまごましたゴミでまだ散らかってはいるが、ここは今やゴミ海の底などではなかった。陸地だ。打ち震えている弥勒は、さながら打ち上げられた魚だ。

「お金。ちょうだい」

「……な、に……？」

目を閉じたまま、弥勒はざらざらにかすれた呻き声で答える。

「現金で四万円」

「……あ？」

「持ってる？」

「……わ、かんねえ……財布、見て……」

脱ぎ捨てられたパンツを床から拾い上げると、尻ポケットから薄い財布が滑り落ちてきた。その中を見ようとすると、財布の後を追うようにむき出しの一万円札の束も落ちてくる。全部で七枚、七万円ある。

「あったからもらっていい？」

「……んあ……」

イエスだろう。そう判断して四万円を抜き、自分のスウェットのポケットにねじ込む。残りは財布と一緒に元通り、パンツの尻ポケットに戻す。パンツはハンガーにかけて、隣の部屋の入口付近に吊り下げる。

「……つか、そんな金……なに、に……」

カーテンを閉じ、サッシを閉じる。そしてタオルケットをふわりとかけ直してやると、弥勒はたちまち静かになった。このままもうしばらく寝ていればいい。

嶋は一人、積み上がるゴミ袋に占拠されかけた部屋の真ん中に立って、ひそかににやついた。実はちょっとしたプランがあるのだ。弥勒にはまだ教えない。約七時間後のお楽しみだ。

なにも知らない弥勒は昼を過ぎた頃、本格的に目を覚ました。

いつものようにだるそうに起き上がり、ふらふらしながらシャワーへ向かう。髪を乾かして戻ってきて、冷蔵庫から「えなどり」を摑み出し、ソファにどかっと座り込む。プルタブを開けるなりほとんど一気にがぶ飲みして、Tシャツの裾で濡れた口許を拭う。ふー、と大きく息をつく。

嶋はソファの前に座り込んで、まだ床に残るゴミを拾い集める作業を続けている。なにかのチューブ。なにかのキャップ。なにかの紙片。なにかの部品。

「弥勒、俺は学んだよ。ゴミの多くはなにかのなにかだ」

「そうかよすげーな。つかゴミ袋の数、気が付いたらめちゃくちゃ増えてねえ？」

「うん、何十袋もあるよ。あ、その空き缶はあそこに入れてくれ」

嶋が指差す先には、縁が割れたプラケースにゴミ袋をかけて簡易的に作った空き缶入れがある。

「あれすごいだろ。とても画期的だろ。知ってる？　ゴミ箱っていうんだよ」

弥勒は空き缶を片手で軽々と放り込み、嶋の煽りを完全にスルー。大股を広げて足を組み、耳をかきながらスマホをぽちぽちといじり出す。つーかさー、と話し出す。

「昨日、店で客とあの話になったんだよ。なんでキキが魔法を使えなくなったのかってヤツ。そしたらみんな割り込んできて、突然いろんなこと熱く語り始めて、もう収拾つかなくなって、すげえ大変なことになったわ。検索しても諸説あり過ぎだし、アフターでもずーっとその話してんの。けど結局あれってやっぱ俺的には、キキが町に出て、自分は他の人たちとなんか違うって気が付いちゃって、比べたりなんだりしているうちに自分が自分でいる方法を忘れてしまって、みたいなことだと……なに？」

「別に？」

ただ、見ていただけだ。

なにも知らずにアニメの話を一生懸命している弥勒を。最初に起こした時のやりとりの記憶も完全に失っていそうな弥勒を。ただ、見ていただけ。

「別に、ってツラじゃねえだろそれは。なんだよ。言いたいことあんなら言えよ」

いいや、言うものか。まだタネを明かすには早すぎる。嶋はなにも教えないまま、

「へっへ！」「笑ってるし……」また掃除に戻る。

デリバリーで遅い昼食を済ませ、掃除をしつつ、鈴木隊長の動画を見て、ジブリを見て。今日も時間は刻々と過ぎていく。

やがて午後四時。

嶋は掃除の手を止め、最後のゴミを袋に放り込んだ。口をきゅっときつく縛る。時は満ちた。

弥勒はソファでうつらうつらしていたが、突然玄関チャイムの音が鳴って、うお、と驚いて飛び起きた。「びっくりした、なんだ？　なんも頼んでねえけど」

だろうな。頼んだのは俺だ。とは言わないまま、

「俺が行く」

立ち上がるなり、嶋は廊下に走り出た。「ちょ、おい！　待て！」弥勒の止める声を

無視して玄関ドアを大きく開く。そこには作業服姿の男が二人立っていた。社名入りのキャップを脱ぎながら揃って深々と頭を下げる。

「『汚部屋&ゴミ屋敷専門バスターズ』から参りました！　本日はご用命ありがとうございます！　どうぞよろしくお願いいたします！　さっそく作業の方、始めさせていただいてよろしいでしょうか⁉」

「はい！　よろしくお願いします！」

「では失礼いたします！」

男二人はマスクをつけ、安全靴を脱ぎ、ソックスの上から独特なカバーのようなものを履き、嶋の先導ですたすたと室内に入って来る。壁際にびっしりと積み上げられた大量のゴミ袋を目の当たりにしても特に感情を見せず、「ははあ、これですね」「なるほどなるほど。ほいじゃあさっそくやっていきますかね」小声でなにか相談しつつ、ボードに挟んだ紙にメモを走らせる。その様子はいかにも頼もしい。

「……は？　……なに？　……誰？」

一人ついていけていないのは家主の弥勒だ。ソファの上で目を見開き、為すすべなく侵入者たちを眺めている。嶋はすかさず勢いをつけ、ソックスで床を滑りながら、

「サプラーイズ！」

両手を広げて弥勒の目の前に飛び出した。そうだ。これがやりたかったのだ。「……はあ？」弥勒の反応は思ったよりもだいぶ鈍いが。

実は今日の夜明け前に、ゴミを分別する作業は完了していた。嶋にとっても想定外の早さだった。今までちまちまと作業を続けていたのは見せかけのポーズだ。

時間がかかりそうだと思っていたキッチンの片付けはプラゴミを袋に詰めるだけで案外あっさりと終わったし、確かめるのが怖かった数か所の収納も、勇気を出して開けてみれば中はほとんど空だった。これまでの分別作業で捨てないと決まったものはまとめて収納にぶち込み、衣類もラック付近にとりあえず集めて、整理整頓はまた後日。それで本当に終わりだった。

仮眠から目覚めた早朝六時、嶋は眠りこける弥勒を尻目に、わくわくと役所のホームページを開いた。ゴミを清掃工場に持ち込むにあたって、予約などの必要があるのかどうかを調べたかったのだ。しかしそこで判明したのは恐るべき事実だった。清掃工場に持ち込めるのは粗大ごみに限られていた。ンッ⁉　と変な声が出た。

こんなに大事な部分を、どうして自分は見逃していたのか。嶋は部屋を埋め尽くす大量のゴミ袋を茫然と見回した。これは一体どうすればいい。自分一人で考えても答えがでるわけもなく、とにかく開庁時間を待って、役所に電話で問い合わせてみた。すると、指定の場所に出して収集してもらうか（そもそもそれができないから困っているのだが）、市が指定する業者に収集を依頼しろという。教えられたページから指定業者とやらの一覧を見てみると、そこにあったのだ。汚部屋＆ゴミ屋敷専門バスターズ、の社名が。これはもはや運命としか思えなかった。会社のサイトを見れば、頼もしすぎる巨大フォントで『即日対応』の四文字。

感動のあまりにほとんど泣きそうになりながら、嶋はさっそく電話をかけた。すでに分別が終わっていることと、だいたいのゴミの量を伝えると、作業員二名で作業時間は二時間、費用は四万円程度、とのことだった。

で、頼んだ。

今に至る。

「わかった？」

「……いや、話はわかったけど……なんで俺になんも言わねえの？」

「驚く顔が見てみたくて」

「……満足したか？」

「期待していたような感じではなかった」

「……つか、金は？」

「あるよ。弥勒がくれたお金が」

「……俺が？　まじで？」

棒立ちのまましばし見つめ合う二人の背後を、「失礼いたしまーす！」「はい、通りまーす！」マスクの作業員二人が旋風の如く駆け抜けていく。いつも見ている鈴木隊長の動画に出てくる隊員たちとは装備もやり方もまた違うが、さすがにこれもプロの仕事だ。パンパンに膨らんだゴミ袋を一人で一度にいくつも抱え、魔法のような速さでどんどん部屋から運び出しては、マンションの下に置いたトラックの荷台に放り込んでいく。ベランダに出ればその様子も見下ろせる。嶋と弥勒は邪魔にならないように小さくなって、その怒濤の仕事ぶりをただ眺めているしかない。とにかくすごい。本当にすごくて、二人とも口を開けば「すごーい……」としかもう言えない。エレベーターを使わずに往復は階段、何度も駆け降りては駆け上がり、息も切らさずに戻ってきてはまた次のゴミを持って行く。声を掛け合い、効率よくトラックに積み込んではまた階段ダッシュ、その速度はまったく落ちないまま。それどころか往復を繰り返すごとにギアはどんどん上がっていくかのようだ。まさに圧巻だった。感動ものの、体力と気力。

「鈴木イズムだ……」

嶋がつい漏らした呟きに、弥勒もこくりと頷いた。「こういう普通の社員さんにまで鈴木イズムは浸透してんだな」「ていうか、あの無駄のない動き」

作業しているうちの一人、より多く指示を出している方をこっそりと指差し、嶋は声をひそめた。

「ちょっと鈴木隊長っぽく見えてきた」

「あ、確かに。リーダーシップあるよな。体格とかも似てるし」

もちろん、そんなわけはないとお互いわかっている。鈴木隊長なら特徴的なヒゲですぐにわかるし、わざわざこんなネタにもならないただの汚部屋に普通に作業をしにくるわけがない。ただとにかく、その働きぶりは本当に素晴らしい。

そんな話をしているうちに、部屋に置かれていたゴミ袋は一つ残らず運び出されてしまった。あっという間の体感だった。あれほどあったのに信じられない。スマホで時間を見てみれば、作業が始まってから一時間とすこししか経っていない。しかも、

「それではこれで作業の方は終了となります！　お代は今回、すこしだけ勉強させていただきました！」

差し出された請求書に書かれた数字は、二万五千円。それを見て、「えっ⁉」嶋は声を上げてしまった。勉強の意味はわからないし、四万円の予定がどうして二万五千円になるのかもわからない。

「あの、でも、電話した時に四万円って言われてて……」

「いえいえ！　個数は多かったんですが、重さがそれほどありませんでしたので！」

爽やかに言い切られ、背後からは「とっとと支払いしろよ、迷惑だろ」弥勒に急かされ、嶋は恐る恐る三万円を手渡す。鈴木隊長っぽい人は軍手を脱いでそれを受け取り、

「どうもありがとうございます！　今おつりと領収証お出ししますね！」マスクをずらし、テンプレートの領収証にぽんと鈴木の名のハンコをついて、五千円のピン札と重ねて嶋に差し出した。その顔をふと見て、

「ん……？」

もらった領収証を見る。

ハンコの名は、鈴木。

いや、よくある苗字だ。鈴木は珍しくない。鈴木はメジャーだ。どこにでもいる。群れでいる。その辺をうろついている。それが鈴木だ。でも鈴木だ……。眼鏡をひねり、マスクをずらした顔をまじまじとさらに見つめる。どう見てもやっぱりヒゲはない。でも、どうしても、なんか、なんだろう……？　あれ……？

嶋は頭の隅っこでヒゲの画像を独自に作成する。目の前の人物の顔に、作成したヒゲの画像をすぅーっとドラッグしていく。で、ドロップ。顔の輪郭と、ヒゲの形状がぴったりと重なったその瞬間、

「弥勒——————————！」

叫んでいた。

「うるせえな⁉」

「鈴木隊長——————————！」

「ああ⁉」

「弥勒——————————！」

「なんなんだよ⁉」

「鈴木隊長——————————！」

「おまえはなにを突然、」

嶋が震える指で差す人物の顔を見て、震える手で差し出す領収証のハンコを見て、顔をもう一度見て、視線がすぅーっとなにかをドラッグ＆ドロップするように動いて、そ

して弥勒も、

「しま――――――――――！」

叫んだ。同じ人物を指差し、「鈴木隊長――――――――――！」

そうなのだ。どう見ても「鈴木隊長――――――――――！」、ヒゲを顔につけてみればその人は「鈴木隊長――――――――――！」、ゴミ袋を魔法のように運び出した目の前の人は「鈴木隊長――――――――――！」、「弥勒――――――――――！」

「しま――――――――――！」「鈴木隊長――――――――――！」

鳴き声のように繰り返し名を呼ばれながら、鈴木隊長は相方と顔を見合わせて笑った。

「動画見て下さってるんですか？　なんかすいません、ありがとうございます。普段はもうこんな感じで、ただの一社員なので。ヒゲもあれ、つけヒゲなんです」

嶋と弥勒はもはや会話などできる状態ではない。突然のご本人登場に興奮を抑えられない。動物のようにひたすら右往左往、「それでは失礼いたします！」玄関に向かう二人の後を追い、階段を降りていくのも追い、エントランスを出るのも追い、トラックに乗り込むところまで見守って、

「チャンネル登録、お願いします！」

「もうしてます！」

声を合わせて答えた。そのまま遠ざかるトラックが見えなくなるまで手を振り続け、しばらくその場で肩で息をし、やっと正気を取り戻す。

「ほ、本物、だった……！　あれ！　本物の、鈴木隊長だった……！」

「やべえ、うそだ、鈴木隊長が俺の家に……！　うおぉぉぉ！　やべぇぇぇ！」

「うわあぁぁ～！　どうしよう、本物だった～～！　うわあああぁぁぁ～～～！」

「わあああぁぁぁ～～～～～！」

「うおおおぉぉぉ～～～～～！」

またおかしくなり始める。顔を見合わせて叫び、競走するように猛然と階段を駆け上がり、部屋に飛び込み、嶋はもうどうしていいかわからずに廊下からスライディング、リビングの床に転がる。足をバタバタさせながら顔を両手で覆い、その手の中で「本物だった本物だったびっくりしたびっくりしたあぁ～～～！」存分に叫ぶ。弥勒もその隣に転がり込んできてうつ伏せ、「ありえんのかよありえねえだろありえねえよもうなんなんだよ、つか！」

突然がばっと顔を上げる。

「……写真とか、一緒に撮ってもらえばよかった……」

それだ。嶋も跳ね起き、弥勒の真顔を見つめた。「……全然思いつかなかった……」茫然と呟く。なんということだ。あまりにも驚いて、突然の出会い過ぎて、まともな思考力を完全に失ってしまっていた。写真か。欲しかった。どうしよう、すごく欲しかった。握手もしてもらいたかった。サインとかも欲しかった。なにをしているんだ自分は。せっかく憧れの人と奇跡的な遭遇を果たしたのに、記念になるものがなにも残っていないじゃないか。あるのは記憶だけだ。どうしよう、馬鹿なのに。きっとすぐに忘れてしまう。この時ほど自分の頭のメモリの貧弱さを呪ったことはなかった。

「ていうか……」

嶋は小さく身震いした。これまでには感じなかった類の肌寒さをいきなり感じる。エアコンもちゃんとついているのに、どうしてこんなに寒いのだろう。まさかあの堆積していたゴミは、ひそかに熱を発していたのだろうか。それとも単純に物が減って、風通しがよくなったのか。

ガランとした部屋を改めて見回す。ソファ、ローテーブル、テレビ台。家具といえるものはそれしかない。そしてそれらは今、全部が不思議なぐらい小さく見える。なにもないのと同じに見える。

この部屋は、からっぽだ。

それに片付いたというよりは、なんというか、むしろ――

「……寂しい」

言ってしまってから、あ、と思う。違う。違った。間違えた。

汚い、と言おうとしたのだ。だって本当に汚いから。

今までろくに見えていなかった床には分厚く埃が積もり、色とりどりの小さなゴミが全面にびっしり散らばっている。壁は全体に茶色っぽく、ところどころベトついた油のようなものが垂れた跡が見える。汚れと劣化でまだらに変色したカーテンもくしゃくしゃだし、全貌を現した弥勒の寝床もやばい。シーツはあちこち大きく裂け、へたれて薄くなったマットレスは表面の布地が破れて中身の黄色いウレタンが見えている。もちろん家具も家電もすべてが埃まみれだ。

これまではゴミによって隠されていたこの部屋の真の姿が、今日、ついに露わになってしまった。

弥勒も起き上がり、今更のように服についた埃を払う。舞い散った埃がふわふわと銀の髪に降る。そうしてぐるりと部屋を眺め回し、

「終わってんな……」

一言呻いて、目を閉じた。閉じたその目を両手で覆い、また背中から床に倒れる。薄い腹がゆっくりと一度上下して、深く息をついたのが嶋にもわかった。同じように隣に寝転がり、並んでぼんやりと天井を見上げる。それきり会話が止む。ジェットコースタ一じみた情緒の激動に、なんだか急に疲れてしまった。きっと弥勒も同じなのだろう。

数日ぶりに弥勒と外出した冬の街は、すっかり陽が落ちて真っ暗になっていた。

チェーンの定食屋で夕飯を済ませ、「おまえは運動不足だからスクワットしながら歩け」だの「通りの果てまでダッシュしてまた戻ってこい」だの言われながら、そしてそ

れを全力で拒否しながら、嶋は弥勒の後をついていく。

きらきら光るイルミネーションで華やかに飾りつけられた商店街は、行き交う買い物客で随分と賑わっていた。嶋の息は真っ白だ。気温は多分、氷点下近い。それでもすこしも寒くないのは、きっと上着のせいだろう。ディズニーに行きそびれた日にも着ていた黒のロングダウンを、マンションを出る時に「寒いからこっち着てけ」と弥勒が放ってくれたのだ。

サイズはだいぶ大きいが、すごく温かい。それに絶対、舐められない。熱を保つ空気の層に守られた身体は、妙にふわふわと落ち着かなかった。柔らかなものでくすぐられているみたいで、なぜだかどうしても口許がゆるんでしまった。

前を歩く弥勒の真似をして、ちょっと背を丸め、ポケットに両手を突っ込んでみる。同じ歩幅で歩いてみる。真冬の風を肩で切って早足、かっこつけてスタスタと進む。が、「あ、あ」すぐに躓《つまず》いてしまった。弥勒と自分では足の長さが絶望的に違い過ぎた。

と、弥勒が急に足を止める。寝具店の軒下に積まれたものをじっと見て、「しま！」声を上げて振り返る。

「これ、すっげえ安くね？」

なにかと思えば、大きな長方形のビニールバッグに収められた布団セット一式だった。現品限り九八〇〇円、と赤字で書かれた札がつけられている。布団セットの相場が嶋にはいまいちわからないが、弥勒はもう買う気になっているらしい。店内の人に手を振っ

て合図しつつ、

「布団敷けるスペースもできたことだし、おまえは今日からこれな。キープしろキープ」

まだ支払いもしていないのに、もう布団セットを掴んで嶋に押し付けてくる。勝手に触っていいものなのか戸惑うが、否応なく抱えさせられる。

「弥勒の分は？」

「これがラス一だろ。俺のはまた今度でいいよ」

店の人に一応確認すると、やはり布団セットは最後の一つだった。弥勒はさっさと会計を済ませて、再び商店街を歩き出す。嶋は大きな布団セットを抱え、よろめきながらその後を追う。

ドラッグストアでは掃除の次の段階に備え、用途別の各種洗剤やゴム手袋、クロスなどを大量に買い込んだ。あれだけのゴミを出したとはいえ、掃除が終わったとはまだいえない。あれではご褒美はもらえない。床も壁も家具もちゃんと拭いて、きれいに磨く。あの空間を清潔にする。それが嶋の次なる目標だった。

結局二人して大荷物になってしまったが、ゴミ袋を使い果たしてしまったことを思い出し、最後に最寄りのコンビニに寄ることにした。

今日もやる気のない「しゃいやせぇ」に迎えられ、目当ての物をカゴにいれる。暖かな店内をなんとなく一周しながら、嶋はふと、明日の朝の分の牛乳とクリームパンを今買ってしまおうかと思いついた。

弥勒、と背中に呼びかけようとして、しかし、寸前でその声を飲み込む。伸ばしかけた手もそっと下ろす。

今、このコンビニの真っ白い光の下で、突然わかってしまった。

自分は別に、牛乳とあのパンが欲しいわけではない。あれが好きなのではない。欲しいと思うのも、好きだと思うのも、朝に見つけて嬉しくなるのも――弥勒が買ってきてくれるからだ。

そのとき弥勒は自分を思い出してくれている。あの部屋で暮らしている自分を、弥勒は受け入れてくれている。そう思える。

だからだ。

「……ははっ！」

シンク上の明かりの紐にぶら下げられているレジ袋を思い出して、嶋は思わず笑ってしまった。慌てて口許を押さえる。あんなの、知らない人が見たら一体なにかと思うだろう。意味が分からないだろう。でも、自分には大切なのだ。フラフラになった帰り道にあれを買って、ああしてぶら下げておいてくれる人がいることが、自分にはなにより も大切なのだ。

明日の朝も牛乳は冷蔵庫に入っている。パン入りのレジ袋も紐にぶら下げられている。弥勒は、絶対に買ってきてくれる。大丈夫だ。だから今は買わないでいいし、弥勒にもなにも言わないでいい。自分はただ、朝を待てばいい。それは眩しくて、嬉しくて、くすぐったくて、うずうずと跳ね回りたくなるような、そういう朝だ。弥勒がくれる、新しい朝だ。嶋はまだゆるんだままの口許をコートの袖口で隠して、すこし先をいく弥勒の背中を追いかけた。

その弥勒はなにも知らないで、レジの手前で身を屈めてスイーツの棚を覗き込んでいる。「お、ケーキ」のん気な声を上げている。

「おまえ夕飯あれだけじゃ足らねえだろ。こういうのも食えよ。ほらこれとかいいじゃん、スペシャルっぽいシールが貼ってある。えーっとなんだ、メリークリ……あぁ⁉」

いきなり驚いたように身を跳ね起こした。店内の、そういえばやたらキラキラぴかぴかと派手に飾り付けられた様子を見回し、もう一度スイーツの棚を見て、ケーキを見て、

「今日クリスマスかよ⁉」

「えっ⁉」

嶋も驚いた。慌ててスマホを取り出し、日付を見て、「いやいや違うよ」なぜかほっとする。「今日はまだ二十三日だって」別にクリスマスだとなにがあるというわけでもないのだが。汚部屋に閉じ籠って黙々とゴミを分別しているうちに、日にちの感覚を完全に失っていたらしい。

弥勒は「うお～、焦った……！」胸に手を当てて、本気で安心している。「大事な営業イベント、スルーしたかと思った……！」ホストとしての業務上、リアルな事情があ

ったらしい。

「まあ、まだクリスマスじゃなくてもクリスマスケーキは食っていいよな。売ってんだしさ。好きなの選べよ」

嶋は並べられた小さなケーキを見比べ、しばし悩んで、結局首を横に振った。「今日はやめておく」「なんで」さっき食べたばかりの黒酢餡かけ鶏唐揚げ定食（ごはん大盛×2）でまだ満腹なのもあるが、それよりも、

「本番は明日だからな。俺はケーキ、明日食べる」

「あ？　ガキが細けえこと言ってんじゃねえよ。つかそれ言ったら、クリスマスの本番ってあさってじゃねえか。明日はクリスマスイブだろ。クリスマスの前日じゃん」

「違うよ。『イブ』はイブニングのことだよ。クリスマスイブはクリスマスの夜っていう意味。つまり二十四日もクリスマスの本番で間違いない」

「ほんとかよ。つか、なんでおまえがそんなこと知ってんの。はっ、まさかそれも鈴木隊長が言ってたとか？」

「いや、あそこに書いてあった」

嶋が指差す先には店長手作りと思しきチラシが貼ってある。イブはイブニングのイブだから、クリスマスイブとはクリスマスの夜という意味である、と。そんなわけなので、二十四日の夜に間に合うようケーキのご予約はお早めに、と。

それで弥勒も納得したらしい。「じゃあケーキは明日だな」レジに向かう背に、嶋は

大きく、うん、と頷いた。

マンションまでの真っ暗な道を、再び二人は歩き出す。一旦家に帰って、それから弥勒はまた仕事だ。その間、自分は眠って朝を待つ。明日はあまり遅くならないうちに弥勒を起こそう。二人で一緒に外に出て、ケーキを買ってもらおう。それを夕飯の時に食べるのだ。約束した。そういえば他にもなにか約束があった気がする。なんだっけ、と考え始めて、嶋はまた笑い出しそうになってしまった。弥勒との約束が、どんどん増えていく。大きいのも、小さいのも。こうやって明日も生きていける。あさっても、その次も、こうやって弥勒と暮らしていける。約束は繋がりだ。毎日増えるし、強くなる。いつまでも途切れることはない。

終わりのない日々は、このままずっと続いていくのだ。

軽いスニーカーで弾むように夜道を進みながら、嶋はいつしか自然と鼻歌を歌っていた。それはかすかな声になり、段々とボリュームを上げていき、やがて意味のある歌になった。気付いた時には、大きな声で力強く歌い出していた。なにを歌おうと思ったわけでもなかった。それは勝手に口から出ていた。

ピアノを売却して欲しい！　電話をかけて欲しい！　そう訴えかけてくる、あの——あの、ＣＭの歌。あのおじさんの歌。

嶋があまりにも唐突に、しかもやたら朗々といい声で歌い上げ始めたから、弥勒はぎょっとしたように振り返った。そのまま数秒固まって、「……おい。よせ」もっとも～

っと！「……恥ずかしいだろ。やめろ」みんなま〜るく！「……つか、おまえ……っ」ついに噴き出した。両手の荷物を揺らして大笑いしながら、「な、なんでだよ⁉　いきなりどうしたよ⁉」苦しそうに身を捩る。「つかおまえ、それ怖かったんじゃねえの⁉」

布団のセットを胸に抱えたまま、嶋はまだ歌い続ける。すれ違う人々にも「え、あの曲」「ぶっ……」笑われながら、堂々と張りのある声で何度でも繰り返す。なにも怖くなんかない。心には今、喜びだけがある。

この歌は、笑い出したい気持ちの代わりだ。

また朝が来ることが嬉しくてたまらない、新しい次の朝を探しに駆け出したくてたまらない、そういう気持ちを叫ぶ代わりだ。

伸びのある声で腹の底から思いっ切り歌って、最後のフレーズとともに身体の中の空気を全部吐き切って、そして嶋は夜空を見上げた。

でも探しているただ一つの星はそこにはないし、冬の星座を作ってもいない。

「気はすんだかよ？」

それはエントランスの扉を肩で押し開きながら嶋を振り返っている。そこで嶋を待っている。笑い過ぎたせいで顔を真っ赤にして、すこし息を切らしている。

嶋は思った。どんなに暗い夜の中にいても、俺はそれを絶対に見つけるだろう。どんなに深い闇の中にいても、どんなに遠いところにいても。

俺は絶対に、弥勒を見つけるだろう。

＊＊＊

突然鳴り響いた大音声に、思わず顔を跳ね上げる。

日付が変わる直前だった。そろそろ作業も切り上げて、シャワーを浴びて寝ようかと思っていた。雑巾で床を拭いていたポーズのまま、嶋は首だけ動かして辺りを見回す。大きな音はまだ鳴り続いていて、なにが起きているのかまったくわからない。とりあえずローテーブルまで這っていって、流しっぱなしにしていた鈴木隊長の動画を止める。

この激しい、うーっ、うーっ、と繰り返される不快な音はどこから出ているのだろうか。立ち上がり、音の出所を探す。天井についている小さな謎の装置から聞こえてくるようだ。なんなんだよ、と見上げてみても、止む気配はない。とにかくものすごくうるさい。とてもではないが無視することなどできない。

弥勒はまだ数時間は帰らないだろう。凄まじい音がシャワーのように頭上から降り注ぐ中、一体どうすればいいのかわからず、嶋はとりあえずスマホを摑んだ。マンション、天井、丸い、鳴る、で検索してみると、いくつかの画像が出てくる。一番似ている物は、

（火災警報器……？）

らしい。

ということは、これは、火災？　火事なのか？　今？

「……え？」

途端に、心臓にギュッと嫌な痛みが走った。

いや、でも、そんなわけない。火なんか自分は使っていない。一応キッチンの方を見に行くが、もちろんコンロに火などついていなかった。二口あるバーナーを手で触ってもみるが、当然どちらも冷え切っている。魚焼きグリルがあるのに気付き、中を覗きながら奥まで手を突っ込むが、やはり冷たいだけだった。

サッシを開き、ソックスのままベランダに出てみた。外は凍えるような寒さで、シン、と静まり返っている。特に変わった様子などなさそうに思える。それでもしばらくキョロキョロしていると、すぐ上の方から話し声が聞こえてきた。「えー怖いよー、なんだろう」女の人が不安そうに言っている。「どうせただの誤作動でしょ。たまにあるんだよこういうの」落ち着いた様子で男の人が答える。他の部屋でもこの音は同じように鳴り響いているらしい。誤作動……それならいいのだが。

嶋は部屋に戻り、サッシを閉めた。音はまだ止まないが、誤作動ならもう放っておくしかない。それともなにか止めるための操作の手順があるのだろうか。一応、弥勒に『火災警報器が誤作動してる。止め方がわからない』とＬＩＮＥを送ってみる。しばらく待つが、なかなか既読にはならない。仕事中だし、当たり前か。きっともう酔っぱらってもいるだろう。

はあ、と息をつき、耳を両手でおさえる。なんでもいいから早く鳴り止んでほしい。この音の中ではなにもできない。嶋は落ち着きなく室内をうろうろする。すこしでも静かなところにいたいが、どこにいてもちゃんとうるさい。警報なのだからそういう仕様なのだろう。とにかくシャワーを浴びてしまおうと思い、一旦バスルームへ向かうが、狭い空間に反響する音のうるささに耐えられなくてすぐに飛び出してしまった。いっそのこと落ち着くまでベランダにいようか。室内よりもまだ静かだ。もちろんめちゃくちゃ寒いが、コートを着ればしばらくは耐えられるかもしれない。悩みながらまたサッシの方を振り返ったその時、

「あれ？」

外から聞こえてくる音に気が付いた。

遠くからこちらに近付いてくるのは、聞き間違えようもなく消防車が鳴らすサイレンだった。それも一台ではなさそうで、嶋は驚いて飛びつくようにサッシを開け、再びベランダに出た。下の通りを覗き込んで、ゾッと硬直する。見たこともないような真っ赤な光の隊列。いつの間にか消防車が何台も連なって、激しくサイレンを鳴らしながら、このマンションの下に集結しているのだ。ただの誤作動でこんな騒ぎになるのだろうか。わけがわからないまま茫然とそれを見下ろしていると、やがて室内からも警報音ではない別の音が聞こえてきた。なにか言っている。弾かれるように中へ戻る。

火事です！　火事です！　速やかに避難を開始して下さい！　火事です！　火事で

す！　速やかに避難を――繰り返される合成音声は、インターホンから流れていた。そのインターホンのパネルの、管理人室、という部分がオレンジに点灯している。

それを見ながら、聞きながら、嶋の足は竦んでいた。身体が動かない。わけがわからない。どうしよう。どうすればいいんだ。だって、……誤作動ではないのか？　じゃあ、これは、本当の火事なのか？　でも、そうだとしても、そうだとしたら……どうすればいいんだ？　全然わからない。なにもわからない。

開けっ放しのサッシの外から、ノイズ混じりの拡声器の声が聞こえてくる。『住人の方、速やかに外に出て下さい！　はい、出入口開けて！　そこに留まらないで！』またベランダに駆け出て、下の通りを見下ろす。真下にはいつの間にか驚くほどたくさんの消防士がいて、マンションから出てきたまばらな数人を規制線の外に誘導している。

（……に、）

『出て！　住人の方！　早く外に出て！』

（……逃げ、なきゃ……）

そう思った瞬間、頭の中が痺れたようになる。真っ白になる。呼吸がビクビクと戦慄き出す。ひっ、ひっ、ひっ、と腹がいきなり引き攣《つ》れ始めて、自分の耳にもそのおかしな息の音が聞こえる。背筋が強張り、手足が震えて、嚙み合わなくなった歯がガチガチと鳴る。

どこをどう進んでいるのかも自分ではもうわからなかった。とにかく廊下から玄関へ出て、ドアを大きく開いた。ちょうど隣の部屋の人もドアを開けて外に出ようとしていて、「急いで！　貴重品は持った⁉」中に声をかけている。（貴重品⁉）嶋は一瞬立ち止まり、すぐに泳ぐように身を翻し、室内に取って返し、きちょうひんとやらを探す。（きちょうひん！）でもきちょうひんってなんだ。ローテーブルの上をひっかき回し、クロゼットを開けて両手を突っ込み、ソファの下を覗き込み、もはやなにを探しているのか、なにをしているのか、自分でも全然わからない。（きちょうひん！）もう意味がわからない。泣きそうになりながら手当たり次第にそこらじゅうを引っ掻き回し、叫ぶように思う。呼ぶ。きちょうひん！

だいじなもの！

「……っ」

手に触れた物を反射的に握り締め、鳴り響く警報音と合成音の嵐の中を転びかけながら玄関に取って返す。スニーカーに足を突っ込み、外廊下へ飛び出す。エレベーターは多分使っちゃだめだろう、とっさに判断して階段に向かうと、「やだもう、怖い」「なにか臭いとかする？」「わからないよねえ」上階の住人たちが口々に話しながらぞろぞろと降りてくるのに出くわした。「こんなの初めてだよ」「コタのリードついてるよな？」犬を抱えている若い夫婦、「いやだ、暗いわ」「階段なんて……」手をつないでいるお年寄り、「ねえ寒い！」「ママ、これほんとの火事？」「ねーえ！　ママー！」「ゆうくんやめて！」「マーマー！」こどもを連れた家族もいる。背負ったナップザックから猫が顔を出している人も、「な〜にハナちゃん、どしたの〜」その猫をあやすように撫でる人も。「あ、よしえさんいた！」「足は大丈夫？」「それより502のおじいちゃんは？」「おんぶされて先に降りてったよ」「よかったあ」お互いに声をかけ合って、顔を合わせては手を振り合って、狭くて暗い階段をゆっくりと連なって降りていく。みんな家族がいるようだ。住人同士で顔見知りのようだ。

嶋は、一人だった。

小さなこどもというわけでもなく、知っている相手でもない嶋に、わざわざ声をかける人などいない。たった一人、黙ったまま、震えながら、今にも竦んで立ち止まってしまいそうになる足を必死に動かして、嶋は非常灯が照らす階段を降りていった。

エントランスから外に出るなり、『出入口から離れて下さい！　この線から外に出て下さい！』少し離れた路上の植え込みの方へ誘導される。もう随分たくさんの住人がそこに集まっていて、スマホを掲げた野次馬らしき人々もいて、波打つ光で真っ赤に染まったその一角は騒然としていた。

しかし消火活動をしている様子はなく、たくさんの消防士たちはただ続々と隊をなしてマンションの中へ入っていく。パトカーも来ていて、警察官の姿もある。戻ってはいけない、と指示だけをされて、説明などはまったくないままだ。

騒々しい喧噪の輪から外れ、植え込みの前に一人ぽつんと立ち尽くして、嶋はまだ震えていた。着ているのは掃除で汚れたスウェットだけだった。震えが止まらないのは寒さのせいか、この非常事態のせいか、自分でももうわからない。他の人たちは集まって、さかんになにか話をしている。「六階の……」「料理が……」「でも煙は……」情報は知りたかったが、嶋にはよく聞こえないし、なにを話しているのか訊ねることもできない。近付くことすらできない。

違う銀河にいるほどの距離を唐突に感じ、ふと思った。

一人でいるのは、自分だけだ。

周りから隔絶されて、誰にも存在を気付かれてもいなくて、自分だけが一人だった。なにか間違っているんじゃないか？　自分はここにいていいのか？　これでいいのか？　あっている？　間違っている？　なにもわからなくて、わからないままで、嶋はただそこに立っていた。なにかを探して視線を巡らせるが、なにを探しているのかもわからなかった。呼吸の仕方も忘れてしまった。吸うたび、吐くたび、強張る首が左右に揺れた。冷えた手足の感覚はもうとっくになかった。

闇を揺らす、真っ赤な光の波。

自分はたった一人で取り残されて、気付けば『みんな』からぷつんと切り離されてしまった。誰にも見えないし、誰にも気付かれない。

（俺を……）

ただ一人を除いては。

（思い出して……）

この世でただ一人。弥勒だけを、除いては。

弥勒だけが自分を見つけてくれる。弥勒だけが呼ぶ声に気付いてくれる。弥勒だけが助けてくれる。弥勒だけが、いてくれる。この世界で、この宇宙で、たった一人だ。弥勒だけだ。

でももちろん、

（……仕事中じゃなければ、だけど……）

そういうことだ。

だから誰も来てくれるはずがなかった。いくら探しても、誰も現れるわけがなかった。そう思うのに、それなのに、──その声は聞こえたのだ。

嶋は動物のように、「……っ」伏せていた顔を突然跳ね上げた。やっぱり聞こえる。空耳じゃない。ひゅっと酸素が胸に満ち、肺が膨らむ。滲みかけていた涙が一気に引っ込む。身体の震えも止まる。足が、やっと地面にしっかりとくっつく。「み」

赤く波打つ恐ろしい光をかきわけ、通行止めの車道を横断して、野次馬の群れをかきわけ、軽々とガードレールをジャンプして、「み、ろ……」

「しまぁ！」

まっすぐに飛び込んできたのは、弥勒だった。でも仕事中なのに、どうして。そう訊くこともできない。

「おまえっ……こ、この野郎！　つか、スマホ……っ！」

銀の髪をぐちゃぐちゃに乱し、透けそうに薄いシャツは大きくはだけ、コートも着ずに。腕を伸ばしてくるなり真正面、嶋の肩を摑んでガクガクと揺さぶる。「まじで、このっ、……この野郎……っ！」嚙みつくように叫ぶ、その必死の形相。

「……弥勒……！」

やっと名前を呼んだ瞬間、弥勒の身体がガクッと崩れ落ちた。嶋の足元にへたりこんで膝をつき、そのまま立ち上がれない。驚いて、嶋は弥勒を支えようとした。腕を摑んで気が付いた。

弥勒が震えている。

見上げてくる顔は汗に濡れ、青褪《あおざ》めていた。完全に血の気を失って、息を切らして、苦し気に喘ぐ唇までぶるぶると震えていた。

「……きゃ、客が……」

「待って待って」

話し出そうとするその腕を引っ張って、とりあえず植え込み前の石段に座らせる。嶋も隣に座る。弥勒はものすごい顔色のまま、頭を抱えて両脚の間に突っ込むように深く項垂れる。

「客が、……なんか、火事みたいって……通り、消防車でいっぱいって、教えてくれて……で、場所、聞いたら……うちじゃねえか、って……そんでスマホ見たら、おまえからなんか、来てるしよ……！　つか、火事って一体どこが、おえ！」

弥勒は身を捻るなり、植え込みの根本にカジュアルに吐いた。その口許を手の甲で拭きながら顔を上げ、「だ、大丈夫?」嶋の問いに答えるように「おうえ!」もう一度吐いた。そして片手でカサカサ、吐いた痕跡を隠すように枯れ葉を寄せ集める。低い声で「栄養……」呟く。

客から火事の話を聞くなり、弥勒はすべてをほっぽって店から飛び出してきたのだという。通りでタクシーを探したが拾えず、結局店からここまで十分以上も全力でダッシュして、そして一人で突っ立っている嶋を見つけた、と。でも仕事中に店を飛び出すなんて、そんなことをしてよかったのだろうか。嶋がそう訊ねると、

「いや、つか、おまえ……!」

弥勒は伏せていた顔を上げた。まだその肩も、唇も、見てわかるぐらいに震えている。

「おまえ、何回電話しても出ねえし……!　つか、スマホは!?」

「あ。置いてきた」

う・あ・あ……呻きながら銀の髪を激しくかき回す。ぎゅっと目をつぶり、また深く項垂れる。苦しそうに声を絞り出す。

「……おまえが、俺の部屋にいること!　誰も、知らねえじゃん……!　もしなんかあって、逃げ遅れたりしても、誰にもわかんねえじゃん!　気付いてもらえねえじゃん!　そしたらおまえ、おまえ、もう……とか、思っ……な、……なんか、も、……俺、なん、……くそっ」

弥勒の言葉はそこで途切れた。頭を抱えたポーズのまま、身体を折ってまた深く伏せてしまう。その肩も、その背中も、息をするたびにヒクヒクと跳ねる。

「……大丈夫だよ」

大丈夫じゃないかも、と思いはした。本当はものすごく怖かった。パニックだったし、とにかく不安で、心細くて、ずっと泣きたかった。でも。

「ほら。俺は大丈夫だ」

銀の髪の中に埋められたままの白い手に、震えている弥勒の指に、嶋は触れようとした。が、「あれ？」自分の手が全然思い通りに動かないことに気が付く。震えも止まり、もう血も通っているはずなのに、なにかをぎゅっと握り込んで固まっている。開こうとしても開かない。あれ、ともう一度呟いたところで弥勒が顔を上げた。強張る嶋の握り拳に目をやって、

「おまえ……スマホも忘れて、一体なにを持って……つか！　握力！」

指を一本ずつ、こじ開けるように広げていく。やがてそれは現れた。嶋がたった一つ、あの部屋から持ち出してきた物。

クマさんの飾り付きのヘアゴム。

二人揃ってしばし絶句し、そのままがっくりと脱力した。嶋にもさすがに理解できない。なんで自分はこの一大事に、こんなものを……

「ば、」

弥勒の震え声に、

「……っっっかじゃねえの……⁉」

言い返すこともできやしない。本当にばかだ。間違いなく、ばかだ。「はは……」ともう力なく笑うことしかできない。なにをやっているんだか。持ち出すならどう考えてもスマホだろうが。自分をどつき回したくなる。スマホさえあれば、連絡がとれれば、弥勒をこんなに焦らせないですんだのに。

こんなに、怖がらせないですんだのに。

「……ごめん……」

突然ぐいっと引き寄せられて、弥勒の肩に顔が埋まった。弥勒は嶋の首に腕を回し、そのまま強く力を込めて、しばらく静かに息をしていた。

脈を打つ熱い肌に顔をくっつけて、眼鏡が思いっきりずれるのも放っておいて、嶋は自然に目を閉じた。よかった、と思う。大丈夫だ、と思う。怖かったけれど、もう本当に、絶対に大丈夫だ。ここは安全だ。心の底からそう思い、疑いも曇りも何一つない。すべてを信じた。すべてを預けた。自分という人間のすべてを開け放ち、すべてを弥勒に明け渡した。そうしたかった。

「……弥勒が、帰ってきてくれてよかった」

他にはもうなにもいらない。

「今、ここにいてくれてよかった」

頭をポン、と叩かれて、ゆっくりと目を開くと、弥勒が顔を覗き込んでいた。

やっと安心したように微笑んでいて、でも、(……あれ?) 嶋はずり落ちた眼鏡を指で押し上げる。不思議だった。弥勒の微笑みの表情は、なぜか泣き顔のように見える。

不意に思い出したのは、初めて弥勒と会った夜のことだった。弥勒は確か、あの時もこんな顔をしていた。あの時は、泣いている顔には見えなかったけれど。ただ微笑んだようにしか思わなかったけれど。

あの時——一人ぼっちで落ちてきた嶋を、助けてと泣いた嶋を、弥勒はただ「いいよ」と、そんな一言だけで受け止めてくれた。

真っ白な手は蝶のようだった。ひらりとそれは近付いてきて、嶋に触れた。この顔を汚す涙と血を、乾いた掌が拭ってくれた。

あの温かな手。優しい手。救いの手。

一人ぼっちの夜を越え、新しい朝へと渡れるように、導いてくれるただ一つの手。

同じ手をして、弥勒は今もここにいる。

弥勒はずっと、泣き顔をしている。


火事は、結局のところ起きてはいなかった。

消防の説明によると、マンション内に鍋を焦がしてしまった住人がいて、火は出なかったものの煙が上がり、火災警報器が作動したらしい。それに驚いた別の住人によって非常ベルが押され、消防にも通報が入ったのだ、と。

それを聞くまでにたっぷり一時間以上も真夜中の路上で待機させられ、冷え切った住人たちはそれぞれ散々に疲れ果てた様子でマンションの中へ戻っていった。

嶋と弥勒も、「寒い、寒い……」「ト、トイレ……」ガタガタ震えながらようやく部屋に帰りつく。

一息つく間もなく、嶋はすぐにシャワーを浴びることにした。急いだのは、弥勒も早く身体を温めたいだろうと思ったからだ。頭も身体も慌ただしく洗って、髪も慌ただしく乾かして、「シャワー空いたよ！」十分とかからずに部屋に戻るが、しかし弥勒はこのまま店に引き返すという。店自体はもう閉店時間を過ぎていたが、すごい勢いで飛び出していった弥勒を心配して、それまで接客していた相手がまだ待っってくれているらしい。だったらゆっくりシャワーをしてもよかったと思うが、後の祭りだ。

「一応事情は説明したけど、まあ、なにもかもほっぽり出してきたからな。おまえはとっとと寝ろよ」

そう言いながら弥勒はソファに寝ころび、めんどくさそうにあくびを漏らす。そのまま寝てしまえ、と嶋はこっそり思う。口に出したら怒られそうだからもちろん絶対に言わないが。

ローテーブルをずらし、買ってきた布団を敷いてみた。シーツもカバーもないままの真新しい布地は、枯草みたいな独特のにおいがした。伸べた敷布団の上に座ってみて、ふう、と小さく息をつく。

「俺、眠れるかな？　気分が全然落ち着かない……」

ついさっきまであんな騒動の只中にいたのだ。まだ胸がざわざわしているし、頭の中であの緊迫感ある警報音が今も鳴っているような気がしてしまう。

「鈴木隊長つけるか？　一気にレベル5に突っ込んだら全部ぶっ飛ぶんじゃねえの」

「ぶっ飛ぶだろうな……でも別にぶっ飛びたくはないな……」

「なら、ジブリいく？」

「あー……ジブリいく」

「トトロいく？」

「……トトロいく」

弥勒がしゃがんでDVDを入れ換える後ろ姿を、嶋は布団の中からじっと眺めていた。なぜだか、目を逸らすのがもったいないような気がした。再生が始まって、弥勒は部屋の明かりを小さく落とす。

「久しぶりの布団はどうよ。いい感じ？」

「……弥勒」

「あ？」

「もう行く？」

「いや。おまえが眠るまではいるよ」

その言葉を聞いた瞬間、一気に身体から力が抜けるのを感じた。弥勒がソファにどかっと座る。嶋は眼鏡を外し、枕元に置いた。ぼやけた視界でもう何度も見たアニメをまた見ながら、自分がいつ目を閉じたのか、いつ眠りに落ちたのか、もちろん全然わからない。

弥勒がいつ部屋を出て行ったのかもわからない。

＊＊＊

随分深く眠っていたらしい。目が覚めて一瞬、どこにいるのかわからなかった。ゴミがなくなってガランとした部屋に、カーテン越しの陽射しが白く差し込んでいる。新しい朝の光が、すべてを眩く照らし出している。

眼鏡をかけ、スマホで時間を確かめると午前七時過ぎだった。いつもより随分早く目が覚めた。身体を起こし、大きく伸びをする。頭がすっきりしている。身体のどこも痛くなくて、それがもはや新鮮だった。ここに来てから、嶋はずっとソファで寝ていた。別に平気だと思っていたが、やっぱりソファは寝具ではない。寝るなら布団だ。

弥勒が埋まっているゴミの山を無意識に目が探す。でも、そうだ。この部屋にはもうゴミはないのだ。リビングには嶋の布団と、弥勒の寝床と、そっけない最低限の家具と、まだ整理していない服や生活用品だけ。物が少ない割に雑然と散らかっているのは、昨夜の火事騒ぎの中で、貴重品を探そうと嶋がひっかき回してしまったせいだった。

(弥勒がいない……)

ソファで寝ているのかとも思った。が、そこにもいない。立ち上がって隣の部屋を開けて見ても、バスルームにもいない。用を足しにいったトイレにももちろんいない。

あれ？　と嶋は一人、明るい部屋の真ん中に立ち尽くす。もしかしてまだ店から帰って来ていないのだろうか。何時に出て行ったのかわからないが、途中で抜けた分、残業的な仕事をしているとか？

キッチンに向かい、冷蔵庫を開けてみる。牛乳がない。シンクの上の照明の紐にもなにもぶら下がっていない。本当にまだ帰宅していないのだ。

からっぽに見える部屋は、隅々まで朝日に照らされて、やたらと広く感じられた。身の置き所がなんとなく定まらず、ぼんやりと辺りを見回す。弥勒がいない。でもそれ以外にも、なにか違和感がある。

視線を巡らせて、その正体がわかった。散らかった部屋の壁際に、クロゼットに突っ込んでおいたはずの制服とバックパックがまとめて置いてあるのだ。なぜだろう、と嶋は首をひねった。自分はこんなことをした覚えはない。寝る前も、こんなふうにはなっていなかった。なら、弥勒が？　自分が寝た後に？　でも、一体なんのために？

悩みかけたそのとき、玄関のチャイムが鳴った。

嶋はもちろん、弥勒だと思った。部屋の鍵を忘れたか何かして入れないのかもしれない。すぐに裸足のままで冷たい廊下へ走り出し、飛びつくようにドアを開こうとした。

が、その寸前、ドアの向こうからコツン、とヒールの音が聞こえた。それともう一足分、厚みのあるワークブーツの靴音。どちらも妙に聞き覚えのある響きで、嶋はぴたりと動きを止める。息を詰めて恐る恐る、ドアスコープを覗いた。

「……っ」

驚きのあまりに叫び出しかけた口を、片手できつく覆った。

そこには嶋の両親が立っている。

＊＊＊

おまえは、部屋を片付けたら全部くれると俺が約束した、と言い張った。

俺にはそんな記憶はなかったが、あまりにもしつこく「約束した！」「約束した！」「約束した！」と連呼され、もうそれでいいやと思ってしまった。なにがなんだかわからないまま、おまえの勢いに押し負けてしまった。

今ならすこしわかる気がする。あの頃の俺は、どうにかしなければいけないことをどっさりと抱え、でも自分ではそれがなかなかできず、とにかく焦っていた。自覚はなかったが、心のどこかで、なんらかの変化を求めていたのだ。現状を変えられる可能性があるなら、なんにでも飛びつきたかったのだ。

おまえみたいなガキを、俺はそれまで見たことがなかった。

ものすごく変な奴だった。本当にとんでもない奴だった。いわゆる異星人、もしくは宇宙人、とにかくおまえはそういう類の奴だった。

恐ろしいぐらいに弱々しいのに、意味不明なほど図々しく、そして謎にふてぶてしく、なのにやっぱり繊細で、何度も何度もぶっ飛ばしたいと思ったが、結局ろくに触れることもできなかった。本気で怒鳴ることさえできなかった。力加減を間違えたら、あっさり壊してしまいそうだった。俺はおまえのそういう部分に、結局ずっと怯えていた。

おまえはまるで生まれたての爆弾だった。

柔らかいのか固いのかもわからない。強いのか弱いのかもわからない。どこを触ったら爆発するのかもわからない。でもずっと抱えていなくてはいけない。そういう恐ろしいものだった。

感情の読めない無表情でいると思えば、俺の背後で声を殺してへらへら笑っている。黙ってなにか考え込んでいると思えば、突然路上で歌い出す。要するに、おまえはばかなのだ。見た目だけは賢そうだったが、おまえは多分、本物のばかだ。

おまえは世の中のことをなにも知らなかった。でも、それはおまえがばかだからではない。十五だったからだ。この俺だって、十五の頃はなにも知らなかった。

十五の俺は、なにも知らずに、バスケばかりしていた。俺にもまともな友達がいて、わりと夢中な彼女がいて、そして、姉がいた。姉はいつも食卓にテキストを広げ、難しい仕事の勉強をしていた。その後ろ姿を、俺はいつも眺めていた。テレビの音で邪魔をしたくなくて、静かな居間に二人きりで、夜中ずっと姉の背中を見つめていた。そうしていると、姉は背中に目があるように突然振り返り、「ぼーっとしてないで自分の勉強しな、受験生！」鬼のように目を吊り上げて俺を叱った。

そんな日々のことは、もう忘れてしまったと思っていた。

でも俺は、おまえといると、忘れてしまったはずのそれを、不思議なぐらいにくっきりと思い出すことができた。匂い、手触り、口に残る味、空の高さ、影の色……なにもかもが身体の中に蘇り、勢いよく溢れ返った。十五だった頃の自分が、自分の中に再生されるようだった。あそこからまた生き直しているような気さえした。

十五歳は、でも、結局のところただのガキだ。なにも知らないこどもだ。

それなのにおまえは、俺を大人だと言った。

なんでもかんでも、俺に要求を伝えれば思い通りになると信じ切っていた。自分はこどもで、俺は大人だから、そうなるのが当然だと思い込んでいた。そうならないと泣いて怒った。

俺は猛烈に困惑した。でも、考えてもいた。もしも、と。

もしも俺が本当に大人なのだとしたら。しまが言うような、しまが思っているような、しまが信じているような、真に本物の大人なのだとしたら。

俺はしまに、この手の中のこどもに、一体なにをしてやればいいのだろう？

子持ちの客に雑談めかして、こどもに必要なものを訊いてみた。睡眠と運動と栄養だと教えられ、忘れないように手の甲にメモまでされた。メモはぐにゃぐにゃで解読不能だったが、でも俺はちゃんと覚えていた。俺はそれをおまえに与えたいと思った。恐る恐る俺が与えたものを、おまえは喜んだ。きっと覚えてはいないだろうが、おまえは確かに、好きだと言った。

俺は、自分でもびっくりするぐらいに、そのことが嬉しかった。

そんなことを自分が嬉しがるなんて、想像したこともなかった。

俺のところにあれほどまっすぐ、あれほど深く、あんなふうにすべてを捨てて飛び込んできた奴は、おまえしかいなかった。

いつの間にか、俺はおまえといる日々に浮かれていたらしい。ずっと続くわけなんかないと初めからわかっていたのに、そんなことすら忘れていたらしい。

行きたくて行きたくて、でもついに行けなかった、あの夢の国をおまえも覚えているだろうか。

おまえとの日々は、俺にはあれだ。

夢のようだった。

現実の俺はおまえが思っているような大人ではなく、おまえに安全な暮らしをさせる能力もない。それを思い知らされたあの火事騒ぎの夜までは、ずっと夢を見ているようだった。

俺はやっぱり、大人ではなかった。

夢の国には行けなかった。

なりたいようにはなれなかった。

俺の時間は十五で凍り、止まったままだった。

俺という人間は、すでにあそこで終わっていた。

ずっとわからなかった。ずっと疑問に思っていた。あそこで俺は終わってしまっていたのに、どうしてあれから十年も生きてしまったのだろう、と。

俺が最初にその噂を聞いたのは小学生の時だった。

「おまえの『姉ちゃん』って、ほんとはおまえの『母ちゃん』なんだって？」

「おまえの『姉ちゃん』ってほんとはおまえの『母ちゃん』なんだって?」

はあ~? と、思った。むかつきさえしなかった。下らないことを言い出す奴がいるもんだなと本気で呆れた。

姉と俺は随分と年が離れていて、それは確かに珍しい。だからそんなことを言われたのだろう。

もちろん、姉は『姉ちゃん』だ。『母ちゃん』はちゃんと別にいた。俺は戸籍上でも確かに『母ちゃん』が産んだ二番目の子だった。とはいえ、『母ちゃん』は俺がまだ小さいうちに離婚して家を出てしまっていたから、実際は顔すら覚えていない。連絡なども一切なく、どこに住んでいるのかも、生きているのか死んでいるのかさえもわからない。

とりあえず下らない噂を言いふらしていた奴には「ばーか!」と叫んで、舌を出して、仲間みんなで大笑いしてやった。それで終わりだと思っていた。

しかしその後も、俺が中学に上がっても、噂は消えはしなかった。

6

うちは何度か引っ越しをしている。

俺たちが前に住んでいた町で姉の同級生だったなんとかさん、とかいう実在するかもわからない奴の、その知り合いとかいうさらによくわからない奴が、姉は中二でワケアリ男のこどもを産んだ、一家はだから町から逃げた、そう吹聴し続けているようだった。

そのこどもがあの弥勒だ、と。

そのなんとかさんが実在したとして、少なくとも姉のことを実際には知らないのだろうと俺は思った。

姉は真面目で頭がいい。

母親は行方知れずだし、親父も家にはろくに寄り付かない放浪系のクズだったから、姉は一人で大人になった。年の離れた弟の俺を、親代わりに育ててくれた。

俺を手放せという声もあったという。役所に相談して助けを求めろという声もあったという。でも姉はそうしなかった。たとえひと時だろうと、俺と引き離される可能性があることなら絶対に受け入れはしなかった。俺との間に他人の存在が入ることなど許さなかった。表向きはよくある一人親家庭として、でも本当は小さな俺とたった二人きりで、この社会の片隅にこっそりと隠れるように生きていこうとした。

実際、姉にはそうする力があった。

それを証明するかのように、俺の面倒をみて、家事をして、親父が思いつきのように置いていく金だけでは到底足りない生活費を稼いで、仕事の合間に勉強して、高校を通信で卒業して、大学を通信で卒業して、図抜けた成績を引っ提げて大きな会社に就職して、何十倍の競争を勝ち抜いて全額社費で大学院に通った。修士号をとった。二十代のうちに出世コースの第一歩といわれる役職についた。ここまで来たら、かわいそうな置き去りのこどもなどもうどこにもいなかった。俺もみじめな思いなんかしたことはなかった。すごいことだ、と誰もが姉を褒めた。はずれもいいところの家庭環境なんかに、姉は絶対に負けなかった。決して挫けないそのガッツによって、姉はどこでも大事にされた。

そういう人である姉が、中学生にしてワケアリ男とどうにかなるなんてことが果たしてありうるだろうか？　姉の真面目さや頭のよさ、そしてなにより人間性を実際に知っていれば、そんなことは絶対にありえないとすぐにわかるはずだ。当然だ。

＊＊＊

俺は十五歳だった。名前は弥勒。世の中のことなんか、なんにも知らなかった。

俺が本当のことを知ったのは、十五歳の冬。十二月二十四日、夜の九時過ぎのことだった。

同じクラスの彼女とのクリスマスイブのデートを終え、自宅に帰ると、姉が居間に突っ立っていた。

まだコートを着たままで、手には重そうな買い物袋もぶら下げていた。ネギかなにかが平和に突き出していた。見慣れた格好のその足元に、数か月ぶりに見た親父が倒れていた。

血を吐き、痙攣し、呻いていた。

――大変だ！

携帯をポケットから摑み出しながら慌てて駆け寄ろうとした俺を、しかし姉は、手に持った買い物袋で通せんぼするように制した。多分、それを押しのけることは簡単だった。でも、そうしなかった。できなかった。異常事態の真っ只中で、俺の足は竦んでしまっていた。

思わず取り落とした俺の携帯に、親父は倒れたまま、震える手を伸ばした。「きゅうきゅうしゃ」赤い泡をつけた唇が動いていた。「いてえ」「くるしい」と。

姉はその携帯を、ストッキングの爪先で、ごく軽く蹴り飛ばした。重さのない携帯は冗談みたいにくるくると回転して、親父の手が届かないところまで床を滑っていった。

そして姉は親父を見下ろし、「病気よ、これ。勝手にこうなってた。もっと苦しめばいいのにね」俺に、そう言った。まあいい、と。終わらせるのは私、と。見てな、と。

「こうする権利が私にはあるんだ」

「これよりもずっとひどいことを、私はこいつにされてきたんだから」

「十五年前もそう」

「私はまだ、こどもだったのに」

「私はまだ中学生だったのにさ……」

その言葉の意味がわからないほど、俺はもうこどもではなかった。

俺はずっと間違っていたのだ。噂は本当だった。姉ちゃんは母ちゃんだった。ワケアリ男は親父だった。これだけは、こんなにも残酷なことは、まだ噂にもなっていなかった。

姉の言葉を聞き、本当のことを理解して、俺の心はひゅーっとまっすぐに真っ暗な地獄の底へ落ちた。

現実に開いている両目とは違う目が、その闇の中で開くのを感じた。

そこで見たのはたった一人、怪獣に喰われている女の子の姿だった。俺にはずっと、その子が見えていなかった。ずっと見つけてあげられなかった。ここに落ちなければ見えないまま、この先も生きていくところだった。

親父にも姉の声は聞こえていたのだろう。なにをされるかわかったのだろう。さらに呻き、反り返り、逃げようともがいた。我を失って、俺を見て、血の唾の糸を口から長く粘っこくダラダラと垂らしながら言った。

「たすけて……」

その声は、俺の地獄のすみずみにまで沁みとおってくるようだった。反響して跳ね返り、跳ね返り、跳ね返り――増幅しながらきっと永久に続くんだろうと思った。俺の中で響き続けて、この先ずっと、決して止むことはないんだろう。

棒立ちの俺を横に押しのけ、姉はスカートがまくれてしまうのにも構わずに親父の腹にまたがった。

両膝で親父の腕をしっかりと押さえつけ、勝利を確信したみたいに高く振り上げられた片手の掌は、その時やたらと白く見えた。ひらりと蝶のように旋回してから、親父の血だらけの鼻と口を覆った。

「ぜんぶ、なかったことにしてやる」

親父はまだ生きていたかったのだろう。またがる姉を跳ね返そうと激しく暴れた。姉を睨みつけるように見開かれた目からは止め処なく涙が流れていた。しかし全体重をかけられた姉の掌は、かすかにも揺るぎはしなかった。姉は絶対に負けなかった。親父の身体は何度か跳ねるみたいに痙攣して、やがて、静かになった。俺は失禁していた。下半身をびっしょりと自分の熱い小便で濡らしたまま、なにか証拠が残ってしまうんじゃないか、それだけを恐れていた。姉は落ち着いていた。真面目で頭のいい姉が、そんな失敗をするわけがなかった。ただものすごく嫌そうに、涙と血で汚れた真っ赤な掌を親父の服で思いっきり拭った。

そして振り返り、姉は俺を見た。

生きて今、なおそこにいる俺を。そこにいることによって、ぜんぶが本当に起きたという現実を姉に突きつけ続ける俺を。

その目。

「帰ってきたら父が倒れていたんです。びっくりして、なんとかしなきゃって、そうしたらそこに弟が」「俺が帰ってきた時、姉ちゃんは親父にどうにか呼吸をさせようとしていました。でも」「上手くいかなくて、パニックで、携帯で救急車を呼んだけど、」「もう手遅れで……」

姉と俺の説明に矛盾はなかった。誰もなにも疑わなかった。死因は大動脈瘤の破裂に伴う窒息だ。

こうして女の子を苦しめる悪い怪獣は死んだ。俺は秘密の目をもった。この目で地獄を覗き見てみれば、そいつのしたことは何度でも、そいつの上げた最期の声とともに、俺の中に生々しく蘇る。

そしてそこはまだ終わりではない。その先がある。そこにはまだ、俺が存在している。

そうだろ？　姉ちゃん。

姉ちゃんは、ぜんぶなかったことにしたいんだろう？

俺が存在している限り、姉ちゃんの苦しみは終わらないんじゃないの？

俺がこの目で俺の地獄を見ているように、姉ちゃんはその目で姉ちゃんの地獄を見ているんだろう？

今もまだ、終わりにはできていないんだろう？

答えてくれよ。答えが聞きたいんだよ。答えが欲しいよ。

俺は？

――俺は、いいのか？


（だれか）

答えは返らない。

（たすけて）

俺の声は誰にも届かない。

＊＊＊

物音を立てないよう、嶋は玄関ドアからそっと身を離した。

でも、なんで？　本当にどうして？　そう喚きたくなるのを必死に飲み込む。とにかくわけがわからない。全然意味がわからない。一体なぜ、両親がここに、今このドアの向こうにいる？

弟とのＬＩＮＥは昨夜も普通に続いていた。今朝はまだだが、いつもこんな早い時間にやりとりすることはない。内容にも特に異変はなかったと思う。飯はあんなだったこんなだった野菜いらねー腹いっぱいー、そんなもんだった。そうやって自分を油断させておいて、実は家出をばらしていたとも思えない。弟が兄である自分を裏切るわけがないし、そもそも自分がここにいることを弟は知らない。

そうしているうちにまたチャイムが鳴る。ドアを隔てて息遣いさえ聞こえる気がする。もはや悠長に悩んでいる場合ではなかった。とにかく、どうやってここから脱出するか考えなくては。玄関がダメならベランダからか？　配管を伝うなどすれば、どうにか下まで降りられないか？　足音を立てないように室内に戻り、サッシを開けてベランダに出る。その気になって真下を覗き込み、即、

（絶対、無理だ……）

さすがの嶋でも本能的に理解した。想像しただけで腹がぞわっとする。この高さを垂直に降りていくなんて、自分にはどう考えても不可能だ。

またチャイムが鳴る。連打される。逃げ場はない。今はとにかく居留守を使って、時間稼ぎをするしかないのかもしれない。両親はそのうち諦めて立ち去るか、それより先に弥勒が帰ってくるか、――そうだ。弥勒だ。弥勒がいる。

祈るように両手を合わせ、

（弥勒、早く帰って来てくれ……！）

チャイムの音に耐えるように目をぎゅっと閉じる。部屋の真ん中にしゃがみこみ、唇を噛み締める。怖いぐらいに心臓が高鳴っている。なにかもう、ぶっ壊れてしまうんじゃないかとさえ思う。息も苦しい。頭もクラクラする。全身が激しく脈打っている。昨夜に続いてなんなんだ。ストレスどころの騒ぎじゃない。寿命が物理的にゴリゴリ削られていくようだ。

（弥勒、弥勒、弥勒……！）

とにかく、ここを耐えなくては。弥勒が帰って来るまで耐えなくては。弥勒さえいれば大丈夫、弥勒がいればどうにかなる、だからそれまでどうにか、

「幸紀！　早く開けなさい！」

「……っ」

外からくっきりと聞こえた母の声に息が戦慄《わなな》いた。本当に、すぐそこにいるんだ。さらに身体を小さく丸め、口許を両手で押さえる。ここにまだゴミが積み重なっているかのように、その防壁の陰に隠れるように、嶋は必死に頭を低く下げる。ドンドン！　とドアを叩く音の衝撃が骨まで響き、震わされる。震わされるたびにすこしずつ、見えない防壁が壊れていく。

「開けないと警察を呼ぶことになるよ！　そうしたらあの彼は、『弥勒』は、誘拐罪で捕まるのよ！　あんたはそれでいいの⁉」

反射的に顔を上げた。瞬きして、玄関を振り返る。（……え？　え？　なに？）今、母親はなんて？　よくわからなかった、でもたしか、警察？　捕まる？　弥勒が？　いや、どうして弥勒を知ってる？

なんで？

「お母さん本気だよ！　本当に呼ぶからね！　今、スマホで110するから！」

「……え、あ、……まっ、」

跳ねるように身を起こし、嶋は廊下を全力で走った。それはだめだ、それは待ってくれ、ドアに飛びつく直前にバーロックをかけることを思い出したのは我ながらファインプレーで、

「警察なんか呼ぶな！」

二十センチほどの隙間から叫んだ。

「弥勒は俺を助けてくれたんだ！　俺をずっと守ってくれてた！」

「わかってるわよ！」

同じ強さで叫び返され、息を飲む。母親が、泣いている。真っ赤な顔をぐしゃぐしゃにして、こめかみに怖いぐらいくっきりと血管が浮いている。その後ろには父親もいて、

「頼むから、お母さんにそんなことさせないでくれ」

疲れ果てた顔色で、いつもきちんと剃っているのに無精ひげのままで、嶋をまっすぐに見つめている。嶋は父親の仕事を知っている。その使命の重さを知っている。急に休みを取ることがどれほど難しいことか、勤務があるはずの金曜日の朝にここにいるというのがどれほどありえないことか、どれほどの気持ちで患者を後に残して来たのか、どれほどの気持ちで今ここにいるのか——父を知っているから、嶋にはわかってしまう。

「開けなさい」

無視は、できなかった。

一度ドアを閉じ、しかし躊躇は数秒。躊躇したことをごまかすみたいに、スニーカーに足を入れる。恐る恐る、バーロックを上げる。そうしたいわけでは決してなかったが、後悔するのもわかっていたが、それでもそうせずにいることは嶋にはどうしてもできなかった。

ドアはすぐに大きく開かれて、もう後悔する。先に玄関に踏み込んできたのは母親だった。その勢いに嶋は思わず後ずさりするが、「帰るぞ」父親にすごい力で腕を摑まれ

る。引き寄せられる。

（弥勒……）

母親は靴を脱ぐなり部屋の中にずかずか入って行って、すぐに戻ってくる。その手には、まるでこうなることを予想していたようにわかりやすくまとめられていた嶋の荷物を抱えている。嶋のスマホもちゃんと持っている。玄関先に置かれたままのローファーにも気付き、それも持つ。

（弥勒、早く……！）

「これで全部ね!?　忘れ物はないわね!?」

「いやだ！」

このまま引きずり出されるのだ。やっと理解した。全力で抵抗し、足を踏ん張った。

「いやだいやだいやだ！　俺は帰らない、ずっとここにいる、弥勒と約束したんだ！」

父親の手は緩まず、さらに引っ張られる。「いやだっ！　いやだいやだいやだっ！」腕を思い切り振り回しながらしゃがみ込む。その暴れ方の激しさに怯んだのか、父親の手が一瞬離れる。今だ、そのまま廊下へ駆け出そうとするが、その足がいきなり宙に浮いた。身体がさかさまになる。父親の肩に荷物みたいに担ぎ上げられている。ガシャンと音を立てて落ちた眼鏡は母親に回収される。

「いやだあ！　下ろせ！　弥勒！」

海老ぞりになって暴れるが為す術もない。大きな背中を拳で叩いても足を思いっきりバタつかせても父親の腕はまったく緩まない。抱え上げられたまま部屋から連れ出され、昨夜一人で降りた階段をまたぐるぐると降りていき、

「弥勒！　弥勒！　弥勒！」

嶋は全力で叫んだ。ばかみたいに叫び続けた。もうそれしかできない。でも弥勒さえ帰って来てくれれば、弥勒さえここにいてくれれば、弥勒にさえこの声が届けば、

「弥勒、助けて！」

絶対に大丈夫なんだ。

それだけを信じて嶋は弥勒を呼び続けるが、やがて一階に辿り着いてしまう。エントランスから外に出ると、そこには母親の白いステーションワゴンが停まっていて、それを見るなり頭が爆発しそうになって、

「いやだあぁぁぁ！」

絶叫した。ここを耐えなくては。どうにか乗り切らなければ。ドアロックが開く音がする。早く、早く帰って来てくれ、早く、そうでなければ、

「弥勒――――！　助けて――――――――！」

開いたドアから後部座席に投げ下ろされかけ、必死にルーフの縁に指をかけた。十本指の筋力で、嶋は最後の抵抗を試みる。「おまえ、この、いい加減、に……っ」「いぃぃ……っ！」車内に押し込もうとする父親との力比べになる。耐え抜いてみせる。だってもうすぐ弥勒が来る。絶対ここに帰って来る。弥勒はこの声を聞いている。必ず応えて

くれる。助けてくれる。いつもそうだったし知ってるんだ、絶対に大丈夫なんだ、あと少しで弥勒は絶対に絶対に俺を、

「しまぁ！」

ほら！

待ち望んだ声に顔を上げれば、通りの向こうからまっすぐに近付いてくる銀の光が見えた。裸眼でもその眩しさはわかる。見間違うわけなどない。絶対に見失いはしない。ギラギラと輝く星が一粒、ひゅーっとまっすぐ落ちてくるように、弥勒はここに現れた。嶋にはわかっていた。必ずここに帰って来ると当たり前に信じていた。弥勒は暴れる嶋の前でキッ！　と斜めに——なんだ？　父親の肩の向こうにぼやける目を凝らす。ブレーキ音を立てて斜めに停まったのは、嶋のド近眼の視界では自転車に見える。変なヤンキー仕様に改造された、弟の自転車に見える。でもなぜ？　いやいいか、今はいい、もうなんでもいい、

「弥勒助けて！　連れて行かれる！」

片手はルーフの縁を摑んだまま、必死にもう片手を父親の身体越しに弥勒の方へ伸ばした。弥勒がこの手を摑んでくれればもう大丈夫だ。もう安心だ。そう思うのに、

「っぶねえ、間に合ってよかった」

弥勒は手を伸ばしてくれない。嶋の手を、摑んではくれない。眉を寄せ、苦しそうに肩で息をして、「開けて、ケツ。ケツのドア」汗で額に張り付く長い前髪をかきあげる。

母親が車のバックドアを開くと、弥勒はそこに立ち漕ぎで乗ってきたヤンキー自転車を乱暴に放り込む。

「弥勒」

「これだろ？　盗られたチャリ。探してたんだよ、この辺が地元って連中に頼んで、あのしょうもねえヤンキー三人組。ちょい前にやっと見つけてさ、」

手をぐっと握り、ぱっと開いて見せながら「こうだよ」弥勒は笑った。わからなかった。嶋には全然、わからなかった。

「弥勒」

「帰れよ」

必死に持ち堪えていた指が、汗ばんでぬるっと滑った。嶋の身体は後部座席にどさっと落ちて、上から押さえ込むように父親も乗り込んでくる。運転席には母親が。

「み、ろ」

上体だけをどうにか起こし、半ばほどまで開いていた窓の隙間に顔を突っ込む。弥勒を見る。できるだけ近くで見たかった。もっと近付こうと身を捩る。胴体を父親にきつく抱きかかえられていて、それ以上はもう動けない。

じゃあな、と弥勒が言うのを聞いた。

その瞬間、目の前が真っ白になった。白い炎に焼き尽くされた。

ぎゃあああああああああ——なんだこれは、と思う。

ぎゃあああああああああああああ、うぎゃあああああああああ、動物みたいに叫んでいるのは誰だ。自分だということに、気付くことさえもうできなかった。もうなにもわからない。嶋は今、引きちぎられている。あの部屋に血管みたいに神経みたいに深く根付き、張り巡らされていた自分の存在が、弥勒に繋がっていた自分の命が、弥勒との間を繋いでいた約束が、そういうすべてが今ブチブチと音を立てて、残酷に引きちぎられている。

うそつき、うそつき、どこかでそう泣き叫んでいるのも誰なんだろう。やくそく、したじゃないか、ずっといていいって、おれをたすけるって、ぜんぶくれるって、しんじたのに、おれ、しんじたのに、おれ、みろくを、

「嘘じゃねえよ」

弥勒はただ笑って、首を横に振った。

着ていた黒のロングダウンコートをさっと脱ぎ、「ここ開けて、一瞬」昨夜と同じシャツ一枚になって、助手席側のドアをコンコンと叩く。車内から母親がロックを外すとわずかにだけドアを開け、今脱いだコートをそこから車内に放り込む。

「着せてやって。さみーからさ」

そして、ドアを閉めた。車の横で、しま、とまた笑う。恐ろしいほど白い、優しい、穏やかな顔。透き通ってしまう微笑み。その表情は知っている。前にも見たことがある。

「やりたいことあんならやれよ。誰がなに言おうが関係ねえよ。俺はおまえのピアノが

聴きたいよ。やりたいならやりたいだけやり続けりゃいいんだよ。本当は俺もそうしたかったけど、そうすりゃよかったけど、でももう遅いからさ。俺の分までやってくれ。もしやってみてやっぱやべえってなったら、ここに逃げて来りゃいいよ。ここに隠れて、しばらく休め。ちゃんと寝て、運動して、たくさん食え。な？　本当に、本当にいつでも来いよ。どうなったって大丈夫だから、絶対、まじで、おまえは大丈夫だから！　わかったか？　おまえのだからな！　本当に全部、おまえのだから！　全部やるよ、おまえにやる、俺のものは全部おまえにやる！　だからさ、」

車が走り出す。窓ガラスが上がっていく。上がり切るその直前、弥勒はぐっと顔を近付けてきて嶋の耳元に「ポケット見ろ」小さく囁いた。弥勒の顔が離れて、ガラスで隔てられる。声が遠くなる。

弥勒は泣くなよ、と手を振った。その手で摑んでいてほしかったのに。絶対に離さないでほしかったのに。どこにだって行けると信じていたのに。

それが最後だった。弥勒が遠ざかる。銀色の光が見えなくなる。

なに言ってんだ、と嶋は思った。

泣いているのは、出会った時からずっと泣いているのは、弥勒だったんじゃないか。

コートをかぶせられたまま、嶋は泣き続けた。車に揺られて、父親の隣でシートに倒れて、酸欠で冷たく痺れる両手の中で、ただ声を上げてずっと泣き続けた。

寂しくて寒い、暗い、静かな闇の底に、たった一人で沈んでいくようだった。

語り掛けてくる両親の言葉は、ちゃんと聞こえていた。内容もすべて理解できた。それでも、知らない遠い世界の他人事のようにしか感じられなかった。自分に起きたことだとはすこしも思えなかった。弥勒が自分に嘘をついた。弥勒が自分を裏切った。弥勒が自分を見捨てた。そんなことが本当に起きただなんて、嶋はいまだに実感することができなかった。

嶋が家を出た夜、弟はうまくやっていた。

両親に『兄貴は具合が悪いからしばらく寝込むって』と伝え、それを一晩は信じさせた。ただ、その翌日の朝、弟が目を覚ますより早く母親は嶋の様子を見ようと部屋を覗いた。もちろん嶋の不在に気が付いた。父親にもそれは伝達された。が、なにも知らずに起きてきた弟は、『俺が兄貴に朝メシを運ぶ』などと言う。食事を持って二階に上がって、誰もいない部屋のドアをノックして『兄貴入るよー』などと言う。『なんかまだ調子悪いみたい』などと言って、空になった食器を持って下りてくる。両親は、嶋が弟まで巻き込んで、なにかとんでもないことをしでかしていることを悟った。問い質《ただ》してもどうせ口を割りはしないから、弟を泳がせたままで近所を捜し回ることにした。しかし見つけられなくて、無駄だろうがとにかくスマホを鳴らした。

出たのは弥勒だった。

『あのガキの親？　あいつは便所。あんま長く話せねえから今からいう番号にSMS送って』

そこからずっと、弥勒は両親と連絡を取り合っていた。要するに、あのハンバーガー屋で嶋がスマホを置きっぱなしでトイレに行ってからずっと、だ。

母親は事態を把握するなり、当然すぐに嶋を家に帰すように懇願した。弥勒は、両親を疑った。『あんたらあいつになにかしてんじゃねえの？』『本人は違うって言ってるけど、それであっさり信じるほど間抜けじゃねえよ』『だって普通の逃げ方じゃねえだろ、あれ』

弥勒はすぐには居場所を伝えなかった。両親と何度もやりとりをして、風呂場で嶋の身体に怪我や傷跡がないのも確かめて、それでようやく疑いが晴れた。両親は嶋の居場所を知り、その日の夜のうちに弥勒と会った。弥勒が、自分が勤めるホストクラブに両親を呼んだ。

『やめときなよ。もし今あんたらがうちに乗り込んで、無理にあいつを連れ帰っても、どうせ同じことの繰り返しになるだけじゃねえの。や、もっと悪いことになんのかな。あいつは行動力のある馬鹿だから、またどうにかして家を抜け出すよ。次はもっとうまくやろうとして、チャリで四十キロ以上移動するよりもさらにわけわかんねえことするよ。そう思わない？』

『そしたら、次にあいつを見つけるのはどういう奴だろうね。親からの電話に出てくれて、会ってくれるような奴ならいいけどね』

『しばらく放っておくしかないんじゃねえの。今の感じだとあいつ、家に帰るぐらいなら死ぬとか言い出しそう。すっげーばかだし、ガキだし、間違って本当にあっさり死んじゃうかもよ。そんなん絶対ダメだろ』

『――は？　そりゃそうでしょ。俺のことなんか信用できる方が変だって。信用なんかしなくていーよ。ただ、いっこだけ。こんな最低の最悪のろくでなしの俺だからこそわかるってこともあって』

『俺が十五で家を出た時は、この世のどこにも居場所がなくてさ。ただ見つからないように逃げ回ることしかできなかった。で、そっから十年、結局ずーっと地獄だった。地獄みたいな十年を生きる羽目になった。でももしも、もしもだけど、あの頃の俺に安全な隠れ場所があったら、いてもいい、大丈夫だって思える場所があったなら、多分、俺はこんなふうにはなってなかったと思うんだよな』

『あいつには、こんなふうになってほしくねえんだよな』

　小一時間もウーロン茶を飲みつつ店の隅で話して、二人合わせて一万円――『初回セット二名様、俺の指名代、俺のドリンク代、あとTAXでお会計一一九六〇円ね。けどまあせっかく葉山から飛んで来たんだし、サービスしとくわ。つかまじであいつのお母さんなの？　へえ、嘘みたいにきれーじゃん。肌とかすべすべ、幸せそ。旦那さんにすげえ大事にされてんだね。ま、こんな人が奥さんでいてくれるなら当たり前だな。めちゃ愛されてんの見たらわかるよ』

まきてね、と、弥勒がにっこり微笑んだから……かどうかはわからない。が、母親はその後も何度か一人でこの町へやって来て、嶋を探して、マンションの近くを車でしばらく走っていたらしい。連れ戻そうとしていたわけではないと言う。家でただじっと待っていることができなかっただけ、と。

「あんたのこと、一回だけ見かけたよ」

夕暮れ時の公園通り。

そのとき嶋は、弥勒の後ろを歩いていた。弥勒の背中をじっと見ていて、髪が寝癖でものすごく跳ねていた。

「手に大きな買い物袋ぶら下げて、置いていかれないように、離れてしまわないように、あんたは一生懸命あの人の後を歩いてた。すぐ近くを通ったのに気付いてもくれなかった。声、かけたかったな。呼びたかったよ。幸紀！　お母さんここだよ！　って。でもあんたはあのとき、なにか全然違うことを考えてた。……なにを考えてたんだろうね？」

コートの下で泣き続けている嶋は、なにも答えはしなかった。

母親は、とにかくこの日々をそうやって耐えていた。

父親は、予定通りに仕事に戻った。戻るしかなかった。

弟は、自分が泳がされているとも知らないまま、せっせと二人分の食事を食べた。

昨日の深夜……日付が変わった今日の午前二時頃、弥勒から連絡が来るまでは、みんなそうやってどうにか持ち堪えようとしていた。

『俺には、やっぱ無理だった』

『あいつに安全な居場所を与えることはできないって、今になってやっとわかった』

『悪いけど迎えに来てやってくれない？』

多分あいつは納得しないけど。でも俺にできることはもうないし。あいつ結構しぶといから、きっとそのうち立ち直るよ。もう怖いもんもなさそうだし。広い世界に目が向いて、そしたら俺のことなんかすぐ忘れる。それでいい。そうしてほしい。俺のことなんか最初からいなかったと思ってほしい。

ぜんぶ、なかったことにしてほしい。

そのメッセージを母親が読んだのは、送信直後のことだった。すぐに父親に電話をし、父親は即座に飛び起きた。すでに職場には頭を下げて回り、長男が家出中で突発的になにが起こるかわからない、という状況を説明してあった。数時間後からの勤務を急遽代わってくれることになった同僚に平謝りし、急変のときにはなにがあっても即戻ると約束し、始発も待たずにタクシーでまず自宅へ向かった。午前五時過ぎに葉山に到着し、今度は葉山から町田へ向かった。

一旦合流した弥勒は、早朝の路上で、両親に土下座したという。

『ありがとう』

謝罪ではなく、そう言ったという。

そして、用事がまだ残っているから、と身を翻して走り去ってしまった。その用事がアホなヤンキー三人を見つけ出すなりぶっ飛ばして自転車を奪い返すことだとは、もちろん両親も知らなかったことだ。

「幸紀」

父親が、コートの中にスマホを差し入れてきた。その画面には、弥勒から送信されてきた何枚もの写真が連なっていた。

「お父さんたちも、ありがとう、って彼に言ったんだよ」

全部、知らない間に撮られていた嶋の写真だった。

ピザを食べているところ。タブレットを覗き込んで崩れ落ちたところ。夢中でゴミを集めているところ。バスケットボールを顎で受けているところ。ファミレスでドリンクバーに並んでいるところ。デリバリーの中華を頬張っているところ。ソファで寝ているところ。スマホをじっと見つめているところ。毎日毎日、数時間おきに送信された写真の嶋は、どれも間抜けな顔をしていた。撮られたことに気付いていたのはたった一枚だけだった。それが最初の一枚だった。

ハンバーガー屋のトイレから出てきて、弥勒がいるのに気が付いたところ。

写真の中の嶋は笑っていた。泣いたばかりの濡れた目をして、顔は真っ赤で、驚いてぽかんと口を開いて、でも、笑っていた。

『しま』

笑ったのは、嬉しかったからだ。

『記念な』

窓際の席で、白く射し込む光の中で、弥勒は待っていてくれた。そこにいてくれた。銀の髪が光っていて、その隙間から薄い色に透ける瞳が覗いていた。それを見つけて嬉しかった。だから笑ったのだ。こんな顔で弥勒を見たのだ。

弥勒は、これを捨てた。

車はあっけないほど簡単に、見慣れた風景の葉山の町へ戻っていく。嶋があの夜に決死の覚悟でペダルを踏んで、迷いながらひたすら進んだ遠回りの道のりを、いともたやすく効率的にショートカットしていく。

自宅までは一時間とかからなかった。

車がガレージに入ってくる音に気が付いたのだろう。弟が寝間着のままで、玄関先に突っ立っていた。

コートを頭からかぶり、家に入ってきてもまだ泣き続けている嶋を見て、「兄貴」声をかけてくる。なにも言わずに二階へ上がっていくその後を追って、「どしたん？」一緒について上がろうとする。が、「待ちなさい。あんたはあんたで話がある」「あ」両親に止められる。

二度と戻らないはずだったドアを開いた瞬間、絶望の重みを思い出した。

あとは終わりを待つしかないこの部屋に、ついに帰ってきてしまった。

嶋はベッドに倒れ伏した。なにもかもが出て行った時のままだった。窓からの光の入り具合も、カーテンの柄も、ベッドカバーの匂いも、枕の沈み方も。すべてがあまりにも慣れ親しんだ自分の部屋のままで、あまりにもなにも変わっていなくて、いっそ笑いたかった。声を嗄《か》らして泣きながら本気でそう思った。こんなもの、なにもかも、大笑いしてやればよかった。

どこにも行けなかったのだ。

ここを離れた数日間は、つまり、本当に無意味だった。夢を見ていたようなものだ。目が覚めたらそれで終わりの、ただの幻。記憶はあまりに頼りなく、そのうち煙のように消えてなくなる。それで後にはなにも残らない。自分はなにも変わらない。

今までどおりに親が買った家で暮らし、親が作った食事を食べて、知らない間にきれいになっているトイレを使い、温かな湯がたっぷり張られた風呂に入り、クロゼットにかけられている服を着る。この家のこどもに戻る。この家はどこもかしこも清潔で、白くてベージュでブラウンで、触ればさらさらかつるつるで、アロマや生花がほのかに香る。この部屋の隣には防音室がある。ピアノがある。テレビ台の下の棚の通称魔窟の奥の奥の奥には時計が隠されている。まだ見つかっていなければ、今もそこでチッチッチッチッ――最後の瞬間までの時を刻み続けている。

甘えたこどもの生活が、どうしようもない挫折が、思い通りにはならなかった現実が、これまでどおりに揃っている。なにも変わらない日々が、これまでどおりに続いていく。コートをかぶって身を丸め、まだ続く日々の耐えられなさに目をつぶった。なにも見えない。なにも聴こえない。

あの眩しい朝には、見えているもののすべてから音楽が溢れ出していたのに。この身体いっぱいに注ぎ込まれて、あんなにも強く響き合って、細胞すべてが圧倒されて、歓喜に震えたのに。世界から生まれた音楽は、命とともに脈打つようだったのに。自分はあの世界から追い出されて、繋がっていた器官のすべてを引きちぎられて、音楽も今はぴたりと止んでしまった。どこかに吸い込まれたかのように、完全に消え失せてしまった。自分に聴こえなくなっただけで、今も遠いどこかでは知らない誰かのために鳴り響いているのだろうか。それともあの朝さえも、やっぱりただの夢だったのだろうか。ぜんぶ嘘だったのだろうか。最初から、あんな世界もあんな音楽も、存在なんかしていなかったのだろうか。

本当に、自分はどこにも行かなかったのかもしれない。終業式の日に帰ってきてから、ずっとこの部屋のベッドで寝込んでいただけなのかもしれない。

だとしたら。

真空みたいな静寂の只中で、嶋はさらに小さく身を丸める。だとしたら、だとしたら、だとしたら——続く言葉はなかなか浮かんでこない。ただ涙だけが尽きることなく流れ続ける。嗚咽だけが、漏れ続ける。

兄貴、と急に現実味のある声が嶋を呼んだ。

返事もしていないのにドアが開き、弟が部屋に入ってきたのがわかる。起き上がれないし、入ってくるなとも言えない。泣き声を止めることもできない。

「自転車、すごくね？」

ベッドの脇のデスクチェアに勝手に座るのが気配でわかった。

「あのさ。俺、言ってないからね？　俺が兄貴を裏切るわけないだろ」

当たり前だ、と嶋は思った。そこを本気で疑ったことは一瞬たりともない。なぜなら弟は弟で、自分は兄だからだ。

「……今までどうしてたの？」

ぎっ、ぎっ、とチェアが軋む。弟が貧乏ゆすりをしている。

その問いかけに答えてやらないのは、泣いて言葉が出ないせいじゃない。言いたくないからだ。言ってしまったら、本当にすべてがなかったことになってしまうような気がするからだ。誰にも言わない。この先一生、絶対に、誰にも話さない。話したくない。夢でもいいから、まだここに、この胸の奥に、在ってほしい。二度と会えなくてもいいから、なかったことにはさせないでほしい。

弟に言いたいことは、他にちゃんとあった。

「けっ、……健人《けんと》、」

横隔膜が痙攣するせいでどうしても跳ねてしまう声を必死に抑え、嶋は弟を呼んだ。

「ご、……ごっ、ごめん、な……っ、……自、転車……っ」

ぎっ、ぎっ、ぎっ、と軋む音がさらに続いて、ぎっ、とやがて途切れた。

「いいよ。それは。とにかく、かえってきたんだからさ！」

明るい声が続いた。

「まあ、かえってくるとは思ってたけどさ！　まあ、でもさ！　でもほんとは、」

さらに続いて、

「まあ、ちょっと……や、だいぶ？　結構、怖かったよ？」

あはは、と笑う弟の声を聞いた。

「いきなり行っちゃうんだもんな。あんな、あんな、あんなにさ、」

あはは、あはは、はは。

嶋はコートを跳ねのけ、がばっと身を起こした。ティッシュの箱を目で探す。ティッシュを一枚摑み出して弟の顔を拭う。「あは、はは……」弟は笑い顔のままで涙を流している。拭っても拭っても次の涙が溢れてくるから、次から次へとティッシュが減っていく。

「や、どこに行ってもいいんだよ？　俺、兄貴には自由でいてほしいもん。最近はなんか、ずっとつらそうだったしさ。なにかに縛りつけられて、重い物を括りつけられて、兄貴はずっと苦しんでたよね。だから、どこに行ってもいいって俺も思ったんだよ。でもだんだん、やっぱ、本当にこのまま別れ別れになるのかなって、それは……それには耐えられるのか？　とか色々、わからなくなって……リアルに怖くなってきちゃって」

じっと動かずに大人しく涙を拭かれながら、弟はさらに笑った。さらに泣いた。

「どこに行ってもいいんだ、本当に。地面になんかいなくていい。気持ちのままに、ぶっ飛んでってほしい。わけわかんないのが兄貴なんだ。兄貴はそれでいいんだ。でも俺には、俺にだけは、居場所を教えておいてよ。俺は絶対、なにがあっても、兄貴の味方でいるからさ」

「わ、わかっ、た」

「ていうか兄貴も顔すごいよ」

嶋は首を横に振った。自分のことはどうでもいいのだ。誰より早く泣き声に気付く。すぐに見つけて涙を拭く。それは自分だけに課された大事な役目だ。なぜなら兄弟だからだ。自分は兄で、弟は弟だからだ。

これを置いて行こうとしていたことに突然気が付いて、嶋はひそかに息を飲んだ。

＊＊＊

いつの間にか眠り込んでいたらしい。

目を開けると弟はもう部屋にはおらず、部屋に差し込む光も弱い。時計を見て驚いた。もう午後四時を過ぎていて、ということは八時間も眠ってしまったのか。昼寝というレベルではもはやなく、普通に一日分の睡眠だ。

まだ少しぼんやりしたまま、ベッドからよろよろと身を起こす。部屋を出て、二階の奥のトイレへ向かう。小さな洗面台で手を洗い、ついでにその手で蛇口から水を飲む。階下のリビングからはテレビの音が聞こえていて、両親と弟の気配があった。下には降りず、部屋に戻る。眼鏡は机の上に置いてあった。眼鏡をかけて初めて、ラップをしたオムライスのトレイがそこに置いてあることに気が付いた。昼食だったのだろう、触るとすっかり冷えている。嶋は気にせず、ラップを剝がす。勉強するように机に座り、久しぶりの手作りの食事を食べ終える。食器はそのままに、ベッドに戻ろうとする。もう泣いていないし、眠くもないが、まだ家族と同じスペースにいられるほどには気持ちが落ち着いていない。

踏み出した足が、床に広がって落ちていたコートを踏んだ。硬く尖った感触に、思わず「いっ！」声が出た。ファスナーかなにかの金具かと思ったが、確かめてみると、そうではなかった。

コートのポケットに、銀色の鍵が一本入っていた。

手の中で光るそれを見つめ、そのまま床に座り込んだ。

瞬間的に耳の奥に蘇りかけた囁き声を、

『ポケット――』

頭を振って、かき消した。

何度も振って、思いっきり、完全に、かき消した。聞くもんか。あんな声、思い出すもんか。

一体どういうつもりかと思う。これを見つけて自分が喜ぶとでも思ったのだろうか。後生大事に拝むとでも思ったのだろうか。ぎゅっとこの手で握り締めて、涙を一粒ぽろりと溢して、宝箱にでもしまい込むと思ったのだろうか。そしていつかこの鍵を使って、あの部屋に戻る日が来るとでも思ったのだろうか。がちゃっと鍵を開け、ドアを開け、目と目が合って、二人は笑い合って、約束したもんねとか、本当に来ちゃったとか、なにかそういう感動の再会を演出する小道具かなにかのつもりでこれを寄越したのか。本気で、正気で、そんなことを思ったのだろうか。

（……舐めやがって）

舐められる、というのが具体的にどういう状況を指すのか、生まれて初めてはっきりと理解した。

涙はとっくに涸れ果てている。今、嶋の身体の中にあるのは怒りだけだ。

あんなふうに裏切っておいて、あんなふうに見捨てておいて、それでもまだ自分があそこに帰りたがっていると思えるならもう相当なもんだ。相当に、能天気だ。というかバカだ。こっちにも感情があるということに気付いていないのだろうか。普通に腹が立っている。傷ついている。むかついている。これまでの顛末を知った今も、出てくる感想はふざけんじゃねえ、だ。親たちはなんとなく美談的な雰囲気で語ってきたが、よくよく考えてみれば馬鹿にすんじゃねえ、だ。

掃除をすればずっと一緒に暮らせるなんて約束しておいて、でもその裏ではしっかり親と繋がっていて、ちょっとトラブルが起きたらあっさりと放り出して、自分をこんなふうに見捨てた。意見も聞かずに。なにも教えてはくれずに。ひたすら一方的に。

要するに、タダ働きをさせられたんじゃないか。

考えれば考えるほどさらに怒りが湧き上がる。あのクソみたいなゴミ部屋を一人せっせと片付けて、その結果がこれだ。ご褒美なんかなんにもなかった。いいように利用しやがって。それでよくも鍵など渡せたもんだ。これっきりでもう会わないというなら、その方がまだ納得できる話だった。というか、そういうことだとついさっきまで思っていた。別れ際の、全部くれるとかいつでも来いとか、そういうのもすべて適当な上っ面だけの言葉だと思っていた。親だってそう思っただろう。なのに、この鍵。なんなんだ。

こんなのまるで、本気で部屋を譲り渡す気があるみたいじゃないか。自分が本当にこの鍵を使って帰ったらどうするんだろう。一体どんなツラで、自分を迎えるつもりなんだろう。がらんとした部屋の中に一人座り、自分が現れるのを待っているあの男の姿を想像しようとする。その顔をいっそ見てやりたいと思う。本当に一体どういうつもりであいつは、あの男は、弥勒は――

（あれ？）

ふと、思考が停止した。

像を結び始めていたイメージが違和感に遮られる。ばらばらとそれは解け、唐突になにもかも消え去ってしまう。その代わりに、

『もしもこれ、この部屋のゴミとかさ、全部きれいに片付けられたら、おまえにここやるよ』

『まーじまーじ。ここ、っつうか……ぜーんぶ、やるよ』

『嘘じゃねえよ』

『おまえのだからな！　本当に全部、おまえのだから！　全部やるよ、おまえにやる、俺のものは全部おまえにやる！』

鮮やかに蘇ったのは、記憶の中の弥勒の声。弥勒の姿。弥勒の言葉。

そういえば最初から、ただの一言も、弥勒からは「一緒に暮らす」とは言われていないのだ。この部屋をやる、とは言われた。でも、そこに俺もいる、とは、本当に一度も、

はじめから一切、言われていなかった。

手の中の鍵を見つめたまま、嶋はゆっくりと首を傾げる。

もしかして、自分はずっとなにか勘違いをしていたのか？

弥勒の部屋に住むことが、掃除のご褒美だと思っていた。そして当然のように、あまりにも当たり前に、その部屋には弥勒もいるのだと思っていた。だって弥勒の部屋だから。だから、あの部屋にずっと住むということは、弥勒とずっと一緒にいるという意味だと思っていた。そうしたかったのだ。だから掃除を頑張った。それが望みだった。そのご褒美が欲しかった。

そもそも、前提からして間違っていたのか？　弥勒の言葉や約束は、思っていたような意味ではなかったのか？　弥勒は自分にだけ布団を買った。いやでもあれは安いのがラス一だったから、いや、でも……また鍵を見る。

弥勒の言葉が嘘ではなく、すべてが本気だったとしたら。

本気で、全部を自分にくれたのだとしたら。

（……弥勒は、これからどこに住むんだ？　マンションも持ち物も全部を俺にくれてしまって、なにもかもなくなって、そうしたらこの先、どうやって生きていくつもりなんだ？）

ふと、ゴミに埋もれて眠る弥勒の姿を思い出した。

異様に白く、冷え切って、静かで、凍りついているようにさえ見えた。なにも持たず、裸の身体一つで、ゴミの中に捨てられたようにも見えた。あれは、そこにただ放り出されただけの人間の姿だった。諦め切った、人間の姿だった。あんな風に目を閉じた者に、「これから」なんてあるのだろうか。「この先」とか、「生きていく」とか、そんな望みがあの見捨てられた身体の一体どこにあるというのだろうか。

漠然とした不安が湧き上がる。急に心臓の鼓動が早くなる。いやいやいや、と嶋はそれでも首を横に振る。落ち着こうとする。そうだ。全部くれるなんて、やっぱり本気じゃなかったんだ。適当なことを言って、タダ働きをさせたかっただけなんだ。掃除が終われば自分を追い出すつもりだったんだ。最初からそういう計画だったんだ。きっとそうだ。そうやって納得しようとするが、

(でも、だったらなんで鍵なんか……)

それも、こんなふうにこっそりと。自分があの部屋の鍵を持っていることを親は知らない。誰も知らない。だから本当に、その気になれば、いつでもあそこに隠れることができてしまう。

まだ立ち上がれない。

(でも、でもそうだ、これはあの部屋の鍵じゃないのかも……)

たとえばおもちゃかなにかの、それか全然関係ない部屋の、わからないけれどとにかく、とにかくなにかそういう――いや、無理だ。無理すぎるだろう。

立ち上がれない。

どう考えても、これはあの部屋の鍵だ。どうやってもごまかせない。銀色のなにもついていないディンプルキーには見覚えがありすぎる。

弥勒は、コートのポケットにあの部屋の鍵を入れて、親にはわからないようにこっそり自分に渡してきたのだ。偶然でもうっかりでもなく、あえてそうしたのだ。そうでなければ、わざわざ『ポケット見ろ』なんて言うわけがない。

つまり、本気で全部をくれるつもりでいる。

約束は、破られていない。

跳ねるみたいに立ち上がっていた。スマホを探す。ない、ない、辺りを見渡す。机にあった。トレイの脇だ。引っ摑みながら、自分がなにをしようとしているのか考える。弥勒になにかを聞こうとしているのだ。でもなにかってなんだろう？　わからない、とにかく連絡をとろうとしている。なんでもいいから声を聞こうとしている。でも、

「……俺は、ばかか……？」

動きを止める。

今更じゃないか。

あんなふうに自分を手放した弥勒に、今更なにを聞こうというのか。自分の不安が晴れるような答えを、弥勒がくれるとまだ期待しているのか。スマホを摑んだまま茫然とする。なにもできずに、項垂れる。なにを聞いても、どんな答えをもらっても、この現実は変わりはしない。弥勒とはもう一緒にいられない。夢は消えてしまった。なにをし

でも無駄だ。そうだ。わかってる。そうなんだ。

でも。

往生際悪く首を振った。顔を上げ、スマホを立ち上げ、表示された日付を見る。嶋はその目を見開いた。

今日は、十二月二十四日。クリスマスイブはクリスマスの本番。ケーキを食べようと約束をしていた。でもそれだけじゃない。約束は、もう一つあった。

めぐバスの最後の爆発を、一緒に見る約束をしたじゃないか。

完全に忘れ果てていたが、そうだった。今は午後の四時半、めぐバスは確か午後六時の直前にサービスを終了するという話だったと思う。弥勒は覚えているだろうか。考えたのはたった一瞬、(ないな!) 即思う。自分だって今の今まで忘れていたのだ。弥勒なんかもっと忘れているだろう。でも時間はまだ一時間以上もあるし、ニュースかなにかでこの話題にならないだろうか。それを偶然テレビで見て、思い出したりしないだろうか。

思い出したところでなにがどうなるわけでもないが。

無意味なことかもしれないが。

でも。

(……ばかでもいい。ばかでいい! だって俺はばかなんだからしょうがない!)

やっぱり、なにかをしたくてたまらないのだ。こうなった今でも結局のところ、自分はまだうまく諦めがついていないらしい。

めぐバスのサービス終了時間をとにかくちゃんと確かめようと思った。それに、そうだ、アカウントも今のうちに作っておかなければ。スマホでめぐバスを検索し、アクセスしようとする。しかし繋がらない。何度か更新しても状況は変わらない。

不思議に思って調べてみると、テレビで何度も取り上げられたせいか、めぐバスの最後の瞬間を見たがる人は想定外に多かったようだ。アクセスが集中して繋がりにくくなっていると、公式ツイッターが二時間ほど前に声明を出していた。そこから今に至るまで、ずっとこの調子らしい。

どうせ他にやることもないし、嶋はベッドに寝そべって半分はただの現実逃避、ひたすらめぐバスへのアクセスを試み続けた。弾かれても弾かれても更新、更新、更新。そしてまた弾かれて、更新。みんなも同じ状況らしく、ツイッターで検索してみても『無理！』『ぜんぜん入れない』『初期からのユーザーなのにこの仕打ち』『サ終煽り過ぎたのよ』結果は嘆きの声で埋め尽くされている。

そのまま虚しく時が過ぎ、五時を回って、公式が新たに呟く。サーバーが落ちたらしい。現在総力を挙げて復旧作業中、だそうだ。それが『悲報！』の冠のついたネットニュースになった。大手サイトに載る。スレッドが立つ。まとめられる。あらゆるSNSで瞬く間に拡散されていく。芸能人が呟いた『十年経っても全然、めぐりあえない……』の一言がランキングを駆け上がっていく。リアルタイムで炎上し始める。その炎上がまたアクセスを呼ぶ。かつては一世を風靡したゲームだけに知名度ばかりが無駄に高く、ネットのおもちゃになるのも容易かった。

そして時間がさらに過ぎる。誰もアクセスできていない。嶋もスマホを握り締めたま、ひたすら更新を繰り返し、なにか裏技はないかと検索し、もちろんそんなものはなくてまた更新。このまま終了時刻になってしまったらどうなるのだろうか。多分、他のみんなも同じことを思っているだろう。最後の瞬間を見たい、よりも、今はむしろ、このカオスに運営がどう決着をつけるのかに注目は集まっている。公式は沈黙している。現在、17時48分。あと11分。この間になにが起きるのか、大手ニュース配信サイトのコメント欄では予想が始まる。『詫び石だな』『詫び石でしょ』『いらなすぎる』『もらってどうすんの』『サ終寸前、突然の詫び石！』『からの、シン・めぐバスリリース！』『ようこそ、シン・めぐバスの世界へ！　え？　あのときの詫び石？　もちろんつかえませ～ん』『ここの運営だと本気でありそうだから困る』いや、爆発だろう。嶋は思う。爆発するはずだ。爆発が見たい。爆発説はまだ出ない。

と、突然コメント欄が『は？』ばかりに埋め尽くされる。『は？』『は？』『は？』それだけでぐんぐん伸びていく。加速していく。一体なにが起きたのか、嶋はとにかく公式の声明を確かめようと最新のツイートを読み込んで、

「は？」

思わず身を起こし、間の抜けた声を出してしまった。みんなと同じだ。は？　だ。

17時52分。

めぐりあいユニバースは、サービス終了を目前にして過負荷によりサーバーが停止、プログラムが破損し、ついでに全データが消失した。システムの損傷は不可逆で、復旧は不可能となったため、このままサービスを終了する。

らしい。

17時52分、だった。予告されていた時刻ですらない。誰も、なにも、見ていない。こんなことがあっていいのか？　だってちゃんとしたゲームなら、契約とか、広告とか、よくわからないがそういうのがあるんじゃないのか？　テレビでも紹介されたような有名なゲームの最後がこんなだなんてありえるのか？　あっていいのか？　もちろんだめだ。ネット上は大騒ぎだった。『逃亡……ってコト!?』『いや、あと7分がんばれよ』『その7分をがんばらないのがめぐバスの仕様なので』『最後までクソ運営でした！』『でもごめん、十年間で今が一番おもしろい』

嶋は、スマホを見つめたままの体勢で動けずにいた。燃え上がるコメント欄を更新する、その指すらもう動かせなかった。

（これで終わり……？）

まだわからない。わかっていない。は？　から先に進めていない。これで終わり、って、でも本当に？　だって、これが？　終わりってこんなものなのか？　爆発どころか、誰にもなにも見えないまま、ただぷつんと消えただけだ。終わりもなにも、最後の瞬間が来たことすらわからないままだった。すでに終わった、と教えられただけだった。慌てて振り返ってみてもそこにはもうなにもない。ぜんぶ、すでに消えた後だ。まるで最初からなにもなかったみたいだ。

（……でも、でもそれじゃ、『あのこ』は……？）

本当は、なにもなくはなかったじゃないか。本当は、いたじゃないか。

あの星に一人で座り込んでいた、バスケのユニフォームを着たアバター。あのこは確かにあそこにいた。実際に見た。あのこがいたのを自分は知っている。覚えている。

十年間、誰にも気付かれずに、誰にも見つけてもらえずに、誰にも声は届かずに、誰とも触れ合うこともできずに、あのこは一人で座っていた。寂しい、寒い、暗い、静かな星に、あのこはずっと一人でいた。最後の瞬間を待っていた。そのままぷつんと消えてしまった。誰も知らない間に、あのこの存在は消されてしまった。爆発も見られないままで、なかったことになってしまった。もう二度と会えない。永遠に会えない。まるで現実みたいだ。現実の、二度と会えない弥勒のようだ——

「え？」

思った瞬間、ゾッとした。腹から湧き上がったこの感覚を自分は知っていると思う。四階のベランダから降りようとして下を見た時の、あの感覚。本能的な危険。理屈抜きに、命の危機を知らせるサイン。

弥勒が、ぷつんと消えてしまう。

なにもかもを諦めて、なにも持たないで、弥勒は自分自身をゴミの中に投げ捨ててしまう。

だからなのか。だから、全部をくれたのか。「これから」も、「その先」もないから。弥勒にはもう、「生きていく」つもりなんか全然ないから。

「……え、え……？　えぇ⁉」

自分が考えてしまったことに、悲鳴みたいな声が漏れた。いや、そんな、だって。打ち消そうとはしたのだ。ありえない。ないない。そんなことはない。そうやって恐ろしい考えを、嶋は何度も打ち消そうとした。でも、できなかった。どうしてもそれは打ち消せなくて、もうそれ以外はなにも考えられなくて、嶋は手に持ったままでいたスマホでほとんど無意識、弥勒にＬＩＮＥを送ろうとした。

しかし、トークを開いても弥勒がいない。弟と、「メンバーがいません」さんしかいない。「メンバーがいません」さんとのトークルームを開くと、それが弥勒とのトークルームだった。最後のやりとりの下に、数十分前のタイムスタンプと、「弥勒が退出しました。」のメッセージだけが残されていた。

弥勒のアカウントは消えていた。

その一瞬、頭で考えた。つまり、自分との連絡を断つためにこうしたのか。指は、電話をかけようと次の動きをもう始めている。でもまだ頭では考えている。なにか変だと感じている。ＬＩＮＥは仕事でよく使うと言っていた。たくさんの客たちと連絡をとるための大事なツールを、自分なんかとの連絡を断つためだけに失っていいのだろうか。弥勒との通話は繫がらない。ずっと通話中の音が聞こえるだけで、留守電にもならない。何度かけても同じだから、そういう設定にされているのだろう。

弥勒の姿を最後に見たのは、たった半日前のことだった。弥勒はどんどん遠ざかっていった。今ではもう、手も届かない。声もなにも届かない。もう見えない。どれほど遠く離れてしまったのか、イメージすることすら嶋にはもうできない。

弥勒は泣いていた。

（あれで、終わり……？）

思って、とっさに口を手で覆う。その手も息も震えていた。身体全部が、震えていた。毎朝ゴミから掘り出した、あの冷たい身体。目を閉じたままの白い顔。弥勒は静かだった。呼吸をしているかどうかすら、じっと見なければわからなかった。あれはまるで、まるで――いきなり目の前が真っ暗になる。ただ座っていることすらできない。身体が傾いて、ベッドに横倒しになる。滴り落ちた冷や汗で脇が冷たく濡れる。手からスマホが滑り落ちる。

母によれば、弥勒は、『あいつ』『死ぬとか言い出しそう』『本当にあっさり死んじゃうかもよ』などと言っていたらしい。それを聞いた時にはまだ激情の真っ只中で、なんだそれとしか思わなかった。

（死ぬ、なんて、俺は考えたことなかったよ）

——俺は、ね。

＊＊＊

嶋幸紀が二度目の家出を決行したのは十五歳の冬。十二月二十四日、19時07分のことだった。

もちろん、考え過ぎだと思いはした。たっぷり一時間近く、嶋は自分の考えを打ち消す方法を探した。それでもだめだった。自分がしようとしていることがどれだけ家族をまた困らせるかも想像した。母の泣き顔も、父の疲れた顔も思い出した。後を追いたがる弟のことも。それでもだめだった。自分自身の衝動を、嶋にはどうしても止めることができなかった。

立ち上がったのは、18時51分。

向かったのは、弟の部屋。

「兄貴どしたん？」

「おまえは俺の味方だな？」

「当然じゃん」

弟は、嶋の指令に「そっかそっか」ただ頷いた。嶋は一度、自分の部屋に引っ込んだ。ややあって、弟が「ねえー！」廊下から階下の親を呼ぶ声が聞こえてくる。「ちゃんママー&ちゃんパパー！　ちょい来てー！　見てー！」なーに、今料理中だから無理ー、と母が答える。「いいからちょっとだけー！　お願い、どうしてもこれ見てー！　今すぐー！」もうなによ、忙しいときに、下らないもの見せたら怒るよ、そう言いながら大人二人分の足音が階段を上がってくる。弟の部屋に入っていく。ドアが閉まる。それを嶋は聞いていて、すかさず部屋から抜け出た。着たままのスウェットの上から黒のダウンコートを着て、足音を殺して階段を駆け下りて、スニーカーに足を突っ込む。

そのまま家の玄関から外へ、弾丸みたいに飛び出した。

行き先は町田、と弟には伝えた。ちゃんと帰るとも伝えた。だからとにかく両親を部屋で足止めしろ、と。永遠にとはもう言わない、せめて三十分、いや二十分。あの部屋で弟が両親になにを見せているかは知ったことではない。でもあいつならちゃんと言ったとおりにやるだろう。なぜなら自分は兄で、あいつは弟だから。当然じゃん。

真っ暗な道を駅へと向かって走りながら、自分のばかさにまた気付く。なぜ自転車に乗ってこなかったのか。弟のではない、自分の自転車がガレージにあったのに。

くそ、と己の鈍足を呪う。両親はいつ二度目の家出に気が付くだろう。車で追いかけられたらひとたまりもない。とにかく駅から電車に乗ってしまわなければ。さすがに今度捕まれば、三度目のチャンスはもうこない。

徒歩で二十分はかかる駅までの道を、嶋は必死に走り続けた。背後から車のヘッドライトが迫ると、振り向いて確かめることもせず、ひたすら小さくしゃがんでやりすごした。絶対に見つかるわけにはいかない。今だけはどうしても捕まれない。

暗い住宅街を抜けて、バスのロータリーを抜けて、ようやく駅まで辿り着く。息を切らしながらそのままの勢いで改札に向かおうとして、

「あ――――っ!」

突然嶋が上げた声に、前を歩いていた女の人が驚いて振り向く。見たければ見ればいい、すごいレベルのばかがいるから。泣きたくなった。財布がないのだ。持ってくるのを忘れた。スマホとあの部屋の鍵しか持っていない。ちなみにスマホに入っている通学定期も終業式の直後の日付で切れている。膝から崩れ落ちた。これじゃ電車に乗れないじゃないか。本当に、どれだけばかなのか。

駅を目の前にして逡巡する。焦りのあまりに飛び跳ねる。どうしよう。家に帰って財布をとってまた出てくるしかないのか。絶対無理だ。絶対見つかる。それとも弟に届けさせる？　いやあいつには別の任務がある。無理は承知で戻るしかないか。それしかないか。ヒッチハイクかなにかできればいいのだが、それはさすがに現実味がない。駅で客を下ろし、通りをすーっと走り去ろうとしているタクシーを思わず目が追ってしまう。あれに乗りたい。めちゃくちゃ乗りたい。どうにかして乗せて欲しい。ツケとかなにか

で……いやわかってる、無理だ。金がなければもうどうにも……

『ポケット見ろ』

不意に耳に蘇った声にブンブン首を横に振る。ポケットはもう見たんだ。鍵なら見つけたんだ。でも自分がばかなせいで、そこから先に進めずにいるんだ。泣きたい気分で来た道を戻ろうと方向転換したそのとき、太腿のあたりになにかがガサリと触れた。

コートではなかった。スウェットのポケットだ。

手を突っ込んで、それを掴み出す。

紙だった。

重ねられて、折られて、畳まれている。

広げる指が震える。

――領収証と、五千円札と、一万円札。

さすがに声も出なかった。いや、ていうか、……なんで？　一万五千円が、どうしてここに入っているんだ？

「……あっ、あっ、あっ！　あ――――っ！」

改札にすでに入っていたさっきの女の人がまた振り向く。でも構わない、構えない。

これは、あのときの余ったお金だ。昨日だ。ゴミの収集の料金。四万円といわれた。弥勒にもらった。でも鈴木隊長が二万五千円に「勉強」してくれた。その余りをポケットに突っ込んだ。いやでもあのとき着ていたスウェットは汚れたから脱いだはず、洗濯物の紙袋に入れたはず、火事騒ぎの後に大急ぎでシャワーを浴びて、今着ているスウェットに着替えて……そうだ！　弥勒に返そうと思ったんだ！　失くしそうだからまたポケットにしまった！　そのまま忘れていた！

「鈴木隊長――――――――――――――――っ！」

全力で叫び、駆け出す。さっきのタクシーを追いかける。もちろんあれは鈴木隊長ではない、当然だ、ただのタクシーだ、わかってる、鈴木タクシーですらない、わかってる、それでもそう叫ばずにはいられなかった。名前を呼ばずにはいられなかった。

ご褒美だ。

一人であの部屋を片付けたから、鈴木隊長がご褒美をくれた。これで弥勒のところに行けと鈴木隊長が言っている。

嶋の決死の形相に、タクシーがブレーキを踏んだ。「乗るの？」「乗る！　あっ、乗ります！」開いたドアの中に頭から突っ込む。

「町田まで！　あっ、いくらかかりますか⁉」

スマホを操作し、「町田の駅までだと……」運転手が答える。「だいたい、一万二千円ぐらいいっちゃうけど。大丈夫？」

「大丈夫！　大丈夫、です！　一万五千円あるので！　ちなみに、ものすごく急いでもらうと金額は変わりますか⁉」

「高速に乗ると……そうねー、一万四千円ぐらいかな」

「それでお願いします！　大丈夫なので！　一万五千円あるので！」

やっぱりそうだ。これはご褒美だ。だからちゃんと足りるのだ。こうなるように、急げるように、ちゃんと用意されていたのだ。あの嵐の日にディズニーに行けなかったのも、今この時にご褒美をとっておくためだったのだ。どこにでも行けるような気がしたのは間違いなんかじゃなかった。本当に行ける。どこにでも行ける。弥勒のところに、飛んでいける。いや飛んではないけど。

（よかった、よかった、よかった……！）

そもそも自分が財布を持ってきていれば話はそれですんだのだが、そんな事実ももはや忘れ果て、嶋は後部座席で顔を覆った。そのまま深く項垂れる。そうして顔面を押さえていなければ、また叫んでしまいそうだった。内側からせり上がる圧力で弾け飛んでしまいそうだった。

「あれ、気分悪いの？　大丈夫？」

ミラー越しに、運転手が心配そうに声をかけてくる。嶋は元気よく顔を上げ、

「大丈夫です！」

高らかに答える。本当のことだ。大丈夫だ。絶対に大丈夫だ。どこにでも行けるし、弥勒を見つけられる。どんなに深く闇の底に埋まっていても、どれほどのゴミに汚されていても、自分は必ず弥勒を見つける。遥か遠い宇宙の果てからでも迷わずにまっすぐ飛んでいく。見つけてみせる。自分にはできる。この手で必ず、弥勒を掘り出す。知っ

てるだろう？　そうするだけの力がこの手にはあるんだ。この身体の中いっぱいに満ちているんだ。

「ところで、YouTubeって見ますか⁉　すごいおすすめのチャンネルがあって！」

タクシーは、突然鈴木隊長とやらの動画を勧められて困惑する運転手と嶋を乗せて、ヘッドライトを光らせ、夜の道を一直線に落下するように走っていく。

町田の駅付近で料金が一万五千円を超えそうになり、その手前でタクシーを停めてもらった。急いで降りて、マンションまでの通い慣れた道を嶋は再びひたすら走った。弥勒が部屋にいると確信しているわけではないが、とにかく真っ先に向かうとしたらそこしかないと思えた。

エントランスが見えてくる。四階の、弥勒の部屋を見上げる。不在なら真っ暗なはずだが、

（あっ！）

部屋には灯りがついていた。人影が見える。カーテンの隙間からよく知るあの白い顔が一瞬覗いて、その表情まで見えて、

（弥勒が……泣いてる！）

息を飲んだ。突っ立って考える余裕などもはやなく、嶋は身を翻してエントランスの中に飛び込む。エレベーターは上がっていくところで、のんきに待ってはいられない。朝に抱えられて降りた階段を一段飛ばしで駆け上がり、四階の廊下をまた走る。部屋のドアの前まで来てポケットから鍵を出す。でもノブを回すと鍵はかかっていなくて、そのままドアを大きく開いた。

「弥勒!」

玄関に踏み込んで、スニーカーを脱ぐのももどかしい。すり合わせるみたいに蹴り飛ばし、ソックスで廊下を突き進む。ドアをさらに開け、リビングに入って、

「み、」

振り返った、その人の顔。

その目。

＊＊＊

反射的にまず思ったのは、——女の子だ。

その次の瞬間、――幽霊だ。

いや違う、生きている人間だ、というか、――大人だ。

大人の女、そういえば確か、――ストーカーだ。

でも顔が、――弥勒のお母さんだ。

それにしては年齢が、――弥勒のお姉さんだ。

めまぐるしく考えながら、嶋はしかしなにも言えない。リビングの戸口近くに茫然と立ち尽くしたまま動けない。窓辺に立って、カーテンの隙間から外を見ていたのは弥勒ではなかった。

その人は、艶のある柔らかそうな髪をたっぷり長く背に垂らし、上品な純白のカシミアコートを着ている。女性だ。ほっそりとして小柄だが明らかに大人で、でも母親よりはずっと若く見える。そして当たり前だが現実の人間だ。もちろん生きている。

でも、弥勒と見間違えたのも当然だったかもしれない。振り返って嶋を見ているその顔は、丁寧にメイクを施されてはいるが、あまりにも弥勒によく似ているのだ。性別という括りを超えて、年齢の違いも関係なしに、もはや同じ顔と言ってもいいほどだった。いや、というか、そうだ。本当に同じ顔に見える。たとえ同性だったとしても、一卵性の双子だったとしても、別々の人間がここまで似るなんてありえるだろうか。半分に切ってくっつければ、くっついた同士でそのまま一つの顔になりそうだ。神様が二人を創造するその過程で、なにかの間違いが起きたみたいだ。

そういう驚愕が、今、嶋を棒立ちにさせている。それと、弥勒ではなかったという落胆が。

動けないでいる足元に、青い冷気がひんやりと絡みついてくる。それは音もなく、蛇のように、心臓に向かって這い上がってくる。

「……あなたが『しま』？」

優しく澄んだ声だった。

弥勒と同じ目で嶋を見ている。

「私、あの子の姉よ」

弥勒と同じ顔を、静かに滴る涙で濡らしている。スマホを持った片手をだらりと下げて、華奢な薄い肩を呼吸に上下させている。すぐ傍には口の開いたバッグが落ちている。高いところから叩きつけられたみたいに、中から書類やポーチが飛び出して、床のあちこちに散乱している。

なにか言わなくてはと思った。でも、「……」声が出ない。なぜだ。さっきまではあんなに全身が力に満たされていたのに。なんでもできるような気がしていたのに。今は身体がうまく動かない。末端から凍りついていくような気さえする。頭の重さも支えられずに自然と深く俯いてしまう。そこには自分の影がある。その中に、落ちていくようだ。

強張る首に、それでも必死に力を入れた。

「……あ、あの……」

顔を上げる。視線を合わせる。

「……今、弥勒を、探してて……」

「あの子がいないの」

「……それ、弥勒のこと……？」

「ここにいてって言ったのに。私の知らないところには絶対に行かないでって言ったのに。離れたらだめなのに」

直感が囁く。やばい。微妙に話が通じていないし、それになんだか、ものすごく、

――怖い。

弥勒と見間違えたのはともかく、どうしてこの人を小さな女の子とか、その幽霊だなんて思えたのか。一瞬とはいえ、どうしてそんなか弱いもののように感じたのか。

弱くなんかないだろう。絶対に。

強くて怖い。それが本当の姿だろう。

本能的に、嶋は後ずさりしようとしていた。とにかく、ここに弥勒はいないのだ。ここにいても見つけられない。ここを出て探しに行かなくてはいけない。そう思っているのに、そうしようとしているのに、でも、（あれ……、あれ……）できない。どうしても足が動かない。身体が竦んで逃げられない。

「私はあの子を探してるの」

嶋をまっすぐに見据えるその目は、確かに弥勒と同じ色素の薄い瞳をしている。しかし、不思議なぐらいに暗く見える。虚ろな、真っ黒な影に塗り潰されたような、光のない目。闇の底を映すような、その目。嶋の方を向いてはいるが、本当はどこを見ているのかわからない。

その目の奥が、ぱっくりと口を開けたような気がした。きっと見てはいけないのだろう、しかし引力には抗えずに覗き込んでしまう。

途方もない漆黒がそこには渦巻いている。目に映るすべてを己の暗い内部に引き込むように、飲み込むように、うねるみたいに脈打っている。

冷えて感覚のなくなった握り拳が震えた。恐ろしい想像をしてしまう。このままあそこに吸い込まれて、自分は消えてなくなってしまうんじゃないか。あの闇に呑まれて、這い出すことは二度とできないんじゃないか。いやだ。だめだ。嶋は必死に足を動かそうとした。摑まるものを、手が、目が探す。弥勒の姉なら敵ではないはずなのに、弥勒を探しているなら目的だって同じなのに、頭の中では警報音が激しく鳴り続けている。絶対に近付いてはいけない、あの闇に引きずり込まれたらいけない、狂ったように鳴り響いている。

しかし動けないのだ。逃げられない。弥勒の姉が歩いてくる。こっちにゆっくり近付いてくる。

「あの子、」

もう息もできない嶋の目の前に、スマホを差し出してくる。

「消えちゃったのかな」

雨に濡れた花のような泣き顔で、読め、というように、差し出したスマホをゆらゆらと揺らす。そのLINEのトーク画面には「メンバーがいません」さんとのやりとりが表示されている。弥勒とのトークルームだろう。嶋のLINEの画面もこうなっている。弥勒のアカウントは消えていて、トークの中身だけが残されている。嶋の目は、やがて猛然とその文字列の意味を追い始める。

一連の会話を先に始めたのは弥勒の方だった。

『夜になるのまじ早いな』

送信は、午後五時過ぎ。三時間半ほど前だ。

『まだなんにも言ってないよな?』

返信は即、『まだね』と。すぐに続けて、『今は出張中で京都、帰るのは明日。これから会食』。その先は弥勒からの送信だけが連なっている。

『いきなりだけど、あの部屋は人にあげちゃったから。しまってやつ』

『部屋だけじゃなくて、中の物もぜんぶあげた』

『もう俺の物はこの世にいっこもない』

『しまにぜんぶあげたら一気に楽になってさ』

『だから楽になった分で、姉ちゃんの半分を俺が抱えていくことにするよ』

『姉ちゃんは半分半分でさ』

『半分は俺を求めていて、半分は俺を消したがってる』

『その半分同士が争ってるから、ずっとつらかったんだよな』

『俺が抱えていくのは、俺を求めてる方』

『俺は姉ちゃんのその半分と一緒にいく。俺たちは絶対に離れない。一緒に消える』

『だからなにもかも忘れろよ』

『ぜんぶ、なかったことにできる』

『ぜんぶ、ただの怖い夢だったんだって』

『夢なんか、実は俺がとっくにチャラにしてやったし』

『なんであれから十年もこんな地獄を生きちゃったんだろうな』

『なんで十年前にこうしなかったんだろうな』

『姉ちゃんを十年分余計に苦しめただけで、なんの意味もなかったな』

『ごめんもうくるしまないで』

『しあわせになっておねがい』

　Ｂｙｅ！　と手を振る陽気なスタンプ。

　その下にタイムスタンプ。「弥勒が退出しました。」のメッセージ。

　嶋はそこから視線を外し、自分の手を見た。握り拳を開いて、この部屋に入ったときからずっと握ったままでいた銀色の鍵を見た。

何秒かそうして、それを思い切り振り上げた。力いっぱい、床に投げつけた。

「ばかじゃないの……⁉」

叫んだ口の端から唾液が垂れる。見開いた目からも体液が噴き出す。もう涙ですらないかもしれない。血かもしれない。はあっ、はあっ、動物のような息をして、

「なに、いってんだよ……っ！」

また叫びながら、中身を絞り出すように身体を折った。嗄れ切った喉からはもう裏声のような奇妙な音しか出なかった。震える身体をまっすぐに保つこともできない。壁にもたれて、果物を摑み潰そうとしているみたいに片手で顔を覆う。

何度も跳ね返された。何度も折れそうになった。それでも、ここまでどうにかやって来た。だけど今度こそ、もうだめかもしれない。この一撃には、耐えられないかもしれない。ここから先には行けないかもしれない。事態はあまりにも決定的に、悪い予感のど真ん中を突き進んでいる。振り払いたかった恐ろしい考えをぴったりなぞるように弥勒は行動している。

ＬＩＮＥの意味はわからなかったが、それでもいわゆる遺書の類であることぐらいはわかるのだ。それに、こんなものを送り付けられて、後に残された人が幸せになんかなれるわけがないこともわかる。なにが、おねがい、だ。ばかじゃないのか本当に。消えるって言っておきさえすればそれでいいと、本当にその後は誰も探さないと、誰にもなにも残さないと、弥勒はそう思っているのだろうか。ああそうだな、思っているからこ

んなことするんだな。じゃあやっぱり弥勒はばかだ。自分と同じだ。

自分も、ばかだった。ばかだから、わかっていなかった。家出している間、親や弟のことなんかろくに考えもしなかった。自分のことで精一杯で、後に残される人のことまで想像は及ばなかった。でも、わかっていないのと、わかっていながらそれでよしとするのでは、同じばかでも結構違ってはいないか。というか本当に弥勒は自分自身が思うほど、していることの意味をわかっているのだろうか。本当にわかっていて、これでいいと思ったのだろうか。この人にＬＩＮＥを送って、別れを告げて。自分にはすべてをくれて。それでどうなるか、わかった上で。

「……絶対、なんにも、わかってないだろ……！」

さっき投げ捨てた鍵はフローリングの床で跳ね返って、そのままどこかにいってしまった。もうどこにあるのかわからない。探す気もない。

「俺が欲しかったのは、こんなのじゃないよ……！」

弥勒は全然わかっていない。ぜんぶ間違っている。どうしてわからないんだよ。

この部屋が欲しかったんじゃないんだよ。

弥勒の物が欲しかったんじゃないんだよ。

自分がここにいたかったのは、ここにいれば大丈夫だと思えたのは、ここが安全だと思えたのは、ここが居場所だと思えたのは、ここに弥勒がいたからじゃないか。

弥勒がいないなら意味なんかないんだよ。

どれにも、なににも、意味なんか全然ないんだよ。

「……どうして、わからないんだよ……っ!」

嶋は泣いた。

弥勒の姉も泣いていた。そして、

「私のせいだ」

真っ暗な目のままで呟いた。

「私、十年前に悪いことしちゃったんだ。それにあの子を巻き込んじゃった。あの子が大事なのに、あの子を守りたいのに、あの子を助けたいのに、なのに結局、私があの子を引きずり込んじゃった。どうしよう……」

十年前——弥勒は、悪夢を十年見ていた。弥勒は、その悪夢をチャラにしたかった。

弥勒は、嶋に話して悪夢をチャラにした。ふと訊ねたい衝動にかられた。

(あなたは、弥勒の悪夢の中で怪獣と戦う女の子ですか? 絶対に負けない、女の子ですか?)

それは喉までせり上がってきて、今にも言葉になりかける。でも嶋はその寸前で、振り払った。

「……悪いことしたんなら、その相手に謝れよ!」

寄り添わない。歩み寄らない。必要ならば対決だって選ぶ。この闇に、自分まで飲み込まれるわけにはいかないのだ。まだ諦められない。必死に身体を立て直し、嶋は手の甲で涙を拭いた。弥勒を探さなくちゃ。顔を上げる。跳ねる息を必死に飲む。弥勒のところに行かなくちゃ。目の前の人を思い切り睨む。負けない。

絶対に、負けない。

「本当に悪いことをしたって思ってるならさっさとそうすればいいだろ⁉　謝って、それで警察にでも行け！　十年前にしたっていう悪いことをぜんぶ白状してこいよ！」

白い泣き顔は、嶋が言葉を叩きつけるたびに、すこしずつ砕けていくようだった。

「……できない」

「なんで⁉」

「いやだから。それに、どうしても、もうできないから……」

「それでもやれよ！　謝れ！　警察行って、ついでに弥勒を探してくれって言えよ！」

ぴし、ぴし、とひび割れる。そこからだんだん壊れていく。粉々になって、剝がれていく。見えない破片がぱらぱらと闇の中に落ちていく。

「なんで今までそうしなかったんだよ！　ずっとそうしないでいたくせに、弥勒をそこに引きずり込んで十年もそのまま放っておいたくせに、なんで今、泣いてるんだよ！　自分がそうしたんじゃないか！　自分がそうすることを選んだ、その結果じゃないか！」

「……ちがう、ちがう……」

「あんたが弥勒を地獄に落としたんだ！」

「……ち、」

「それであんたは今も動かない！　そうだろ⁉　なんにもしない！　そうだろ⁉　ここにいて泣くだけ、謝って解決しようともしない、警察にも行かない、弥勒を探さない！　そうだよな⁉　でも俺は、あんたとは違う！」

「……なんにも、しらないくせに！　みんななんにもしらないくせに！　わたしたちにさわらないで！　わたしたちにちかづかないで！　いやだいやだあっちいって、さわらないで！　わたしに、もう、だれもさわらないで！」

　癇癪を起こしたみたいに両腕をめちゃくちゃに振り回し、嶋の胸を突き飛ばす。その勢いで自分がバランスを崩して、床の上に膝から落ちる。いたい！　高い悲鳴と、スカートかなにかの生地が破れた音。座り込んで、もう立てなくて、ひ、ひ、とその喉が鳴る。丁寧に作り上げられたはずの、強くて怖い大人の顔が崩壊する。現れた本物の顔が、うえーん、と幼い泣き声を上げる。

「わたしは、あのこを、さがしてるもん！」

　両手を目の下に当てて、上を向いて、大きく口を開けて、えーん、えーん、と泣きじゃくる。「あのこはわたしをまってるもん！」えーん、えーん。「わたしにみつけてほしいんだもん！」えーん、えーん。「おかあさんをまってるもん！」えーん、えーん。「わたしもおかあさんをまってるもん！」えーん、えーん。「おかあさんにみつけてほしいんだもん！」えーん、えーん。「おかあさんははなれちゃだめなんだもん！」えーん、えーん。「だってずっとさがしちゃうもん！」えーん、えーん。「わたしはずっとおかあさんをさがしてるんだもん！」えーん、えーん。

「ずっとみかただったのに、いってごらんっていったのに、ほんとうのことをいったらおかあさんはわたしがわるいってわたしがきもちわるいってわたしがいろけづいたせいだって、ぜんぶ、いやらしい、わたしのせいだって、わたしはどうせよろこんでたって、うれしがってたって、そのしょうこにあかんぼすてないじゃないかって、でもおかあさん、ちがうんだ、わたしいやだった、それにこのこ、わたしがあいしてあげなきゃ、いきられない、すてられない、おかあさん、わたしだっておかあさんがいなきゃいきられないおねがいいかないで、おねがいわたしをきらわないで、おねがい、おかあさん、おかあさん、おかあ……」

えーん、えーん。

嶋は、途中から耳を塞いでいた。呼ばれている人はここにはいない。自分ではない。全身に力を入れて、まだ続く泣き声にようやく背を向ける。その底なしの闇に引き込まれないよう、震える足を必死に動かす。必死に、そこから遠ざかっていく。そこに飛び込んで小さな女の子を救い出すのは自分ではないのだ。だって今は行かなきゃいけないところがある。

自分は、弥勒を探しに行かなくちゃいけない。

スニーカーを履きながら、目の端で一瞬だけ女物の靴を見た。入ってきた時には気が付かなかった、細くて綺麗なハイヒール。どれほど慌てて脱いだのか左右ばらばらに転がって、片足はヒールが折れている。いきなりあんなＬＩＮＥが来て、出張先から新幹線に飛び乗って、ここに着いて、焦って、壊れた靴なんか蹴り飛ばして、とにかく中に飛び込んだのだろう。姿を探して。必死に走って。名前を呼んで。わかっている。わかっているんだ、それは。

でも、ここにはいられないんだ。

「待ってて！」

振り返らないまま嶋は叫んだ。

「絶対に弥勒を連れて帰るから！　約束するから！」

一度ぎゅっと目を閉じる。そのままドアを大きく開き、目も開く。部屋から飛び出して、全力で走る。早く、早く、と心ごと転がり落ちるように階段を下り、エントランスから夜の街へ。息が真っ白だった。吐くたびにたちまち凍りついた。どうしようもなかった。

十年前、十五歳だった弥勒に、なにか恐ろしいことが起きたのだ。

それが弥勒のその先の人生を飲み込んで、弥勒をそこに十年も閉じ込めて、あんな闇の中に深く埋めたのだ。

（早く見つけなくちゃ、早くあのこのところに行かなくちゃ……）

寂しい星に一人ぼっちで座っている十五歳の姿を思い出す。あのこがいたことを自分は知っている。あのこがなんて叫んだかも知っている。

この世のどこにも宛先のなかったメッセージは時を超え、今、ここにちゃんと届いている。

だから、弥勒。どこにいようと飛んでいくから。絶対に行くから。辿り着くから。

そこから俺を呼んでくれ。


闇雲に街を走り回った。弥勒と歩いた商店街、弥勒と入ったコンビニ、弥勒と買い物したドラッグストア。人とぶつかりそうになって危うく立ち止まって、思い出したのはミカのことだった。

『覚えて。なんかあったらかけな』

あの時聞いた番号は、確か080、いや違うか、070、……だめだ、わからない。覚えられるわけがないと思ったとおりに本当に全然覚えていない。

他になにか弥勒と繋がるものは、と考えて、やっと一つだけ思い浮かんだ。店。どうして今まで思いつかなかったのか、弥勒が勤めているホストクラブだ。あんなＬＩＮＥを送っておいて普通に出勤はしていないだろうが、それでも行けばなにか手掛かりが見つかるかもしれない。少なくともただ街中を走り回るよりはだいぶ建設的な気がする。

店の名前も知らないが、ケータにもらった名刺があった。スマホケースの背面の隙間に差し込んだままになっていた。さっそく名刺を取り出そうとして、スマホのバッテリーが残りわずかなことに気付く。まずい。そういえばめぐバスにアクセスしようとして散々使って、そのまま充電もしていなかった。

あとどれぐらい持つのだろう。スマホが使えなきゃ困る。十五歳の身体一つじゃなにもできない。頼む、弥勒が見つかるまでは持ってくれ、いや持って下さい、お願いします。必死に祈りながら名刺を裏返す。そこにはケータの電話番号もある。そうだ、ケータ。弥勒と親しそうだったし、なにか知っているかもしれない。電話をかけるが、すぐに留守電になってしまって、

「あ……あの、俺、嶋です」

メッセージを残す声がみっともなく震えた。

「えっと今、弥勒を探してて、弥勒がいたら俺が探してるって伝え、じゃなくて、弥勒の居場所を、俺に教えて下さい」

そこまで。どうにか言い終えて、息をつく。でもぼんやりしている余裕などない。名刺のQRコードを読み込み、店のサイトでアクセスマップを確かめる。それを見ながら店の方に向かって走り出したそのとき、摑んでいるスマホが震えた。ケータの番号だ。留守電を聞いてかけ直してくれたのだ。「もしもし⁉」走りながら慌てて出ると、

『しま君？』

女の声だ。ミカだった。

『ケータは今接客中だよ。留守電ちょっと確かめといてって言われて、そしたらしま君だったからかけちゃった。女子トイレで話してるから誰にも聞かれないよ。なにがあったの』

「……弥勒が、……弥勒が、いなくて、俺……」

どうしよう。どう言えばいいのだろう。どこから説明すればいいのかわからずに口ごもっていると、ミカの方から話を切り出してくる。

『ミロク、今日からしばらく休むってオーナーに言ったみたいだけど。迷惑をかけるといけないから、ほとぼりが冷めるまで、って。しま君は知らなかったの？』

知らなかった。今朝あんなふうに別れた後のことを嶋が知っているわけがない。

『探偵がミロクのこと嗅ぎ回ってたのは知ってる？』

それも予想外だ。もちろん知らなかった。全然知らなかった。

『前にミカが言ったじゃん。ミロクにはやばい噂がある、って。それ関係で』

かつてストーカーが吹聴していたという弥勒の噂を、ミカは嶋にも教えてくれた。それは本当にひどい内容だった。

――ミロクは、実の親父と実の姉貴をぶっ殺したんだって。

――親父と姉貴が変態で。親子で出来てて。その現場を見ちゃって。

――その二人の間に生まれたのがミロクだったんだって。

「なんだよそれ⁉」

聞くなり、嶋はすぐに言い返した。

「そんなの嘘だよ！」

だって弥勒の姉なら生きているし、あの部屋にいた。ついさっきこの目で見たばかりだ。その噂が真実ならあれは誰だ。一瞬だけ見間違えたとおりに女の子の幽霊だったとでもいうのか。ありえない、そんなわけがない。あの人は確かに生きていた。苦しんでいたし、泣いていた。きっと今もあそこにいて、苦しんでいるし、泣いている。弥勒の帰りを待っている。

『本当かどうかなんてミカは知らないよ。とにかく、そこに興味を持って探ってる奴がいるのは事実。でもこの件でなにが一番怖いかって、その噂の火元のストーカー女の顔さ。ミロクの顔に、そっくりなんだ。しかもミロクは気付いてないっぽい。どうせ整形でしょ、メイクでしょっていう人もいたけど、でもミカはなん』

そこでバッテリーが切れてしまった。

用をなさなくなったスマホをまだ茫然と耳に当てたまま、嶋はもうわけがわからない。

弥勒と同じ顔の、弥勒の姉。弥勒と同じ顔の、弥勒のストーカー。ならあの人は弥勒の姉で、弥勒のストーカーなのか？　嘘の噂を振りまいたのがあの人なのか？　あの人は嘘の噂の中で、自分を弥勒に殺させたのか？　でも、一体なんのために？

あまりに度を超えた意味不明さが嶋の身体に荷物のようにずっしりとのしかかる。それにもしも、もしもだが、噂の全部が嘘なのではなかったら。もしもその中に一つでも、たったひとかけらでも、真実が混ざっているのだとしたら。

そうだとしたら——

『……なんにも、しらないくせに！』

悲鳴じみた泣き声が蘇る。耳を塞ぎたくなる。走る足が重くなる。ひんやり青い、かわいそうな蛇が、またこの足に絡みついてくるようだ。引きずりながら走っているみたいだ。思わず足が止まりそうになるが、でも今止まるわけにはいかない。どうにか振り切って背後に置いてきたはずの『過去』に追い付かれてしまう。捕まってしまう。急げ、走らなくては、走り続けなくては、スピードを緩めずに、心は叫ぶみたいにそう思っているのに、

「うわっ！」

道路の段差でつまずいてしまう。転びはしなかったがよろめいて、街路樹の幹に危うく手をつく。身体がすこし前のめりになったその拍子、

『ぶっ殺し』

『変態で。親子で』

『その二人の間に』

『わたしに、もう、だれもさわらないで！』

「……う、」

突然内臓を真下から抉《えぐ》られたように、

嶋は激しく嘔吐した。

自分でも驚いているうちに、もう一度。通りすがりの人に見られている気がするが止めようもなくて、もう一度。

胃の中のオムライスをぜんぶ吐き尽くしてしまって、苦い粘液を口から長く垂らしたまま、懸命に息をする。ひくつく気道がまだ苦しい。どうしたらいいかわからなくなって、とりあえず足で枯れ葉を集めて吐いたものを隠す。栄養——思って、あ、と顔を上げる。汚れた口元を手の甲で拭う。今になって気が付く。

この道は多分、マンションと店をつなぐ最短ルートに重なっている。

昨日、弥勒はこの道を通ったのだ。

火事の騒ぎを聞いて、店から飛び出して、逆方向にこの道を走って、辿り着いた弥勒も吐いていた。

（あの時……）

激しく震えていた肩。背中。

（弥勒も、こんなに怖かった……？）

口の中にまだ残る苦い胃液を、力を入れて飲み込む。

すぐに再び走り出そうと思うのに、身体がもう言うことをきかない。目の前が急激に暗くなって、頭の中がぐらぐら揺れる。回転する。貧血だ。身体が傾いて、立っていられなくなって、嶋は街路樹の根本にしゃがみこんだ。ちょっとだけ、ほんの一瞬。貧血なら前にもあった。きっとすぐに治る。だから本当にすこしだけ。

目を閉じて、木の幹に寄りかかって体重を預ける。抱えた膝に顔を押し付ける。ほんの数秒間だけのつもりで意識を手放す。

（……こんなの、いやだよな）

――怖いことばかり起きてさ。不安で、心配で、震えてさ。会いたくてさ。吐くまで走ってさ。それでも会えなくてさ。別れ別れになってさ。二度と会えないかもしれなくてさ。こんなのいやだよな。

少なくとも俺は、こんなのいやだよ。

軽い失神状態で、嶋はいつしか不思議な夢を見ていた。夢だと自分でわかる夢だ。見たいものが見られる夢。なんでも望んだとおりにできる夢。

嶋の望みは、もう起きてしまった現実とはだいぶ違う。

（俺は実は、人間じゃないんだ）

どんなものをも吹き飛ばす威力をもつ、一発の爆弾なんだ。

宇宙を彷徨う爆弾の俺は、ある日、十五歳の弥勒を見つける。

寂しい、寒い、暗い、静かなマンションの一室だ。空間いっぱいに隙間なく、天井までゴミが詰まっている。光も射さないその奥底に、弥勒はいる。バスケのユニフォームで座り込み、たった一人で深く埋められている。

俺は、弥勒に座標を定める。

億千万の星の海を抜け、渦巻くガスの雲を抜け、一直線の軌跡を描いて、遥か遠い宇宙の果てからたった一つ、弥勒がいるところを目指してまっすぐに降下していく。

ひゅーっと落ちて行って、眠る弥勒に触れた瞬間。

俺は、爆発してみせる。

内側から一気に膨れ上がり、激しく炸裂し、真っ白な閃光を放つ。

溢れ返るゴミも、暗い部屋も、怖い記憶も、苦しみも、悪夢も、悲しみもなにもかも、すべてを木っ端微塵に吹き飛ばす。破壊し、燃やし、一瞬で無に帰してやる。これが『終わり』だ。『最後の瞬間』だ。宇宙ごとなくなってしまえ！　食らえ！　バーン！

そうやってすべてを壊してしまって。ぜんぶをなかったことにしてしまって。過去など丸ごと消してしまって。

俺は、

（……もう大丈夫だよ）

新しい宇宙を、きみにあげる。

きみは十五歳。名前は弥勒。世の中のことなんか、なんにも知らない。

顔を上げると、そこにはまっさらな眩しい朝が始まっている。歯を磨いて、顔を洗って、弾むように外に駆け出すと、たくさんの友達がきみを待っている。きみはバスケが大好きで、ボールを持てばまるでロケット。雲を突き破るほど天高く駆け上がる、最強のエンジンをその身体に搭載している。当然バスケ部ではヒーローだから彼女の座は争奪戦だし、もう毎日が大騒ぎで、勉強もして、恋愛もして、部活もして。きみの青春の日々は、輝かしくもめまぐるしく過ぎていく。きみはどんどん大人になる。高校を卒業した後は大学か、バスケの道を選ぶかもしれない。運命の人とめぐりあって、すぐに結婚してしまうかもしれない。きみはよく働き、よく稼ぐだろう。家族が増えて、きみはみんなを愛し、全力で守るだろう。我が子の小さな手をしっかりと握って、公園に連れて行くだろう。大好きなバスケを教えるだろう。朝には牛乳を飲ませるだろう。ぐずる夜にはオルゴールを鳴らすだろう。ジブリを見せて一緒に泣いて、お片付けのご褒美にディズニーに行くことを約束するだろう。

きみはいつも笑っている。きみは安全で、暖かな場所にいる。きみの行く先は、明るい光に包まれている。きみはずっと、幸せでいる。

そうやって二十五歳になる。

そしてその頃、新しい宇宙での俺はただの人間なんだ。

俺は十五歳。名前は嶋幸紀。世の中のことなんか、なんにも知らない。

一人で家を抜け出して、真夜中の道を弟の自転車で必死に走っていく。だけどその道は間違っていて、行きたかったところには辿り着けない。迷い込んだ見知らぬ街で、アホそうなヤンキー二人組に追い回される。逃げて逃げて、運転をミスって、俺は崖からひゅーっと落ちていく。そしてそこには誰もいない。誰も現れない。だからここで終わりだ。俺の最後の瞬間は、こんなふうにやってくる。

これでいいんだ。本当にこうなるはずだったんだから。最初からこれでよかったんだ。為すすべなく宙に身を躍らせながら、俺は本気でそう思った。それなのに、無防備な頭から固い地面に落ちていくその真下に、

(……あれ?)

光が、

(なんでだよ⁉)

——見えた。

まるでこの世にたった一つ、俺のために特別に用意されたもののように。俺のためにずっと前からそこにあって、俺をずっと待ち続けていて、そして今、俺のために光っているように。ここだ! と叫ぶように。ここに落ちてこい、しま! 俺の名前を呼ぶように。

夢のはずのこの世界で、いるはずがないこの闇夜の中で、弥勒はギラギラと極彩色に輝いていた。

大きく腕を広げてその胸の中に、落ちてくる俺を受け止めていた。

(なにやってるんだよ⁉)

せっかくの夢なのに、せっかく爆発を見せたのに、せっかく新しい宇宙をあげたのに、せっかく幸せでいるのに、なのになんでここに弥勒が現れるんだ。これじゃすべてが台無しじゃないか。俺は怒った。

（こんな夢の中でさえ俺を助けるのかよ⁉　こんなところまで俺を助けに来るのかよ⁉　弥勒はそれでいいのかよ⁉）

悔しくて悲しくて、鼻血を流して泣いた。

弥勒は白い掌で俺のその涙を拭い、その鼻血を拭い、

『いいよ』

記憶の通りに、微笑んだ。

ここで夢は終わりだ。

「……う、」

嶋がうずくまって気を失っていた時間は、実際にはほんの二分か三分。

「……っ、ふ、う……っ、うぅ……っ！」

必死に、鼻から激しく漏れてくる泣き声を飲み込んだ。戦慄くように痙攣する腹筋に力を入れる。眼鏡を額までずり上げて、濡れる目許を握り締めた拳の関節で押さえる。

眼鏡を戻し、やっと呼吸を静めて顔を上げた時、その目の前にはまだ長い道が続いている。

最後の最後で壊れてしまった夢の余韻を引きずったまま、嶋はふらつく足で立ち上がった。どうにもできない現実を、それでも走っていくことしかできないのだ。夢は壊れた。過去は追って来る。弥勒は見つからない。自分は爆弾ではない。爆発することもできない。呼ぶ声はまだ聞こえない。

それでも。

辿り着いたホストクラブは、雑居ビルの二階に入っていた。一階エントランスの脇から優雅にカーブする石造りの大階段で直接店へ上がれるようになっていて、その階段の途中にトナカイの着ぐるみを着たケータとサンタ帽をかぶったミカが並んで立っていた。

「あっ、ほら！　ミカ言ったでしょ！　やっぱ来た！」通りを一人走って来る嶋に気が付いて、「おーい！」手を振ってくる。

「どうしたのしま君！　ミロクさん店にはいないよ？　なんか休むって、あ、ちょ！」

二人の脇をすり抜けて、嶋はそのまま二階に向かう。階段をぐんぐん上がっていく。自分がなにをしているのかもはやよくわからない。とにかくこの目で見たものしか信じない。それだけを思って突き進む。「ちょい待てって！　しま君、だめだめ！」

大きなリースがつけられたアーチ型の重厚な木のドアを勝手に押し開け、店内に入っていく。すぐ中にいたスーツの男が驚いたように目を見開いて嶋を見る。なにか言おうとするのを無視して突っ切る。幾重もの青白く透けるシェードがゆらめく十八禁の通路の奥へ、嶋は一人で侵入していく。

薄い闇が垂れ込めた幻想的な空間は、まるで深海の底だった。大理石の床が小さなライトを反射してつやつやと光っている。ボックスシートの中には星の群れみたいにグラスが輝いている。真っ白なクリスマスツリーは豪華に飾り付けられて、重そうな球形のオーナメントで枝先がしなっている。その下で酒瓶を片手に、笑い声を上げる派手なシヤツ姿の男。頭にはトナカイの角。細くて若いサンタクロースもいる。その首に絡みつく白い腕。シルクのリボン、金色の時計、指の宝石、真珠、珊瑚《さんご》、透ける爪。男女の影が重なりながらひらひら揺れる。でもまだ見えない。わからない。

「しま君！　今営業中だから困るって！」

追いかけてきたケータに背後から腕を摑まれて、それを夢中で振り切った。その拍子につんのめって、勢いよく前に転んでしまった。「きゃあ！」騒ぎに驚いた客が声を上げる。「びっくりした、どうしたの⁉」「なにこの子」すいませんすいません、とケータが全方位に頭を下げながらくるくると回る。フロアの中央付近に倒れ伏した嶋に、インカムをつけた男が大股でずかずかと歩み寄ってくる。その前にもケータは慌てて割り込んで、

「ややや、ちょっと待って！　これミロクさんとこの子なんすよ！　ミロクさんの弟分っつうか子分っつうか、なんつうか、なんだろ、あ、あれだ！　育ててる⁉　みたいな！　とにかく大事にしてるっぽいんで、手ぇ出したらまじでやばいすよ！　普通にぶち殺されるヤツすよ多分！」

な、しま君！　そうだよな！　強張った笑顔で振り返ってくるが。

「……」


嶋の目にはもう、それは見えていない。

なにも聞こえていない。

弥勒はいない。

誰も、なにも、もうなんにもない。自分と、あとはただ一つだ。

ピアノだけだ。

嶋の目の前には一台のピアノだけが、ライトに照らし出されて、そこに存在していた。

『――ずっと待ってた』

その声は、嶋の耳に確かに聞こえた。

＊＊＊

弥勒がこうしたんだ。

なんの根拠もなく、しかし絶対の確信をもってそう思う。自分がここに来たのも、ピアノがここに出現したのも、すべて弥勒の計算通りなんだ。

弥勒に、連れて来られたんだ。

伸びてきた誰かの手にコートの袖を掴まれ、倒れたままで身を捩って逃れる。もがいて起き上がるがまた捕まって、這いずって転がってそれも振り切る。ピアノに向かって両手を伸ばす。届いたら摑んで、もう放さない。絶対に離れない。尻を椅子に捩じり込んで強引に座る。蓋を跳ね上げる。鍵盤のカバーを払い落とす。

ぞろりと並んだ鍵盤が、光を強く反射した。

静かだ。静止している。触ればきっと冷たい。凍っているみたい。まるで死んでいるみたい。

でも、嶋は知っていた。これはちゃんと生きているのだ。誰にも見えなくても、誰にも気付かれなくても、ずっと声も上げられなくても、それでもここに命はあって、心臓は本当は力強く脈打つことができる。熱い息で呼吸もできる。血は全身を駆け巡りたがっている。その瞬間を、ずっと待っている。

ただ、目が覚めていないだけなのだ。

（弥勒）

体格に比して明らかに長い嶋の両腕が、翼のように大きく広がった。

さらに長い指がその先に十本、それぞれが独立した生物であるかのようにしなやかに伸びた。

その指の先、ミクロの次元で極限まで緻密に張り巡らされた神経のすべてに青白いスパークが散った。

筋肉が、腱が、関節が、羽ばたくためのすべてのメカニズムがなめらかに起動した。

小さな身体にずっと隠されていた、誰も存在を知らなかったその翼が、今、

(準備はいい?)

完璧な形で開いた。

その瞬間、飛び立った。

すべての重力から解き放たれて、ふわりと無音の中を遥か高く、どこまでもどこまでも上昇して、見えるのはもう空だけで、その果ての宙《そら》の紺、傾いて旋回、遥か眼下の青い星、吹き荒れる強い風、激しく流れる雲、通り過ぎる嵐、渦を巻く白い目、不意の凪、静まり返ったその一瞬、

息を詰め、

——行くよ!

真っ逆さまのフリーフォール。

高いところから低いところへ一気に音階を駆け抜けながら、凄まじい速度で墜落していく。この指先が触れにいくのは弥勒の心臓だ。その心臓に今、触れにいく。肺に、背骨に、脳に触れにいく。眼球に触れにいく、舌に触れにいく、胃にも肝臓にも骨盤にも

触れにいく、弥勒の命に、その中心に、この手で指で触れにいく。この音の切っ先で突き刺さる。弥勒の一番深いところに俺はまっすぐ突き刺さって、その内側に侵入する。そうやって、

(俺、今ここにいるよ!)

弥勒を震わせるのだ。

すべてをここから震わせてやる。グリッサンドで血管を駆け抜け、繋がる神経が電流で焼ける。稲妻は眼球の内側から轟くし、全細胞が同じ周期で揺らされて、大きくうねる一つの波頭になる。やがて砕けて飛び散る飛沫になる。走り出した指はもう誰の命令もきかない。止まらないまま泣くように叫ぶようにすべてを揺るがし、世界をまるごと震わせて、みんなの命を共振させて、時空に存在する万物を音楽にする。ぜんぶを連れて行く。これがソニック。打ち破れば衝撃波。失速はしない。翼は折れない。ここで今、燃え上がるだけ。燃え尽きたっていいのだ。この瞬間のために自分はここにいるのだ。こうするために、この名前を呼ぶために、自分はこの世界に生まれ落ちたのだ。

この名前を呼ぶために、ここまで飛んできたのだ。

——弥勒!

(俺は今、ここから弥勒の心臓を動かしてる! 呼吸もさせてる! 血を送り出してる! 弥勒は絶対に生きてる! 生きる! 俺が生かす!)

俺のピアノを聴きたいと言ったよな。俺はここまでちゃんと来たよ。ここに導いたの

は弥勒だ。

——弥勒！

（ここにいるんだろ⁉　聴いているんだろ⁉　顔を上げろ！　目を覚ませ！）

——弥勒！

ＢＧＭは完全にかき消されていた。音響を計算し尽くした上で配置されたスピーカーから流れるクリスマスソングは今夜、眼鏡をかけた中学生が弾き鳴らすピアノの前に敗れ去った。その凄まじい音の奔流だけが、約三十坪のフロアに溢れ、激しくうねり、噴き上がっていた。

小柄な身体の後ろ姿が恐ろしいほどなめらかに波打って、極限の速度で踊る指先は自由自在、鍵盤上を正確無比に駆け抜ける。柔軟な肘が大きくしなり、空気を抱くように肩が開く。しかしその重心はぴたりと身体の中心を貫いたまま、絶対の均衡を失いはしない。

音の連なりが組み上がっては雪崩落ちる。乱れ打ちに荒れ狂う。何度も上下に行き来するオクターブが雷鳴のように轟いて、やがて嵐が訪れる。揺さぶられ、突き上げられ、空が破れ、海が沸き、世界が崩れる。星が壊れる。

ある者にはそれは、巨大な鳥の影が大地を渡っていくように思えた。

ある者にはそれが、故郷の山から吹き下ろす真夏の熱風のように思えた。

ある者にはそれが、子供の頃に溺れた水底から見上げたあぶく越しの空のように思えた。

ガラスが砕けたと思った者もいた。吹き散らされる大輪の花を、踏まれて跳ねる水たまりを、獣の咆哮を思った者もいた。

ケータにはそれが何の曲なのかもわからなかった。スタッフを止めようと羽交い絞めにしたポーズのまま、間抜けな着ぐるみに包まれた全身が震え出すのをただ感じていた。顎先が震えるから視界も揺れる。なぜか脳裏に浮かぶのは、心肺蘇生の光景だ。胸郭を押し潰す。心臓を揺さぶる。酸素を吹き込む。名前を呼ぶ。その肋骨をへし折ってでも、胸倉摑んで引き起こしてでも、地面に叩き付けてでも引きずり回してでもなにをしてでも、あのガキはピアノの息を吹き返そうとしている。

命を、呼び戻そうとしている。


——弥勒！


もうなにを見てもいない、開いている意味もない嶋の目の裏には今、寂しい星の記憶だけが蘇っていた。

あの星で一人、きみは座り込んでいた。

俺は爆弾ではなくてただの人間だったから、きみに爆発を見せられなかった。

だけどやっと、ここまで来た。きみに導かれてここまで辿り着いた。今ここにいる。

だから、

（起きろ！）

降り積もるゴミなど俺がぜんぶ跳ね除けてやるから、

（起きろ！）

俺がこの手で掘り出してやるから、

（起きろ！）

——弥勒！

（起きろよ！）

あの朝に見た世界を、きみにも見せたいんだ。

すこしずつきれいになっていく部屋。壁際に積み重ねた大きなゴミ袋。ローテーブルの上に倒れているタブレット。ついていないテレビ。充電ケーブルに繋がった二台のiPhone。カーテンの隙間から斜めに差し込む白い光線。その中で舞う埃。静かなスピーカー。

弥勒。

きみがいる世界が俺にはどれほど嬉しかったか。俺の目に、どれほど喜びに満ち溢れて見えたか。どれほどの幸福にこの身体が満たされたか。その世界を、俺がどれほど欲していたか。それをきみにわからせたいのだ。教えたいのだ。叫びたいのだ。

これは、それを叫ぶための声。俺はそのための命。

（起きろ――――――――――！）

ピアノが叫んだその瞬間、真っ暗な闇夜の中に、それは突然ぽつりと灯った。

座り込んでいた少年が、ゆっくりと目を開いていく。灯った小さな光は揺らめきながら火の玉のように膨らんでいく。それはやがて銀色を帯びて、ギラギラと強烈な輝きを放ち始める。

現実の人間には見えない。この世の生き物ではないみたいだ。神話に出てくる鳥のような、触れば指が通り抜けてしまいそうな、地面から数センチ浮かび上がっているみたいな……そこで目を覚ました弥勒は、すでに夜の怪物だった。

十五歳だった弥勒は十年の時間を一瞬で通り過ぎ、失って、二十五歳になって、両腕を広げて、そこにいた。落ちていく嶋の真下に現れた。さっきの壊れた夢の続きをまた見ているのかと思った。

弥勒は、現れてしまうのだ。

どうやっても、なにをしても、新しい宇宙を創造しても、新しい十年をあげても、そういう夢の中に生きていてさえも。それでも。どうしても。

落ちてくる嶋を受け止めて、その命を守るために、必ずそこに現れてしまうのだ。

弥勒は絢爛豪華な閃光を放つ、非現実の怪物。

あれほどに弥勒が輝いていたから、嶋はあの夜、たった一つの座標を見つけられた。

どんなに暗い夜の中にいても、どんなに深い闇の中にいても、どんなに遠いところにいても、絶対に見失いはしなかった。まっすぐに、弥勒のところに落ちていくことができた。そしてあの夜を一緒に渡り、次の新しい朝へと導いてくれるただ一つの手を、どうにか摑むことができた。

二十五歳の弥勒があの夜、そこにいたから。そこで輝いていてくれたから。導く星でいてくれたから。

つまり、じゃあ、もしかして。

（……俺を、助けるために？）

十年という時を、弥勒が生き抜いてくれたのは。

（俺を、待っていてくれたの？）

弥勒は微笑む。

（弥勒の十年を、俺にくれたの？　あの夜に落ちてくる俺のために、あの夜に輝くために、そのために生きてくれたの？　弥勒はそれでいいの？）

『いいよ』

その微笑みの下に、泣き顔を隠したまま。

（……ありがとう）

現実は夢とは全然違う。

現実の嶋幸紀は爆弾なんかではなかった。ただの人間だったから、十五歳の弥勒を見つけることができなかった。この世の誰も、十五歳の弥勒を見つけることができなかった。誰も助けなかった。誰も守らなかった。弥勒は十年の時を、たった一人で生きた。

そして現実の弥勒は、その十年の孤独と引き換えに嶋を見つけた。嶋を助けた。嶋を守った。

（……生きてくれて、ありがとう。待っていてくれてありがとう）

弥勒のその十年を、孤独に生きてきたその時間を、嶋は絶対に否定などしない。誰にもさせない。弥勒にもさせない。

その十年には意味があったのだ。自分が今ここに生きているのは、弥勒が耐えた十年が救ってくれたからだ。一生懸命、守り抜いてくれたからだ。大事にしてくれたからだ。この命は、そういう命だ。弥勒が生きた日々に意味はある。絶対にある。誰にも消せないし、なかったことになんかならない。自分が生きている限り、その喜びに満たされている限り、この世界の美しさに心を震わせている限り、暗い夜を渡り新しい朝を目指すこの翼を広げている限り、それは絶対になかったことになんかならない。

（いてくれてありがとう。見つけてくれてありがとう。助けてくれてありがとう。守ってくれてありがとう）

弥勒がいるから安心だ。弥勒がいるから大丈夫だ。弥勒がこの世界にいてくれるなら、自分はこれから先も生きていける。なにがあっても大丈夫だと、自分の命を信じられる。

だから、どうか、お願いだから。

「弥勒……」

（これからも、この先も、生きてくれ）

弥勒に生きていてほしい。傍にいてくれなくてもいい。一緒にいてくれなくてもいい。二度と会えなくてもいいから。それでも、どうしてでも、この世界のどこかに弥勒がいると信じていたいのだ。生きていくためには、それがどうしても必要なのだ。

「……弥勒！」

俺には弥勒が必要なのだ。

「生きろ――――――！」

背後から首に腕を回され、ついにピアノから引き剝がされた。椅子ごと後ろに倒されてしまって、もう為す術はない。ピアノの音が止む。世界の振動が止まる。すべての繫がりが解ける。

静寂の中に突然取り残されて、

「あ、あ、待った！　お願い！　乱暴しないであげて！　ほら、しま君も謝って！」

妙によく響くケータの声に驚いた。一体なんの騒ぎかと思えば、「うわあ!?」手と足を広げた状態で捕まえられ、うつ伏せのまま大の男二人がかりで吊り上げられたのは自分だった。慌てて手足をバタつかせようとするができない。抵抗のしようもはやない。そのまま店の奥に連行されていく。その嶋の無様な姿に、「よかったよぉ～！」客の女性が一人だけ大きな拍手を送ってくれていた。「あ、ども」嶋は顔をそっちにどうにか向け、小さく頭だけ下げた。チュッ！　と投げキッスが返ってきた。

「ミロクさんとこのガキじゃなかったらおまえは今全裸でゴミバケツから逆さまに生えてる」

恐ろしいことを言われながら、スタッフルーム前の通路に乱暴に投げ出された。眼鏡を押さえるのが精いっぱい、つるつるの廊下を海の獣のように情けなく腹で滑る。

そのとき、店内に続くドアの近くで小さな物体が光を放ったのに気が付いた。

声も出さずに手を伸ばしていた。摑み、握り締め、見た。クマのチャームがついたヘアゴムだった。確信した。やっぱりそうだ。

弥勒は、ここにいたのだ。

自分が弥勒に呼ばれたように、弥勒も自分が呼ぶ声を聞いて、ここまでちゃんと来てくれていた。すぐ近くにいてくれた。ピアノも聴いていてくれた。

生きていてくれた。

そして、弥勒はこれからもこの先も生きていく。

不思議なぐらいにまっすぐ信じられるのは、このクマのヘアゴムがここにあるからだ。まるで空から降ってきたように現れて、今、この手でしっかり握っているからだ。

これは弥勒から絶対に離れない。なにがあっても、必ず弥勒のところに戻っていく。なぜかは知らないが、とにかくそういうものなのだ。それを弥勒は置いて行ってくれた。

つまり、これを持っていれば、絶対にまた会えるということだ。

これはそういう約束だ。

嶋はヘアゴムを握り締めて目を閉じる。座り込んだまま、深く一度だけ呼吸をした。

ゆっくり目を開いたその背を、「おら早く出てけや！」荒々しい声が追い立てる。

慌てて立ち上がり、店の裏口から外に出た。表の階段とは随分趣の違うボロい外階段を恐る恐る降りていくと、

「しま君！」

その後をサンタ帽のミカが追いかけてきた。

「大丈夫？　乱暴されなかった？　ケータも心配してるけど抜けられないから、ミカが様子見に来たよ」

「大丈夫」

乱暴ならすこしされたが、怪我はないし眼鏡も無事だ。営業中のホストクラブに乱入して好き勝手にピアノを弾きまくったのだと思えば、これで済んだのは僥倖と言える。

「帰るの？」

うん、と一つ頷いて、その後に付け足す。「うちに帰る」

「帰り道はわかる？」

その瞬間、ミカはやっと安心したように笑顔になった。

「うん、大丈夫」

「一人でちゃんと帰れる？」

「多分。スマホは電池切れてるけど」

「は⁉　だめじゃん！　も〜しょうがないな、iPhone？」

胸の谷間に食い込ませるように斜めがけにした小さなバッグから、ミカはバッテリーとケーブルを取り出し、「はい」嶋に差し出した。

「これ持っていきな。あげるよ。ミカはこういうの、あと二台持ち歩いてるからさ」

「え、でも、……いいの？」

「クリプレだよ」

「くりぷれ？」

「イブだもん。いいから早くおうちに電話しなって。きっと心配してるから、今から帰るって言ってあげなよ」

ね？　と念押しするその瞳が、嶋の顔を覗き込んで懇願するように揺れる。ふと思った。もしかして、ミカも誰かからそういう電話が来るのを待っているのかもしれない。ミカも、怖くて震えて泣きながら、誰かのために夜の街を走ったことがあるのかもしれない。そしてその誰かは、まだ帰ってこないのかもしれない。

「……うん。そうする。うちに電話して、急いで帰る」

「まっすぐ帰りなよ」

「ありがとう」

「いいって。あーしっかし、さっみーな！　風邪なんかひくなよ！」

じゃね！　と背中を向けたその姿が、ミカを見た最後だった。ケータの姿も、嶋はそれから見ることはなかった。


駅に向かう道すがら、嶋は自宅に電話をかけた。出たのは母親で、嶋の二度目の家出はすでにばれていた。もちろん弟がばらしたのではない。弟が裏切るわけはない。食事の支度ができたから、母親は嶋を呼ぶために部屋を覗きに行ったのだ。そのとき弟は運悪くトイレ中でどうすることもできなかった。あっけない幕切れだった。それが二時間ほど前のことだ。この二時間の間に、恐ろしいことが色々と決定していた。

『あんたはね、冬休みの間、自分の部屋にいるの禁止になったから』

『寝るとき？　お母さんとお父さんの間だよ。仲良く親子三人でべったりくっついて寝ましょ』

『お父さん？　ああ、怒ってないから大丈夫よ』

『ただ一時間半ぐらいかな、ずっとテラスで素振りしてる。そう。重り付きのバットで』

『あとあんたのことを突然チャーシューって呼び始めてる』

『さあ……多分だけど、縛るんじゃない？　紐かなんかで』

弟が両親を足止めする際になにを見せたのかも聞いた。彼女、だ、そうだ。クリスマスイブに家族旅行をしている彼女、を、フェイスタイムで紹介したのだそうだ。

『それがもう、すっごいかわいいのよ。顔小さくて、髪さらさらで、はじめまして〜だって』

『目なんかキラキラしちゃってさ、アイドルみたい。塾で知り合った女子中のお嬢様』

その一瞬、自分でも謎なほど心が突然に殺伐として、嶋は家に帰るのをやめようかと思った。まあでも、それもあまりにも癪《しゃく》だ。むしゃくしゃしながらもちゃんと切符を買い、改札を通った。何を隠そう帰りの電車代のことなど完全に忘れ果てていたが、手持ちの小銭でギリギリ足りた。電車が来るまでまだすこしあった。

「ちゃんママ」

はあ、とため息。

『ほんっと、あんたたちってその呼び方するわよね……なんなの？　いつやめるの？』

「俺、ピアノ、やりたい」

嶋は、話すのがそんなに得意ではない。好きでもない。それでも今は話したかった。

「……やってどうなるかなんてわかんないけど。どうにもならないのかもしれないけど。でも、どうなっても、俺は大丈夫な気がする」

揺るがされない強い気持ちが、腹の底から脈打つように湧いてくるのだ。それはついに溢れ出して、もう自分にも誰にもせき止められなくなっていた。嶋は懸命に話し続けた。

自分の中には、ピアノの声で鳴る心があることを。

誰かにその心を届けられることを、嬉しいと思う自分がいることを。

だから。

「俺、ピアノ、弾きたい」

母親は、黙ってそれを聞いていた。話し終えてもしばらく沈黙は続いて、嶋は段々と不安になるが、

『……それがわからなかったのよ』

継がれた声はすこし笑いを含んでいた。

『お母さんもお父さんも、多分、先生たちも。みんなそれが、知りたかったのよ。もう大丈夫なのね？』

「うん。大丈夫」

より正確に言い直す。

「大丈夫になった」

『じゃあ、とりあえず先生に連絡して、改めて相談してみようか。あんたの気持ちを聞いたら、先生もなにか手を考えてくれるかもしれない。ダメで元々だよね』

うん、と答えた声は母親に届いただろうか。電車が近付く音がする。

すこし前、自分は大丈夫ではなかった。なにもかもが怖くなって、とにかく必死に逃

げ出した。この街に迷い込んで、弥勒と出会った。弥勒の懐にこっそりと隠れて、温められて、しばらく休んだ。よく寝て、運動もして、たくさん食べた。そうしたら、自分が自分でいる方法を思い出した。

大丈夫になっていた。

「電車が来たから乗る。今から帰る」

『待ってるよ。あんたの分のチキン、とってあるからね。ああ、そういえば今年はツリー出すの忘れちゃってたわ。せっかくだから今からでも出そうかな？　お母さんやることないもん。だってあんたはもう、』

母の声がホームに入ってくる電車の音にかき消され、『……もう、一人でちゃんと帰ってこられるし』そのまま通話は切れた。

人の群れに混じって電車に乗り込む。シートに座り、動き出した電車の中で、弥勒を想う。

弥勒は今頃きっと、弥勒が帰るべき場所に帰っていっている。

約束は、果たすことができたと思う。

手首に通したクマのヘアゴムを触りながら、すこし眠ろうかと目を閉じた。閉じた目の裏に思い浮かぶのは、もう座り込んでいる少年の姿ではなかった。ボールを手にした瞬間に、生き生きと躍動し始める身体。なめらかなターン、軽やかなステップ。髪が踊って、白い歯が零れる。足は見えない空中の階段を踏んだ。それが弥勒だ。

夕暮れの公園で、嶋は見たのだ。

まるで離陸だった。

弥勒は本当に、宙へ翔け上がった。

重力から完全に解き放たれたシルエットは、灰色とオレンジの真冬の空に一瞬で鮮やかに焼き付いたままだ。

この心の一番奥に、今も焼き付いたままだ。

――ずっと、探してしまうだろう。

これから先も、ずっと。恐らく、生きている限り。弥勒は歩くのが速いから、いつも背中を追いかけていた。いつもあの背中を見つめていた。どこかで立ち止まってくれはしないだろうか。振り返って、そこで待っていてくれはしないだろうか。こっちを見てくれないだろうか。そんな期待を込めて、自分はずっとあの背中を探し続けるに違いなかった。

（……うちに帰ったら）

時計を、見つけないと。重たい頭をゆらゆら揺らしながら考える。

隠したところから掘り出して、きっと今も容赦なく時を刻み続けているその姿を、ちゃんと見えるところに置いてやらないと。刻む時間を見せつけるのがあいつの使命なのだから。そうやって許そう。和解しよう。どうせまだ先は長いのだし、どうにか付き合って、やっていこう。

それからピアノも弾こう。嶋は思う。ピアノは、真っ青な冷たい夜に取り残された、小さくてかわいそうな蛇のために。

あの夜に、金色の雨を降らせることはできるだろうか。

優しく降り注ぐその雨粒は、泣いている女の子を柔らかなベールのようにそっと包み込む。やがてきらきらと輝き始めて、ゆっくりと辺りの闇を払っていく。眩い光が斜めに射し込み、それはどんどん広がって、どこまでも遠くへ届いていく。世界を照らし出す。そうやって新しい朝を呼ぶ。

そんなことが、できるだろうか。

電車に揺られてうとうとしながら、嶋は家まで我慢できず、心の中で大好きな曲を弾き始めた。冷えた髪を撫でるように、涙を指先で拭うように、華奢な肩を支えるように。何度も繰り返し弾き続けた。届けるには弾き続けるしかない。想い続けるしかない。あの女の子のために、永遠にでも弾き続けていたい。

その曲は、夢と名付けられている。

＊＊＊

冬が終わり、春が来た。

新しい年の四月、嶋は無事に付属高校に進学した。三学期に突如その異次元の才能が開花して成績が爆上がりしたから——というわけではなかった。学校側の温情だった。はっきりとそう言われた。結果はいまだ伴わず、低迷状態は続いていたが、それでも嶋はピアノを弾くことをやめなかった。弾きたいから弾きたいだけ弾き続けた。

高等部に上がると外部生が入学してくる。ピアノ科の新しいクラスでも、改めて全員の自己紹介が始まる。「将来は海外に通用するプロのピアニストに……」「将来の夢は、ピアノの楽しさをこどもたちに……」「私の夢はドイツかオーストリアに留学して……」「自分は将来、とにかく大好きなピアノに携わる仕事を……」「将来は憧れのカーネギーホールで……」

順番が来た。

「嶋です」

立ち上がると、誰かが小さくykmrと呟いた。やきのり、と呟く声もあった。が、聞いてはいない。眼鏡を指で押し上げ、背を伸ばし、顔をまっすぐ前に向けて、

「将来の夢はホストです」

嶋はそう言った。

その瞬間、教室は静まり返った。質量のある静寂を、耳に詰められたようだった。初めましての外部生も、嶋を知っている内部生も、担任も、誰もなにも反応できなかった。その中でたった一人、たった一人の外部生だけが、その男だけが、

「ひゃあ～っはっはっはっ！　真面目な顔してなに言ってんだ！　ひ～すっげ～似合わね～！　おもしれ～！」

死ぬほど受けていた。

嶋は、なんだこいつ、と思った。ばかそうな奴だな、と思った。近付かないでおこう、と思った。

その男、浜尾《はまお》――ものすごく性欲が強く、エロい上にドスケベなので後にジ・エッチエストの称号を得る――が、嶋にとって、生まれて初めての友達になった。

新しい学校生活はそれなりだった。体育のバスケでは置き物の座をほしいままにしたし、球技大会の後には戦犯の二つ名を帯びた。学業はもちろん壊滅的で、「そんなにばかでどうやって今まで無事に生きて来たんだ？」浜尾には本気で不思議がられた。別に無事ではなかったが？　と答えると、「だろうな」浜尾は感慨深げに頷いた。その放課後の教室で、他の連中も揃って「だろうな」と頷いた。女子たちがそれを見て、まーたあいつらだべってるよ、あーやっていっつもしょーもないことしてんのな、どーせエロ

い話してんだよ、と冷たい目を向けてきた。今は違うのに！　男子たちは憤慨した。エロい話はもう終わっていたのに！　嶋はピアノを弾き続けた。

実技の成績がようやく浮上し始めたのは、二年の二学期を過ぎてから。それでもようやくクラスの中ほどか、やや下ぐらいで、三年生に上がったところで、やっともうすこしだけ上向いた。その頃の浜尾はジャズドラムに傾倒していたが、それでも嶋よりもずっと上位にいた。なんならトップの時もあった。コンクールでも賞を次々に獲った。時々無性にどつきたくなる男ではあったが、時間を忘れて練習に没頭している嶋を「もうよせ！　目が死に始めてるぞ！」練習室まで迎えに来てくれることもあった。嶋はピアノを弾き続けた。

見かけるといつも必ず買っていたクリームパンが製造中止との一報を受けた時、嶋は本気で落ち込んだ。問い合わせフォームから思わずご意見メールを送ってしまいもした。五十行を超える呪いのような長文になったが、結果は覆らなかった。それからは牛乳だけを意地のように飲み続けた。毎朝飲んだし、昼にも夕方にも夜にも飲んだ。春も夏も秋も冬も飲んだ。その結果なのかどうか、嶋の身長は高校の三年間で二十センチ以上も伸びた。百八十センチを超えてもまだ伸び続けた。俺はなにも変わらない、と嶋は自分のことを思っていたが、クロゼットにかけてあるダウンコートのサイズをいつの間にか追い抜いていた。嶋はピアノを弾き続けた。

高校を卒業して、音大に進学した。嶋がピアノ漬けの日々を送る間に、弟は地方の国立大医学部に合格し、実家を出て行ってしまった。二年の秋には浜尾がニューヨークへ留学し、嶋のいる音大にはそのまま帰って来なかった。時々は浜尾を訪ねた。浜尾はいつの間にかドラム科に専攻を変えていて、ジャズバンドを結成していた。浜尾は曲も書いた。その曲は意外なほどに洗練されていて、正直かなりかっこよくもあり、やっぱり無性にどつきたくなった。ニューヨークでは嶋も浜尾のバンドに参加した。ライブハウスで演奏もした。ライトの下で、これは一生ものの思い出だな、と嶋は思った。写真はちゃんと撮ってもらった。嶋はピアノを弾き続けた。

卒業後は大学院に進み、やがては欧州に留学するつもりだった。しかし四年生になった頃、事態はいきなり一転した。浜尾の友人が映画を自主制作し、浜尾はその映画のために曲をいくつか提供した。演奏はバンドが担い、嶋もピアノを弾かせてもらったのだが、その映画が国際映画祭のインディーズ部門で賞を獲った。音大のジャズ科を舞台にした作品だったから、劇伴も注目を浴びた。浜尾の曲もバンドも注目を浴びた。「ちょっと来い！」浜尾は嶋を呼びつけた。コンクールがあるし学内演奏会もあるし今は頭がいっぱいだ、と答えたが、「うるせえ！　おまえのピアノがいるんだよ！　来ないなら迎えに行く！」浜尾は本当に葉山まで嶋を迎えに来て、そのままニューヨークへ連れ去った。そこから全米のライブハウスを巡るツアーが始まった。もちろん嶋のビザではずっとアメリカにいるわけにもいかず、何度か日本に返してもらい、卒業だけはどうにかした。大学院には進まなかった。進学は来年でも、なんなら再来年になってもいいかと思った。結局、進まないままになった。嶋はピアノを弾き続けた。

浜尾の友人は大手スタジオから出資を得られるはずだったが、脚本の変更を要請され、受け入れず、二年後に再び自主制作で次の映画を完成させた。やはりテーマはジャズにとりつかれた若者で、浜尾とバンドはいくつかの曲を提供した。公開された映画はその年、さらに歴史ある賞のインディーズ部門にノミネートされ、脚本と楽曲で賞を獲った。やや遅れて日本でも公開され、大ヒットとまではいかなかったが、映画ファンとジャズファンの間では話題になった。劇伴も話題になった。バンドの名前が国内メディアに出た。その頃バンドは欧州のライブハウスを巡っていた。嶋はピアノを弾き続けた。

嶋が二十五歳になった時、バンドはすでにアメリカの老舗ジャズレーベルと契約をしていたが、熱心な誘いを受けて来日、いや帰国し、日本のレーベルとも業務提携することになった。オリジナルアルバムを引っ提げて国内のライブハウスを巡る新しいツアーの日々が始まった。嶋はある日、窓辺の椅子に座っていた。陽射しの中で邪魔な髪をかきあげ、くもった眼鏡のレンズを拭き、ふと思った。そういえば、わりと流転の人生を歩んでいるような気がするのだが、いつまで経っても自分がホストになる道だけは開ける気配がない。あの春の日の教室で、自らうっかりチャラにしてしまったからだろうか。

多分そうなんだろう。

手を伸ばせばそこにピアノがある。

二十五歳の嶋は、毎日ピアノを弾き続けている。

弾きたいから弾きたいだけ弾き続けている。

浜尾が小さく舌打ちしたのは、楽器ごと都内を移動するのに借りたバンの車内だった。

「今日ってもう十二月二十四日かよ。だぁもう、クリスマス前日じゃねえかよ。明日って時間空くのかな？　俺まだ彼女に連絡いれてねえ」

違うぞ、と嶋は前の席から振り向き、浜尾に教えてあげた。

「『イブ』はイブニングのことだ。クリスマスイブはクリスマスの夜っていう意味。つまり今夜はクリスマスの本番で間違いない」

「本番⁉　やべえ！　あ、もうだめ、振られるわこれ……」

町田だな、とは思っていた。

しかし住所を見ても特にぴんと来ることはなく、嶋はただぼんやりと車窓から外の景色を眺めていた。

しかしバンが止まり、今夜のライブが行われるジャズバーが二階に入っているというその雑居ビルの前に立って、一階エントランスの脇から優雅にカーブする石造りの大階段を見て、

「あっ⁉」

大声を上げてしまった。

多国籍のメンバーが不思議そうに嶋を振り返る。「なんやユキノリ」「やかましいのう」みんな、まあまあ日本語ができる。まあまあの英語の嶋とまあまあ同士、意外と普通にコミュニケーションはとれている。が、今はそれどころではない。

「俺、ここ知ってる……！」

目線の高さはだいぶ変わってしまったが、それでも見間違えようはなかった。ニューバランスの996が、それだけをずっと履き続けてきたし履き継いできたし今もこうして履いている足が、かすかに震え始める。

「ここ、昔……十年前は、ホストクラブだった！」

スタッフによると、このジャズバーは開店してから三年ほど経っているらしい。ということは、あのホストクラブはすくなくとも三年前には潰れたのだ。でも確か、ホストクラブの前もジャズバーだったはずだ。そう聞いた記憶がある。ならもしかしてその店が臥薪嘗胆、再びあれ、いぬき、で再開店したとか？　でもその経営判断はどうなんだ？　同じ立地ならまた結局だめになるのでは？　大丈夫なのか？　いや、立地がすべてではないだろうが。ていうかこっちが勝手に想像してるだけなのだが。

「そういえばおまえさ」

浜尾が軽く吹き出しながら嶋の顔を見上げてくる。身長だけはこいつに勝っている。

「将来はホストになりてえ、っつったんだよな。高校の入学式の日。衝撃的におもしろすぎていまだに忘れらんねえんだけど、あれって結局なんだったの？」

「……いや、ただ本気でそう思ってただけで……うわあ、うわあ、うわあ……」

「なんだよ。そんなに懐かしいの？」

「……うん、まあ……懐かしいっていうか、……うわあ、って感じ」

「あ、うぜえや。後で聞くわ。とりあえず早く行こうぜ、挨拶しねえと。って、おい幸紀！　そっちじゃねえよ！　裏口からだろ！」

どやされながら裏口に回る。ぞろぞろと鉄のボロい階段を上がっていく。まさか、再びこの階段を上がる日が来るとは。いや、再び、ではないか。下ったことしかなかったか。

「ていうか幸紀って町田になんか縁とかあったっけ。ついぞ聞いたことねえけど」

なにも答えないまま、嶋は曖昧な顔で誤魔化した。開かれた鉄の扉の中に進んでいく。すでにスタッフは作業を始めていて、通路には機材も積んである。心臓が爆発しそうに跳ねる。足の震えはまったく止まらない。

この街で過ごした日々のことを、今まで誰にも話したことはなかった。話せばチャラになってしまうなら、絶対に言えるわけがない。なかったことになどできるわけがない。

多分一生、誰にも言わないだろう。嶋はそう思っている。呼びたい名前も口にはしないだろう。ただ繰り返し繰り返し、ずっと何度も繰り返し、この心の中で叫び続けるだけだ。ピアノの声で呼び続けるだけ。口にはしない、絶対に。そう思っている。思ってきた。

スタッフルームの前を通り、両開きのドアを開いて、フロアに出る。中の様子は前に見た時とはまったく違っている。床だけは黒の大理石のままだが、壁も天井もダークなトーンに塗り替えられ、ボックスシートも取り払われ、かわりに段差をつけたステージがある。客席側には小さなテーブルつきのシングルシートがずらりと並べられている。各席にあるアンティーク風のランプが雰囲気を醸し出している。深い木の色が飴みたいにつやめくバーカウンターもある。

そして、ピアノがある。

他の機材も当然そこには準備されているし、バンドの楽器も続々と運び込まれているが、今の嶋の目には見えてはいない。

嶋の目の前には一台のピアノだけが、ライトに照らし出されて、そこに存在している。

『――ずっと待ってた』

それは、前にも聞いた声だった。

＊＊＊

照明が落ちた。

すぅっと薄布を引き抜いたみたいに客席のざわめきが静まっていく。ステージにはまだ誰も現れない。

思い出すことはまだある。おまえに話したいこともまだある。たくさんある。


おまえを手放して、俺はすべてを失ったと思った。

ついに完全にからっぽになったと思った。

ゴミのなくなった部屋に帰ってきて、その静けさの中に突っ立って、俺は初めて自分がひとりぼっちだと思った。

これでやっと終われると思った。

おまえをとにかく無事に家に帰して、それで俺は俺の命を使い尽くしたと思った。

なんの価値もなかったこの命を、おまえのために使えたならよかったと思った。

そう思う俺の目の前には、おまえが寝ていた布団が敷かれたままになっていた。おまえの身体の大きさで、膨らんだままになっていた。

俺が大声を上げて泣き始めたのは、悲しかったからではない。寂しかったからでも、ましてやおまえが、おまえなんかが恋しかったわけでもない。冗談じゃない。俺は、おまえが笑っていたら笑いたくなるのだ。おまえがアニメを見て泣けば、俺も隣で泣いてしまうのだ。そういうことだ。俺が泣いたのは、おまえがあんなにも泣いたせいだった。

おまえがあんなにも泣いて、あんなにも必死に俺に手を伸ばしたからだった。おまえがあんなに泣いたから、同じようにしたくなっただけだ。

泣きながら、もう夜を超えることはできないということに気が付いた。この部屋で、一人で、次の朝を待つことはもうできなくなっていた。俺にはそんな力は残されていなかった。

俺はそんなにも脆《もろ》く、弱くなっていた。命を使い果たすというのはこういうことだったのかと妙に納得しながら、立ち上がることももうできなくて、おまえの布団に倒れ込んだままいつしか眠り込んでいた。それが朝の七時とか八時、だいたいそれぐらいのことだった。

とても深く、長く眠った。

目が開いた時も俺は一人だった。

布団から起き上がって、一瞬、自分でもわけがわからないパニックに襲われかけた。でももう二度とこんなふうに一人の部屋で目覚めることもないのだと思えば、それでどうにか落ち着いた。これが最後なら、あと数時間ぐらい耐えられると思った。

夕方になっていた。真冬は日が暮れるのが早い。夜が来る前に、俺にはやるべきことがいくつかあった。

まず店に連絡を入れ、しばらく休みが欲しいとオーナーに伝えた。クリスマスのイベントもあるし、俺を目当てに来る客もいる。もちろんそう簡単には通らなかったが、探偵の件もあり、最後にはどうにか了承された。客には急病で通してもらうことにした。

　午後五時を過ぎた頃、姉にＬＩＮＥを送った。

『夜になるのまじ早いな』

　姉はちょうど出張で東京にはいないらしく、都合がよかった。仕事の相手が一緒だったのかもしれない。それも都合がよかった。既読がつかないのをいいことに、俺は好き勝手に文字を連ねては送信し続けた。

　返信は必要なかった。電話もいらなかった。俺にはもう、誰も、なにも、くれなくていいと思った。ＬＩＮＥのアカウントを削除して、着信も来ないようにスマホの設定をいじった。

　それから俺は猛然と、残されていた掃除道具で部屋のあちこちを拭きまくった。ラックに引っかけてあったスーツをちゃんと揃えてハンガーにかけ、溢れていた洗濯物を紙袋に突っ込み、キッチンのシンクの排水を通した。トイレも風呂場もちゃんと掃除できたのは、それ用の洗剤やスポンジがちゃんと用意されていたからだ。雑巾を絞ったり、排水口の受け皿を磨いたりしながら、少年院でのクソ生活をうんざりと思い返しもした。掃除なんて俺は大嫌いなんだ。本当に面倒で、嫌で、シャバに出たら絶対やらねえと思っていた。その通りに生きてきた。おまえのためじゃなければ、誰が掃除なんかするものか。おまえがいつかこの部屋に本当に帰ると信じていなければ、俺は絶対に、掃除なんかしなかった。

午後七時半頃、俺は着替えて財布を持ち、連絡なんて誰にもする気はなかったが一応癖でスマホも持ち、部屋を出た。いつも使っている鍵はおまえに渡してしまって持っていなかった。合鍵で戸締りして、それは郵便受けに落とした。昔はいつもこうしていたから、姉には鍵の在り処はすぐにわかるはずだった。

外はとっくに夜だった。

タクシーに乗ろうかと手を上げかけ、でもやめた。目指す場所は住宅街の先で、説明が面倒くさかった。それにもうこんなふうに街を見ることもないのかと思えば、最後にすこし歩いてもいいかと思った。

俺はぶらぶらと、前に何度か泊めてもらったことのある客のマンションに向かって歩き出した。小一時間はかかる距離だった。その客はすでに引っ越していて、もうそこに住んでいないことを知っていた。かなり古くて、十四階建で、セキュリティが甘い物件だった。暗証番号制のオートロックで、暗証番号は覚えていて、外階段に柵はなかった。

歩きながら、無意識に口笛を吹いていた。それがあのピアノ売却のＣＭの曲であることに気が付いたときには、我ながらすこし情けなくなった。

とにかく気楽なものだった。もうこの世にはなにも俺を引き留めるものはなかった。からっぽの心に思うのは、ただ、あとすこしで姉を楽にできるということだけ。

姉は俺を捨てなくてはいけない。姉の心の半分は、本当に俺のことを愛している。俺のことを守りたくて助けたくて必死でいる。そういう姉だから、これまで俺を捨てられなかった。

俺はこれから姉の代わりに、その半分の心ごと、俺自身を捨てに行くのだ。のんきに口笛を吹き、夜の道を歩きながら、今まで努めて考えないようにしていたことを俺は考え始めていた。

それはたとえば、姉がストーカーのふりをしてばら撒いたあの噂について。姉と親父の関係を目撃して、俺が二人を殺したのだという、真実とは違う噂について。

あれは多分、姉の願望だろう。

姉は、親父と一緒に、俺に殺されたかったんだろう。

死にたかったというよりは、俺に見つけてほしかったんだろう。

どんな惨《むご》い目に自分があったのか。どんな惨いことの末に俺が生まれたのか。姉はそれを俺に見せたかったのだろう。俺に理解させたかったのだろう。理解すればその瞬間にすべてを破壊したくなるような、それほどの地獄を自分が生きているということに、俺に気付いてほしかったのだろう。

いや、俺に、というわけでもないのかもしれない。誰かに、気付いてほしかったのかもしれない。誰でもいいから、助けてほしかったのかもしれない。

たとえば颯爽と空から飛んできて、怪獣をぶっ飛ばし、傷ついた女の子を鮮やかに救い出してくれる――そんなヒーローの出現を、姉はあの地獄で夢見ていたのかもしれない。でも現実に、ヒーローは現れなかった。だから女の子はチャンスを待って、ひたすら待って、待ち続けて、そしてある夜ついに自分の手で片を付けた。だけど地獄はまだ終わらなかった。なかったことにはできなかった。女の子は、姉は、それからもずっと苦しみ続けた。

でももしも、現実とは違うことが起きていたらどうだっただろう。

たとえば、俺が遅ればせながらもそのヒーローになれていたら。親父が姉にしたことを敏感に察知して、俺がこの手で親父を始末していたら。それでその後、俺がさっさと消えていれば。姉は、今よりもすこしでも楽な気持ちでいられただろうか。

それとももしも、もっと現実的に、姉も俺もあの夜もっと遅く帰ってきていれば。親父が一人で勝手に死んでくれていれば。少なくとも、姉が手を汚すことはなかったはずだ。ただ、それでは俺はいつまでも、あの女の子の存在に気付くことができない。姉はそれに耐えられただろうか。

俺が姉よりも先に帰っていればどうだっただろう。俺は何も知らずに救急車を呼び、親父は一命をとりとめていたかもしれない。そんなのだめか。姉はただ次の機会を待ち続けるだけか。機会が来ればその時に、同じことをするだけか。その結果はこの現実と多分そんなに変わらない。

……もしも、姉がひどい目に遭う前に逃げられていたら。姉が安全なところに逃げ込めていたら。誰にも傷つけられることはなく、俺がこの世に生まれなければ。それならよかったが。一番よかったが。選べるならそれがいいが。それなら、どれほどよかったか。

もしも、もしも、もしも——下らないことを考えれば考えるほど、はっきりしてくることもあった。

とにかく、俺と姉が一緒に生きていく、それで幸せになるという未来は、どのみちないのだ。どんな「もしも」が実際に起きて、物事の展開に多少の違いをもたらそうとも、俺の存在は消えるしかなかった。最後はこうするしかなかった。

そうでなくては、姉の方がもうもたないのだ。あんなに頑張って、負けずにずっと頑張って、ずっとずっと頑張り続けて……もういいじゃないか。俺は、もう頑張らせたくないのだ。俺はただ、姉に幸せでいてほしいのだ。俺は姉が、姉ちゃんが、ただ大好きなんだ。消える理由は言ってしまえばそれだけだ。

静かな住宅街を歩いて行きながら、

（……本当は）

俺はついに、この最後の夜に、ずっと封印していた自分の考えに辿り着いていた。

本当は、多分、親父を助けたかった。

『たすけて……』

あの声に応えたかった。

親父のために、じゃない。姉のためにだ。俺は、姉にあれをさせたくなかった。あれは、するべきじゃなかった。させちゃいけなかった。でもあのとき俺は姉を止められなかった。それを、ずっと後悔していた。できることならあそこに戻りたかった。どうやってでも、姉を止めたかった。その後それでどうなるかなんてわからないが、結局なにも変わらないし誰も救われないのかもしれないが、それでも止めたかった。

俺は、本当はそうしたかった。

あそこに戻りたい。

やり直させてくれ。

頼むから。

誰か。

(なんて……そんなの、無理なんだよな)

ふと一瞬だけ立ち止まりかけた足で、また踏み出した。もちろん俺はちゃんと正気だし、ちゃんとわかっていた。どれだけ祈っても願っても現実は変わらないし、だからこそ俺の命はもう尽きていた。

静かな住宅街の片隅には、コンビニを名乗りながら夜八時には閉まってしまう店があった。その店先のゴミ箱に、俺はスマホを捨てた。時間を見ようとした拍子に、恐ろしい数の着信の通知を見てしまったからだ。その通知の向こうに誰がいるのか、どんな顔でいるのか、もう考えたくなかった。もう楽にさせてほしかった。さっさと先に行かせてほしかった。

マンションに着いて、エントランスに入った。その時になって、そういえば暗証番号が変わっていたらどうしようかと思ったが、前の番号のままだった。住人ともすれ違わなかった。エレベーターは一階にいて、するすると最上階の十四階に上がった。屋上に続く外階段に出て、さらに上った。屋上にも出られるか一応確かめてみたが、さすがにそのドアは開かなかった。でもこの踊り場からでいいと思った。十分だと思った。

手すりの向こう側に軽く身を乗り出し、外を見た。

冷たい風が下から吹き上がってきた。

地面は遠かった。

ここから飛び降りれば、マンションの敷地と隣接する建設会社の資材置き場の間の塀あたりに落ちるだろう。下を通る人にぶつかったりもしないはずだ。身元がわかるものは財布に入っていた。俺がどこの誰かすぐにわかった方がいいのだ。検視はされるだろうが、DNAで照合して身元の調査、みたいなことは勘弁だった。俺が誰と誰の子かなんて絶対に調べられたくなかった。俺は弥勒だ。あの真面目で頭がいい姉の弟だ。弟のままでいたかった。弟として終わりたかった。それで秘密は守られるはず。俺という最大の証拠は、この世から消えるはず。そう思った。

手すりを跨ぎ、狭い足場に足を置いた。後ろ手に手すりを摑んで、吐く息がそのまま凍り付くような夜の空気に身を晒した。片手を離した。もう片手を離せば、きっと踏み切る間もなくバランスを崩して俺は下に落ちると思った。（やっとだ……）目を閉じた。（これでやっと、終われる……）もう疲れ果ててしまっていた。もうクタクタだった。

た。もうなにもできなかった。もう休みたかった。それだけだった。冷たい金属を摑んだ手が、かじかんで震え始めた。自然に力が抜けていった。指が手すりから外れた。狭い足場で体勢が崩れかけた。

抵抗しなかった。

その一瞬、俺の身体は完全に宙に投げ出された。

でもそのとき、すぐ背後でなにかがカツン、だかコツンだか、とにかくそういう固い音を立てた。反射的にその音の方を振り返り、目がそれを見ようとした。身体が捩じれ、離れたはずの手がなぜかもう一度、手すりを摑んでいた。

気付いた時には俺は手すりの内側に、踊り場側に背中から転がり落ちていた。一体なにが起きたのか、自分でもわからなかった。冷えたコンクリに転がったまま、その無様な格好のまま、俺は茫然と目を見開いていた。飛び降りるつもりだったのに、というか飛び降りたつもりだったのに、失敗してしまった。

床についた手元には、あのクマのヘアゴムがあった。俺は前髪を結んでいて、そのことを意識もしていなくて、たまたま結び目が緩んで、ちょうど後ろに落ちて、音を立てた——ということなのだろうか。

とにかく、クマのヘアゴムはそこにあった。空から落ちてきたように、忽然とそこに現れていた。

俺は相当に間抜けな顔をしていただろう。相当に間抜けな顔で、そんなしょうもないものを手に握り締めていただろう。わけがわからなかった。

そしてわけがわからないことはもう一つ起きていた。

目が、見えている視界が、変だった。

俺は踊り場に座り込んでいた。飛び降りることはできなかった。それは確かなことなのに、現実の目は確かに外廊下のモルタル吹付の天井を見上げているのに、なのに目は、現実とは違うところでも開いていて、真っ逆さまに墜落していく俺にしか見えないはずの光景をも見ているのだ。俺はそこにいながら、落下してもいた。狭い足場から飛び出して、そのまま手すりの外側へ落下していってもいた。逆さまに流れていく夜の景色を見ていた。

本当に、わけがわからなかった。

座り込んだまま立ち上がれもせず、俺はしばらくの間、十四階の高さから落下していくその光景を幻視し続けた。ふと思ったのは、十代の時に散々やらかした薬物が今になって俺の頭をおかしくしたのかということだった。本当にそうだったのかもしれない。

まだ落ち続けていた。まだ落ち続けていた。まだ落ち続けていた。ここにいる自分と、落ちていく自分に、俺は分裂してしまったようだった。

ここにいる俺は、手の中のクマのヘアゴムをまた見た。そしてようやく、自分がまだここにこうしていて、落ちていく自分の後をさっさと追わずにいる理由を理解した。

しま。

俺はおまえに全部あげると約束したよな。おまえはこれを、いると言ったよな。俺にはどうでもいいものだが、おまえにはそうではなかった。おまえには、なにかの意味があった。おまえはこれを欲しがっていた。

おまえにあげないと。俺はそう思った。これを持っては行けない。

地面へ向かって落下し続けるビジョンを目の半分で見続けながら、この世の始末をつけなくては俺はまだ終われないのだと悟った。立ち上がり、ヘアゴムを掴んだままで走り出した。まだ十四階にいたエレベーターに飛び乗って、一階に下り、マンションを出た。

ついさっき歩いて来た道を戻ろうとして、しかしそこで我に返った。目の前にはまだ長く道が続いていた。ものすごく馬鹿なことをしている気がした。またマンションに、さっきの十四階に、戻った方がいいんじゃないかと思った。とっととあっちの俺の後を追って、やるべきことをやってしまった方がいいんじゃないかと思った。おまえだって、もうこんなヘアゴムなど欲しくはないかもしれない。俺のことも忘れようとしているかもしれない。そう思った。迷いが生じてそこから動けなくなった。

無意識に、手がスマホを探していた。この距離をもし本当に戻るつもりなら、タクシーを呼ぼうと思った。ここは入り組んだ住宅街で、流しのタクシーなんか絶対に通らない。乗るなら呼ぶしかない。自分がそうするかしないかで、本当の気持ちを計ろうとした。しかし、思い出した。スマホは捨てたのだ。

そうだった。つまり、そういうことだ。

偶然に決着がついた気がして、再びマンションの方に戻ろうとしたそのとき、通りの向こうから光が近付いてきた。

ヘッドライトに見えて、目を凝らして、驚いた。

絶対に通らないはずのタクシーが、俺の目の前に出現していた。

思わず通りに棒立ちになってしまった俺の視線に運転手は気が付いて、そこで停車した。

「乗ります？」

開いていた窓から声をかけられた。後部ドアが開いた。気が付いた時には、そのまま吸い寄せられるように、俺はそのタクシーに乗り込んでいた。町田の駅の方へ、その先はナビするので、そう行き先を告げていた。俺はあのマンションに、おまえにもうあげたはずの部屋に、戻ろうとしていた。

「実は私、今かなり困ってたんですよ」

運転手が話す声は夢の中から響くようだった。

「こっちの方に来ることってほとんどないんですけど、たまたま前のお客さんを町田の駅前まで乗せて来て。さあ戻ろうと思ったら、住宅街に迷い込んじゃって。こうなるとカーナビも全然役に立たないし、この辺りって本当に一通ばかりで……」

まだ落ち続けていた。まだ落ち続けていた。まだ、落ち続けていた。運転手の話をろくに理解もできないまま、相槌だけを適当に打って、俺はまだ落ち続けていた。

「お客さんってYouTube、よく見ます？　いやなんかね、さっき乗せて来た若い子が随分そういうの好きみたいで……」

あっという間に駅の方まで戻ってきて、

「もうずっと、なんとかさんのを見てほしい、すごくいいからどうのこうのって、なんだっけな、なんたら隊が……」

おまえと暮らしたマンションが見えてきた。とにかく部屋に戻って、このヘアゴムを置いて来ようと思った。そして今度こそ、先に落ちていった自分の後を追いかける。そうするつもりだった。

しかしマンションの下まで来たところで、部屋の明かりがついているのに気が付いた。姉だ、と反射的に思った。だっておまえのはずがない。あんな風に手放してしまったおまえが、こんなに早く戻ってくるわけがない。おまえの親だって許さないだろう。姉でしかありえなかった。出張先からトンボ帰りしてきたのだ。絶対に見つかるわけにはいかなかった。運転手に頼んで、行き先を変えてもらった。マンションから離れて、店に向かうことにした。ケータに預けて、おまえに渡してくれと頼もうと思った。ケータならきっと事情を詮索せずに、とにかく俺の言う通りにしてくれるはずだ。

タクシーを店の裏口に止めてもらった。目の前の階段を駆け上がり、通路から店内に入った。

異変に気が付いたのはそのときだった。

BGMをかき消すような、なにか激しい音の波が店の中から漏れていた。

驚いて、他の客に見つからないようにこっそりと中を覗き込んだ。

そこで、俺はおまえを見た。

おまえはピアノを弾いていた。

俺を呼んでいた。

俺はその声を、確かに聞いた。

そしてもう一つの目が見る世界では、俺はまだ、ゆっくりと落下を続けていた。やがて暗い地面が目前に迫った。ついに死が訪れると思った。俺はひゅーっとまっすぐに降りて、でもそこには――

いや、そこにも、だ。

しま。

おまえだ。

俺を見上げるおまえが、おまえの目が、そこで俺を待っていた。

『……弥勒が、帰ってきてくれてよかった』

おまえの声が俺を待っていた。

『今、ここにいてくれてよかった』

おまえだった。

俺は手の中に握り締めている物をもう一度見た。それは、あの恐ろしかった夜、おまえを失うのかと恐怖したあの夜、俺を待っていたおまえが握り締めていた物だ。冷え切った手の中に、たった一つだけ、握り締めていた物だ。小さな、つまらない、でも大事な物だ。こんな物が、俺たちをここで再び結び付けた。俺は、ここに落ちてきた。おまえを目指して落ちてきたんだ。おまえがいたから、俺は帰ってきてしまった。

そしておまえはちゃんと、俺を見つけた。

おまえは俺の中に飛び込んできた。

おまえは俺の名を呼んだ。

そして俺を震わせた。俺の身体を、俺の心を、俺の魂を、俺のすべてを、俺のいる世界をまるごと、おまえはその強い力を秘めた手で引っ摑んで文字通りに震わせた。

俺は叫んだ。全力でおまえに叫び返した。おまえに、俺も手を伸ばした。

——連れて行ってくれ！

おまえのいる自由な空に俺を連れて行ってくれ。おまえの速さで、おまえと一緒に、俺をどこまでも遠くへ連れて行ってくれ。この命の限りに、俺はそう叫んだ。

ピアノに向かうおまえは、小さな身体から無限に湧き上がるエネルギーを真っ白く放っているようだった。俺には本当にそう見えた。おまえは強く光っていた。眩しい、新しい、凄まじい光だった。炸裂してすべてをぶち壊す、すべてを破壊して終わらせてしまう、そしてそこからすべてを新しくする、そういう、つまり、そうだ。

爆発だ。

おまえが俺に見せてくれたのは爆発だった。俺のすべてを、おまえはついに壊してしまった。

俺にはなんにもなくなって、なにもかもから解き放たれて、真っ白な無の世界で、おまえが放つ閃光の只中で、ただこの目を大きく見開いていた。耳を澄まし、身体を震わせ、おまえの声だけを感じていた。

俺は、ずっとこのときを待っていたのかもしれない。

この爆発を、見てみたかったのかもしれない。

これを待っていたのかもしれない。

ずっと不思議だった。どうしてあれから十年も生きてしまったんだろうと、本当にわからないままでいた。でも、やっとわかった。この爆発が見たくて、俺は生きていたんだ。俺の命は、俺の時間は、無意味なんかじゃなかった。

あれからの十年を、俺はこのために生きたのだ。

夜と朝の境界線すら、おまえはぶっ壊してしまった。そういう新しい世界に、俺は解き放たれていた。

朝の方を、明るい方を、選ぶこともできた。

もしかしたらそっち側には、俺と姉が一緒に生きていく、そういう未来があるのかもしれない。光に照らされていれば、そういう未来を探すこともできるかもしれない。俺はそっち側に行ってみたいと思った。そのために生きてみたいと思った。姉ちゃんと行きたい。そう思った。きっととても難しい、とても長い旅になるけれど、それでもそっちに踏み出してみたかった。

もしもそういう未来に辿り着くことができたなら、次の十年後には、俺は一体なにを見られるだろう。どんな爆発が俺を待っているのだろう。

俺は、それが見たかった。そのために次の十年を生きようと思った。おまえが見せてくれるはずだ。絶対にそうだ。

立ち去ろうとしたそのときになって、昔の光景がふと脳裏に蘇った。姉は炬燵《こたつ》に入っていて、俺に背を向けて勉強をしていた。長い髪を適当に結んでいて、その結び目にはクマがいた。ずっと俺を見つめていて、決して俺から離れない、見失ったと思っても絶対に戻ってくる、不思議なクマが光っていた。

俺は、おまえにそのクマを置いて行った。

そしてその後はまっすぐに、もう振り返りもせずに走った。家に戻るために、一刻も早く帰るために、俺は空を飛ぶように走り続けた。

そして今夜、もう二度と戻らないはずだったドアを開き、人の間を縫うように歩いて、この場所に辿り着いた。

この、最前列のシートに。

＊＊＊

満員の客を前に、一礼をしようとしたのだ。バンド一同、まずは並んで。浜尾が先頭で、自分は最後で。

だけどステージは思ったよりも幅が狭く、全員が横に並ぶことは難しかった。嶋は一歩だけ前に出ようとして、しかしニューバランスの996がステージの段差を踏み外し、

「あ――――っ！」

ライトの下を真っ逆さまに客席へ転がり落ちた。思いっきり最前列の客の膝の上に飛び込む形になってしまう。客たちが驚いて声を上げる。メンバーの動揺する声も聞こえる。そりゃそうだろう。自分だってびっくりだ。自分だって「えっ！」とかいう側になりたかった。でもなれなかった。お客さんの膝をまたいで突然その上にのしかかる、謎のピアニストになってしまった。最悪だ。

「す、すいません……」

慌てて身体を起こし、ずれた眼鏡を定位置に戻したその瞬間だった。

嶋の息が止まる。

そこに鬼がいる。

ものすごい目で嶋を見ている。恐ろしく吊り上がった鋭い視線で、嶋の顔面を抉り込むように睨みつけて、色素の薄い透ける瞳が、

「でっけえんだよ！」

そこに煌《きら》めいている。

「弥勒……」

弥勒がそこに、「あ――――っ！」

「うるせえな⁉ 今度はなんだ⁉」

「言っちゃった！ 呼んじゃったよ！」

何度も心の中だけで呼んだその名を、十年間ずっと口には出さずにいたその名を、決して忘れることがなく想い続けたその人の名を、うっかり普通に呼んでしまった。この瞬間に消えてしまうんじゃないかと思った。弥勒はぷつんと消えてしまって、すべては夢の中のできごとになってしまうんじゃないかと思った。

でも、

「しまぁ……！」

弥勒はここにいる。

「いいからどけよ！ なにやってんだよ！ どんだけドンくさいんだよ！ くそっ、酒零れたし……ったく、変わんねえなおまえは！」

今ここにいるし、鬼のように怒っているし、声も、顔も、なにもかもが弥勒のままだった。髪はもう染めていなかったが、それでも弥勒は銀色に輝いていた。どんなに暗い夜の中にいても、どんなに深い闇の中にいても、どんなに遠いところにいても、絶対に見つけられる光をそこで放って、嶋を見ていた。

「み、弥勒は、」

なにもかもが吹っ飛んでしまって、十年、三千六百五十日、八万七千六百時間、心の中に貯め込み続けた想いが溢れ出して、

「年金とか、払ってるのか……？」

もうわけがわからなくなっていた。弥勒も「……嘘だろ」ぽかんとしている。そうか。そうだよな。間違えた。そうじゃなくて、

「……俺は、ディズニー……」

「……いや、違う。おまえは、ディズニーでは、ない……」

「……いつ、行く？」

「……ほんっとに、変わってねえんだな……」

弥勒は両手で顔を覆い、そのまま深いため息をついた。「つか、泣くなよ……」

そこでやっと我に返る。慌てて弥勒の膝から降りて、立ち上がる。ライブだ。バンドだ。ジャズ、ピアノ。やりたい。やろう。やり続けよう。ステージを見ると浜尾が口を動かしている。ころす、と言っているように見える。気のせいではなさそうで、慌てて

嶋は「よっ！」ジャンプしてステージに飛び乗った。すいませんすいませんと客席に頭を下げ、温かい、でも少し微妙などよめきも孕んだ拍手に改めて迎えられる。

ピアノの前の位置につき、——弥勒！

視線を向けた。一瞬だけ右手で、指差した。その手首にはクマのヘアゴムがもちろん通してある。ゴムは何度か切れたし、何度も落としたし、洗面所やトイレやホテルやスタジオや空港や、シアトルやロンドンやパリや葉山や札幌や山梨で何度も行方不明になったが、それでももちろん、ここにある。当たり前だ。

『見てて！』

一番前のその席で、弥勒は嶋をまっすぐに見ていた。そしてその視線が、

『いいよ』

軽く頷いて、応えてくれた。

ライトの下で、嶋はゆっくりと翼を広げ始めた。どこまで行こうか。どこにでも連れて行ってあげる。自由な空は無限だ。永遠にだって、その先にだって行ける。

一緒なら、どこにでも行ける。

目の裏に走る青白い炎を、その揺らめきを、爆ぜるスパークを見た。確信した。

俺は今夜、爆発する。

本書は文庫オリジナルです。
この物語はフィクションであり、
実在する人物・団体等とは関係がありません。

文春文庫

あれは閃光《せんこう》、ぼくらの心中《しんじゅう》

定価はカバーに
表示してあります

2022年6月10日　第1刷

著　者　竹《たけ》宮《みや》ゆゆこ
発行者　花田朋子
発行所　株式会社 文藝春秋

東京都千代田区紀尾井町 3-23　〒102-8008
TEL　03・3265・1211㈹
文藝春秋ホームページ　http://www.bunshun.co.jp

落丁、乱丁本は、お手数ですが小社製作部宛お送り下さい。送料小社負担でお取替致します。

印刷製本・凸版印刷

Printed in Japan
ISBN978-4-16-791895-8

（　）内は解説者。品切の節はご容赦下さい。

あさのあつこ
ガールズ・ブルー
十七歳の誕生日を目前に失恋した理穂。病弱だけど気の強い美咲。天才野球選手の弟、如月。落ちこぼれ高校生たちの夏が始まった。切ないほどに透明な青春群像小説。（金原瑞人）
あ-43-1

あさのあつこ
透き通った風が吹いて
野球部を引退した高三の渓哉は将来が思い描けず焦燥感にさいなまれている。ある日道に迷う里香という女性と出会うが……書き下ろし短篇「もう一つの風」を収録した直球青春小説。
あ-43-20

あさのあつこ
I love letter
アイラブレター
文通会社で働き始めた元引きこもりの岳彦に届くのは、ワケありの手紙ばかり。いつしか自分の言葉を便箋に連ね、手紙で難事に向き合っていく。温かくて切なく、少し怖い六つの物語。
あ-43-21

青柳碧人
国語、数学、理科、誘拐
進学塾で起きた小6少女の誘拐事件。身代金5000円、すべて1円玉で?!　5人の講師と生徒たちが事件に挑む。「読むと勉強が好きになる」心優しい塾ミステリ！（太田あや）
あ-67-2

青柳碧人
国語、数学、理科、漂流
中学三年生の夏合宿で島にやってきたJSS進学塾の面々。勉強漬けの三泊四日のはずが、不穏な雰囲気が流れ始め、ついには行方不明者が！　大好評塾ミステリー第二弾。
あ-67-4

朝井リョウ
武道館
【正しい選択】なんて、この世にない。「武道館ライブ」という合言葉のもとに活動する少女たちが最終的に〝自分の頭で〟選んだ道とは――。大きな夢に向かう姿を描く。（つんく♂）
あ-68-2

朝井リョウ
ままならないから私とあなた
平凡だが心優しい雪子の友人、薫は天才少女と呼ばれる。成長に従い、二人の価値観は次第に離れていき、決定的な対立が訪れるが……。一章分加筆の表題作ほか一篇収録。（小出祐介）
あ-68-3

（　）内は解説者。品切の節はご容赦下さい。

天祢　涼
希望が死んだ夜に
14歳の少女が同級生殺害容疑で緊急逮捕された。少女は犯行を認めたが動機を全く語らない。彼女は何を隠しているのか？ 捜査を進めると意外な真実が明らかになり……。（細谷正充）
あ-78-1

井上ひさし
青葉繁れる
青葉繁れる城下町の東北一の進学校。頭の中はいつも女の子のことばかり。落ちこぼれの男子五人組がまき起こす、愛すべき珍事件の数々。ユーモアと反骨精神溢れる青春文学の金字塔。
い-3-27

伊集院　静
少年譜
多感な少年期に、誰と出会い、何を学ぶか――。大人になるために必ず通らなければならぬ道程に、優しい光をあてた少年小説集。危機の時代を生きぬくための処方箋です。（石田衣良）
い-26-16

池澤夏樹
南の島のティオ　増補版
ときどき不思議なことが起きる南の島で、つつましくも心豊かに成長する少年ティオ。小学館文学賞を受賞した連作短篇集に「海の向こうに帰った兵士たち」を加えた増補版。（神沢利子）
い-30-2

石田衣良
池袋ウエストゲートパーク
刺す少年、消える少女、潰し合うギャング団……命がけのストリートを軽やかに疾走する若者たちの現在を、クールに鮮烈に描いた人気シリーズ第一弾。表題作など全四篇収録。（池上冬樹）
い-47-1

石田衣良
ＰＲＩＤＥ――プライド
池袋ウエストゲートパークＸ
四人組の暴行魔を探してほしい――ちぎれたネックレスを下げた美女の依頼で、マコトはあるホームレス自立支援組織を調べ始める。ＩＷＧＰシリーズ第１期完結の10巻目！（杉江松恋）
い-47-18

石田衣良
憎悪のパレード
池袋ウエストゲートパークⅪ
ＩＷＧＰ第二シーズン開幕！ 変容していく池袋、でもあの男たちは変わらない。脱法ドラッグ、ヘイトスピーチ……続発するトラブルを巡り、マコトやタカシが躍動する。（安田浩一）
い-47-21

（　）内は解説者。品切の節はご容赦下さい。

石田衣良
キング誕生
池袋ウエストゲートパーク青春篇
高校時代のタカシにはたったひとりの兄タケルがいた。戦国状態の池袋でタカシが兄の仇を討ち、氷のキングになるまでの書き下ろし長編。初めて明かされるシリーズの原点。（辻村深月）
い-47-20

石田衣良
シューカツ！
一人の女子大生がマスコミ志望の男女七人の仲間たちで「シューカツプロジェクト」を発動した。目標は難関、マスコミ就職！若者たちの葛藤、恋愛、苦闘を描く正統派青春小説。（森　健）
い-47-15

石田衣良
うつくしい子ども
九歳の少女が殺された。犯人は僕の弟！　なぜ、殺したんだろう。十三歳の弟の心の深部と真実を求め、兄は調査を始める。少年の孤独な闘いと成長を描く感動のミステリー。（五十嵐律人）
い-47-37

いとうみく
車夫
家庭の事情で高校を中退し浅草で人力車夫として働く吉瀬走。大人の世界に足を踏み入れた少年と、同僚や客らとの交流を瑞々しく描く。期待の新鋭、初の文庫化作品。（あさのあつこ）
い-105-1

いとうみく
車夫2
幸せのかっぱ
高校を中退し浅草で人力車をひく吉瀬走。陸上部時代の同級生が会いに来たり、ストーカーにあったりの日々の中、行方不明だった母親が体調を崩したという手紙が届く。（中江有里）
い-105-2

冲方　丁
十二人の死にたい子どもたち
安楽死をするために集まった十二人の少年少女。全員一致で決を採り実行に移されるはずのところへ、謎の十三人目の死体が!?　彼らは推理と議論を重ねて実行を目指すが。（吉田伸子）
う-36-1

大崎　梢
夏のくじら
大学進学で高知にやって来た篤史はよさこい祭りに誘われる。初恋の人を探すために参加するも、個性的なチームの面々や踊りの練習に戸惑うばかり。憧れの彼女はどこに!?　（大森　望）
お-58-1

（　）内は解説者。品切の節はご容赦下さい。

太田紫織
あしたはれたら死のう
自殺未遂の結果、数年分の記憶と感情の一部を失った遠子。その時に亡くなった同級生の少年・志信と自分はなぜ死を選んだのか——遠子はSNSの日記を唯一の手がかりに謎に迫るが。
お-69-1

太田紫織
銀河の森、オーロラの合唱
地球へとやってきた、慈愛あふれる宇宙人モーンガータ（見た目はほぼ地球人）。オーロラが名物の北海道陸別町で宇宙人と暮らす日本の子どもたちが出会うちょっとだけ不思議な日常の謎。
お-69-2

川端裕人
声のお仕事
目立った実績もない崖っぷち声優の勇樹は人気野球アニメのオーディションに挑むも、射止めたのは犬の役。だがそこから自らの信念「声で世界を変える」べく奮闘する。（池澤春菜）
か-28-4

角田光代
拳の先
ボクシング専門誌から文芸編集者となった那波田空也は、一度は離れたボクシングの世界へ近づく。ボクシングを通して本気で生きるとは何かを問う青春エンタテインメント！（中村　航）
か-32-15

加納朋子
モノレールねこ
デブねこを介して始まった「タカキ」との文通。しかし、そのネコが車に轢かれ、交流は途絶えるが……表題作「モノレールねこ」ほか、普段は気づかない大切な人との絆を描く八篇。（吉田伸子）
か-33-3

加納朋子
少年少女飛行倶楽部
中学一年生の海月が入部した「飛行クラブ」。二年生の変人部長・神《じん》ことカミサマをはじめとするワケあり部員たちは果たして空に舞い上がれるのか？　空とぶ傑作青春小説！（金原瑞人）
か-33-4

喜多喜久
プリンセス刑事《デカ》
女王の統治下にある日本で、王女・白桜院日奈子がなんと刑事になった！　血が苦手な若手刑事とのコンビで挑むのは、凶悪な連続〝吸血〟殺人！　二人は無事に犯人を逮捕できるのか？
き-46-1

（　）内は解説者。品切の節はご容赦下さい。

瀬尾まいこ
戸村飯店 青春100連発
大阪下町の中華料理店で育った兄弟は見た目も違えば性格も全く違う。人生の岐路にたつ二人が東京と大阪で自分を見つめ直す。温かな笑いに満ちた坪田譲治文学賞受賞の傑作青春小説。
せ-8-2

瀬川コウ
君と放課後リスタート
君を好きだった気持ちさえなくしてしまったのだろうか？　ある日、クラスメート全員が記憶喪失に!?　全ての人間関係の記憶も失われた状態で生まれた謎を「僕」は解き明かせるか。
せ-13-1

竹宮ゆゆこ
応えろ生きてる星
結婚直前、婚約者は別の男と駆け落ちした。残された男は謎の女と一緒に、彼女を探すためのある方法を思いつく。そしてその先に見つけたのは。過去の傷からの再生を描く感動の物語。
た-99-2

津村記久子
婚礼、葬礼、その他
友人の結婚式に出席中、上司の親の通夜に呼び出されたOLヨシノのてんやわんやな一日を描く表題作と「冷たい十字路」を収録。いま乗りに乗る芥川賞作家の傑作中篇集。（陣野俊史）
つ-21-1

津村記久子
エヴリシング・フロウズ
ヒロシは、背は低め、勉強は苦手。唯一の取り柄の絵を描くことも最近は情熱を失っている。それでも友人たちのため「事件」に立ち向かう。少年の一年を描く傑作青春小説。（石川忠司）
つ-21-2

南木佳士
医学生
新設間もない秋田大学医学部に、不安を抱えて集まった医学生たちは、解剖や外来実習や恋や妊娠にあたふたしながら生き方を探る。そして彼らの十五年後。軽やかに綴る永遠の青春小説。
な-26-4

七月隆文
天使は奇跡を希《こいねが》う
良史の通う今治の高校にある日、本物の天使が転校してきた。正体を知った彼は幼馴染たちと彼女を天国へかえそうとするが。天使の嘘を知った時、真実の物語が始まる。文庫オリジナル。
な-75-1

（　）内は解説者。品切の節はご容赦下さい。

屋上のウインドノーツ
額賀　澪
引っ込み思案の志音は、屋上で吹奏楽部の部長・大志と出会い、人と共に演奏する喜びを知る。目指すは「東日本大会」出場！圧倒的熱さで駆け抜ける物語。松本清張賞受賞作。（オザワ部長）
ぬ-2-1

風に恋う
額賀　澪
吹奏楽の強豪高校に入学した基は突然、部長に任命されてしまう。嫉妬とプライド、受験ストレスが渦巻く部員たちと全国大会に行けるのか？　涙腺決壊の王道青春小説。（あさのあつこ）
ぬ-2-3

僕が殺した人と僕を殺した人
東山彰良
一九八四年台湾。四人の少年は友情を育んでいた。三十年後、人生の歯車は彼らを大きく変える。読売文学賞、織田作之助賞、渡辺淳一文学賞受賞の青春ミステリ。（小川洋子）
ひ-27-2

110番のホームズ　119番のワトソン
夕暮市火災事件簿
平田　駒
火事場の奇人（シャーロック）と呼ばれる警官と熱血消防士。数々の火災現場で協力して捜査にあたることになった二人がバディとして成長する姿を描く。第1回バディ小説大賞受賞作。
ひ-28-1

俠飯《おとこめし》
福澤徹三
就職活動中の大学生が暮らす1Kのマンションに転がり込んできたヤクザは、妙に「食」にウルサイ男だった！　まったく異質なふたつが交差して生まれた、新感覚の任俠グルメ小説。
ふ-35-2

おれたちに偏差値はない
堂南高校ゲッキョク部
福澤徹三
十五歳の草食系・悠太は、アクシデントに見舞われて一九七九年にタイムスリップ。そしてヤンキーの巣窟・堂南高校に通うハメに……。超おバカで愛すべき、極上青春ファンタジー！
ふ-35-11

空に咲く恋
福田和代
花火屋の実家を飛び出したヘタレ男子・由紀。ある日、花火店の跡取り娘・ぼたんと出会う。花火師を目指すライバル同士の恋の行方は？　恋に仕事に全力投球！　夏を彩る青春恋愛物語。
ふ-45-2

誉田《ほんだ》哲也
武士道シックスティーン
日舞から剣道に転向した柔の早苗と、剣道一筋、剛の香織。勝ち負けとは？　真の強さとは？　青春時代を剣道にかける女子をみずみずしく描く痛快・青春エンターテインメント。（金原瑞人）
ほ-15-1

誉田哲也
武士道セブンティーン
スポーツと剣道、暴力と剣道の狭間で揺れる17歳、柔の早苗と剛の香織。横浜と福岡に分かれた二人は、別々に武士道とは何かを追い求めてゆく。「武士道」シリーズ第二巻。（藤田香織）
ほ-15-3

誉田哲也
武士道エイティーン
福岡と神奈川で、互いに武士道を極めた早苗と香織が、最後のインターハイで、激突。その後に立ち塞がる進路問題。二人の女子高生が下した決断とは。武士道シリーズ、第三巻。（有川　浩）
ほ-15-4

誉田哲也
武士道ジェネレーション
あれから六年。それぞれの道を歩き出した早苗と香織だったが、玄明先生が倒れ、道場が存続の危機に。大好評剣道青春小説シリーズ第四弾。番外編の短編と書店員座談会を特別収録。
ほ-15-8

円居　挽
キングレオの冒険
京都の街で相次ぐ殺人事件。なぜか全てホームズ譚を模していた。「日本探偵公社」の若きスター・天親獅子丸が解明に乗り出すと、謎の天才犯罪者の存在が浮かび……。（円堂都司昭）
ま-41-1

円居　挽
キングレオの回想
獅子丸は、天才的頭脳の少年・論語から、ある女性の正体を知りたいと依頼を受ける。一方、助手の大河には、さる高貴な男性の醜聞が持ち込まれ……。巻末に描き下ろし漫画を収録。
ま-41-2

円居　挽
キングレオの帰還
行方不明だった獅子丸が京都に帰ってきた！　しかし、大河の私生活に起きた大きな変化に激しく動揺する。さらに、久しぶりに入った自身のオフィスには、驚愕の事態が待っていた。
ま-41-3

（　）内は解説者。品切の節はご容赦下さい。

宮本　輝
青が散る（上下）
燎平は大学のテニス部創立に参加する。部員同士の友情と敵意、そして運命的な出会い――。青春の鮮やかさ、野心、そして切なさを、白球を追う若者群像に描いた宮本輝の代表作。（森　絵都）
み-3-22

宮本　輝
真夏の犬
中学2年生の〈ぼく〉が夏休みに与えられた仕事は、一日中廃車置き場の見張り番をすること。荒涼とした原っぱで野犬と戦う少年のひと夏を描いた表題作を含む9つの物語。（森　絵都）
み-3-28

三浦しをん
まほろ駅前多田便利軒
東京郊外〝まほろ市〟で便利屋を営む多田のもとに、高校時代の同級生・行天が転がりこんだ。通常の依頼のはずが彼らにかかると、ややこしい事態が出来《しゅったい》して。直木賞受賞作。（鴻巣友季子）
み-36-1

三浦しをん
まほろ駅前番外地
東京郊外のまほろ市で便利屋を営む多田と行天。汚部屋清掃、遺品整理に子守も多田便利軒が承ります。まほろの愉快な奴らが帰ってきた！　七編のスピンアウトストーリー。（池田真紀子）
み-36-2

三浦しをん
まほろ駅前狂騒曲
多田と行天に新たな依頼が。それは夏の間、四歳の女児「はる」を預かること。男手二つで悪戦苦闘していると、まほろ駅前では前代未聞の大騒動が。感動の大団円！（岸本佐知子）
み-36-4

道尾秀介
ソロモンの犬
飼い犬が引き起こした少年の事故死に疑問を感じた秋内は動物生態学に詳しい間宮助教授に相談する。そして予想不可能の結末が！　道尾ファン必読の傑作青春ミステリー。（瀧井朝世）
み-38-1

道尾秀介
月と蟹
二人の少年と母のない少女、寄る辺ない大人達。誰もが秘密を抱えるなか、子供達の始めた願い事遊びはやがて切実な儀式に変わり――哀しい祈りが胸に迫る直木賞受賞作。（伊集院　静）
み-38-2

（　）内は解説者。品切の節はご容赦下さい。

羊と鋼の森
宮下奈都
ピアノの調律に魅せられた一人の青年が、調律師として、人として成長する姿を温かく静謐な筆致で綴った長編小説。伝説の三冠を達成した本屋大賞受賞作、待望の文庫化。（佐藤多佳子）
み-43-2

69 sixty nine
村上　龍
楽しんで生きないのは、罪だ。安田講堂事件が起き、ビートルズ、ストーンズが流れる一九六九年。基地の町・佐世保で高校をバリケード封鎖した、十七歳の僕らの物語。永遠の名作。
む-11-4

カラフル
森　絵都
生前の罪により僕の魂は輪廻サイクルから外されたが、天使業界の抽選に当たり再挑戦のチャンスを得る。それは自殺を図った少年の体へのホームステイから始まって……。（阿川佐和子）
も-20-1

京洛の森のアリス
望月麻衣
少女ありすが舞妓の修業のために訪れたのは知られざる「もう一つの京都」!?　しゃべるカエルの〝ハチス〟と、うさぎの〝ナツメ〟とともに、町に隠された謎に迫るファンタジックミステリー。
も-29-1

京洛の森のアリスⅡ　自分探しの羅針盤
望月麻衣
もう一つの京都の世界で、暮らし始めた少女ありす。だが、ある日突然、両想いの王子、蓮が老人の姿に！　同じく、この世界に迷い込み老いてしまった二人の女。ありすは皆を救えるか。
も-29-2

京洛の森のアリスⅢ　鏡の中に見えるもの
望月麻衣
もう一つの京都、京洛の森で暮らす少女ありす。ナツメのカフェ経営の願いを叶えるために、ありすたちは共同生活を終え、蓮との関係にも大きな変化が起こる。書き下ろし小説第三弾。
も-29-3

満月珈琲店の星詠み
望月麻衣　画・桜田千尋
満月の夜にだけ開店する不思議な珈琲店。そこでは猫のマスターと店員たちが、極上のスイーツと香り高い珈琲、そして運命を占う「星詠み」で、日常に疲れた人たちを優しくもてなす。
も-29-21